Genius

지니어스

지니어스 Genius

초판 1쇄 찍은 날 | 2015년 2월 11일
초판 1쇄 펴낸 날 | 2015년 2월 24일

지은이 | 문희
펴낸이 | 예경원

편집 | 유경화

펴낸곳 | 예원북스
등록번호 | 제396-2012-000132호
등록일자 | 2012. 7. 25
YRN | 제1-0094호

주소 | 경기도 고양시 일산동구 무궁화로 8-28 삼성메르헨하우스 712호 (우) 410-837
전화 | 031-819-9431 팩스 | 031-817-9432
http://cafe.naver.com/yewonromance
E-mail | yewonbooks@naver.com

ⓒ 문희, 2015

ISBN 979-11-5630-301-5 03810

문희장편소설

Genius
지니어스

YEWONBOOKS ROMANCE STORY

❖ C O N T E N T S ❖

Prologue

큐브 조각들이 작은 머릿속에서 길을 찾고 있었다. 십자 형태로 한 색상을 맞추고는 한 색씩 맞춰 나가는 정육면체의 색상들이 빨, 주, 노, 초, 파, 흰색 순으로 한 면씩 통일된 색으로 맞추어져 갔다. 마치 색칠을 하는 것처럼 아이는 아무렇지도 않게 색깔을 맞추고 있었다. 다섯 살 어린아이의 한 손에 꼭 맞게 제작된 작은 큐브는 몇 분이 지나지 않아 전체의 색상이 맞추어졌다.

휙~!

마치 다 먹은 과자 봉지를 쓰레기통에 버리듯이 큐브 상자에 집어 던진 아이는 차가움이 가득한 얼음공주 같은 표정을 짓고 있었다. 그렇게 맞춰진 큐브들이 상자에 가득했다. 아이는 옆에 있는 다른 상자 속에서 맞춰져 있지 않은 큐브를 꺼내 들었다. 하루에 몇십 개, 아니, 몇백 개의 큐브가 아이의 손에서 맞춰지고 있었다. 유모는 이런 아이의 옆에서 그저 큐브를 다시 흩트려 놓는 일을 하고 있었다.

"우리 테라 이모보다 빠르네."

유모 혼자서 조용한 정적을 깨듯 말을 꺼냈다. 그러지 않고서는 이 무서운 침묵의 반복이 유모 자신을 미치게 할 것 같았다. 아이는 말없이 큐브만 바라보며 다시 색깔을 맞추고 있었다. 몇 시간이나 반복되는 이 일을 유모도 아이도 말없이 하고 있었다.

다섯 살의 여느 아이와는 달라도 너무나 다른 이 아이를 유모는 태어나면서부터 돌보았다. 놀이터에 나가자고 졸라야 될 나이에 아이는 조용히 앉아 큐브를 맞추거나 엄마의 서재에 들어가 유모가 보기에도 뭔지 모를 책들을 몇 시간씩 보곤 했다.

"우리 테라 무슨 내용인지 알아?"

"응."

남들이 말하는 천재인 아이는 무엇이든지 꿰뚫어 보는 듯한 커다란 눈을 가지고 있었다. 말없이 자신을 바라보는 아이와 눈이 마주치면 소름이 끼치는 그녀였다. 몹시도 말이 없고 차가운 꼬마는 유난히 엄마를 따랐다. 마치 짝사랑을 하는 사람처럼 아이는 엄마가 돌아오는 시간을 기다렸고 그녀가 집에 오면 어떻게든 자신의 존재를 알렸다.

"엄마!"

테라는 퇴근하는 엄마에게로 달려가 안겼다. 한국대 수학과 조교인 테라의 엄마는 할 줄 아는 것이 공부밖에 없는 수학 천재였다. 남들은 부러워하겠지만 그녀는 세상과 소통하는 법을 몰랐다. 오로지 수학만이 그녀가 세상과 소통하는 방법이었다. 차가움, 그건 그녀의 유일한 방패였다. 자신을 지키기 위한, 딸이라고 해도 예외일 수는 없었다.

"그래."

유난히도 차가운 테라의 엄마는 딸을 안는 둥 마는 둥 하더니 씻기 위해 욕실로 들어갔다. 그리고는 가정부가 준비해 둔 샌드위치를 하나 들고는 서재로 들어가 버렸다. 유모가 그만두지 못하는 단 하나의 이유였다. 엄마의 사랑을 받지 못하는 이 아이가 유모는 너무나 안쓰러웠다. 그래서 자신마저 이 불쌍한 천재를 놓으면 안 될 것 같다는 생각이 들었다.

"돈이 많으면 뭘 하나……."

유모의 이런 마음을 아는지 모르는지 아이는 엄마를 따라 서재로 들어가 그녀의 책상 옆에 앉았다. 곰 인형을 들고 놀 나이에 아이는 수학책을 들었다. 아이가 옆에 있어도 자신의 공부만을 묵묵히 하는 엄마였다. 아이는 엄마가 어떻게 하면 자신을 봐주는지를 알았다. 엄마가 앉아 있는 책상보다도 작은 아이는 엄마의 옷을 잡아당기며 수학책을 보여줬다.

"엄마, 피타고라스의 정리가 뭐예요?"

"직각삼각형에서 직각을 낀 두 변의 길이를 각각 a, b라 하고, 빗변의 길이를 c라 하면 $a^2+b^2=c^2$이 성립하는 거야. 도형으로 설명하면 이렇게 되는 거고."

엄마는 그제야 아이의 존재를 알았는지 조금의 망설임도 없이 아이에게 피타고라스의 정리에 대해 설명해 주었다. 신기하게도 엄마는 유치원도 가지 않은 아이에게 중학교 과정의 문제를 설명했고 아이는 이해했다. 다섯 살 아이는 그렇게 엄마에게 자신의 존재를 알리려 애를 쓰고 있었다.

엄마는 자신의 어린 시절과 너무나도 닮은 딸을 물끄러미 바라보았다. 연습장에 열심히 문제를 풀고 있는 아이는 놀라운 집중력을 보이고 있었다. 엄마가 자신을 보고 있는지조차 모르고 있는 아이를 보며 열아홉, 원치 않았던 임신과 출산이 또다시 그녀를 괴롭혔다. 아이를 볼 때마다 그날의 일이 떠올랐다.

25살의 어린 엄마는 아이의 존재가 부담스러웠다. 아니, 버거웠다. 자신의 삶을 회피하기 위해 그녀는 공부에 매달렸다. 수학을 뺀 그녀의 삶은 없을 정도로 그녀는 그렇게 매 순간을 수학과 함께했다.

그래도 천재성을 보이는 테라를 볼 때면 그녀도 놀랄 때가 많았다. 부정하려고 해도 자신과 너무나 닮은 아이였다. 원치 않았던 아이였지만 날이 갈수록 사랑스러워지는 딸을 보며 엄마는 딸에게 자랑스러운 엄마가 되기 위해 노력했다. 다른 엄마들과 다르게 그녀는 그렇게 아이를 사랑했다.

이번 박사 논문만 끝내면 그녀는 최연소 교수의 꿈을 이룰지도 몰랐다. 여전히 연습장에 문제를 풀고 있는 테라를 보며 엄마는 며칠 만에 처음으로 미소란 것을 지었다. 천재로 소문이 난 자기가 봐도 딸아이는 특별했다. 수학 천재인 엄마의 우월한 유전자를 받아 생후 1년이 되기도 전에 천재라는 수식어를 얻은 아이였다.

다섯 살이 된 지금, 아이는 IQ 180에 스스로 3개 국어를 터득하고 무엇보다 수학에 재능을 보이는 아이가 되었다.

장사꾼 집안에는 장사꾼만이 나오고 학자 집안은 학자만 나온다고 했던가. 아이에게는 특별한 놀이터가 있었다. 어마어마한 크기를 자랑하는 서재였다. 세상의 수학책은 다 모여 있다고 과언이 아닌 이곳을 아이는 놀이터보다도 자주 들어갔다. 그만큼 아이는 공부와 친밀해질 수밖에 없었다.

아이는 피타고라스의 정리에 대한 개념의 이해부터 들어가고 있었다. 어떻게 공식이 성립이 되는지 조막만 한 손으로 연습장에 정리를 하고 있었다. 엄마는 아이 옆에서 박사 논문을 준비 중이었다. 둘의 모습은 데칼코마니처럼 똑같았다.

"다녀오셨어요, 사장님."

가정부 아주머니가 반갑게 이 집안의 가장을 맞아주었다. 언제나 퇴근을 할 때면 맞이하는 건 가정부 아주머니나 유모였다. 이제는 익숙해질 때도 됐지만 그래도 현우는 아내와 딸이 자신을 맞아주길 바라는 마음을 버릴 수가 없었다.

"네, 테라는 또 서재에 있나요?"

"네."

서재의 문을 조용히 열었다. 문이 열렸을 때의 풍경을 아는 현우는 아내와 딸을 방해하고 싶지 않았다. 그녀들을 보며 그는 대리 만족을 하고 있었다. 배우지 못한 한을 아내와 자식을 통해 그는 풀고 있었다. 얼마나 쳐다보고 있었을까 딸아이의 머리가 끄떡였다. 아무리 영리하다지만 다섯 살 어린 꼬마는 언제나 잠에서 엄마에게 밀렸다. 그는 서재로 들어가 딸아이를 안아 들었다.

"아이고, 우리 테라. 졸고 있었네."

그의 등장에도 고개 한 번 돌리지 않는 그의 아내는 책 속에 파묻혀 있었다. 그런 아내의 무시를 그는 아랑곳하지 않고 딸아이만 조용히 안고는 서재를 나왔다.

"사장님, 테라 이리 주세요."

오늘도 서재에서 아이를 안고 나오는 유 사장에게 유모는 달려가며 말을 했다.

"아닙니다. 쉬세요."

유 사장은 아이를 안고는 아이 방으로 향했다. 남자가 자상할 수 있다는 걸 유모는 유 사장을 보며 알게 되었다. 그녀의 돼지 같은 남편은 한 번도 보여주지 않은 그런 다정함을 이 잘생긴 남자는 매일 그의 가족에게 보여주고 있었다.

"사모님은 전생에 나라를 구했나 봐."

부러움이 가득한 시선으로 유모는 유 사장의 뒷모습을 한참 동안 바라보았다.

언제나 그래 왔던 것처럼 그는 아이의 옷을 잠옷으로 갈아입히고 소중한 보물을 다루듯이 침대에 내려놓았다.

"우리 테라, 엄마 닮아 예쁘네. 그런데 아빠는 테라가 엄마보다는 덜 똑똑했으면 좋겠다. 그래야 아빠가 덜 외로울 것 같거든."

그는 아내를 너무나 사랑했다. 짝사랑이라는 게 결혼을 하면 끝날 줄 알았는데 그렇지가 않았다. 지금의 아내를 7년째 가슴에 품은 그였다. 보고만 있어도 가슴이 저려오는 그런 여인이었다.

다시 서재로 내려온 그는 아내의 어깨를 가만히 잡았다. 논문을 준비하던 그녀가 로봇처럼 자리에서 일어섰다.

"늦었으니까 자자."

그녀는 아무런 대꾸도 없이 그의 앞에 서서 서재를 나오고 있었다. 차가움, 이제는 익숙해질 법도 한데 그는 매번 상처를 받았다. 순수한 그녀를 차지한 대가를 받고 있었지만 그는 아내가 이제는 조금 자신을 바라봐 주길 바랐다. 그래도 침실에서만은 그녀를 안을 수 있으니 그나마 다행이었다. 매번 침대에서는 짐승이 되었고 그녀도 그런 그를 받아주었지만 아침이 되면 그녀는 어김없이 차가운 여자가 되어 있었다.

하루 종일 너무나 사람을 피곤하게 하는 날이었다. 이럴 때 아내의 위로가 절실히 필요했지만 그것은 그에게는 사치였다. 그냥 그녀가 곁에 있음을 감사하는 마음으로 살았지만 오늘은 같이 나가는 대신 그녀의 책상에 걸터앉아 창밖을 멍하게 보고 있었다. 담배가 절실히 생각났지만 집에서는 담배를 피우지 않는 그였다.

펙! 착!
펙! 쾅!

사내아이가 공중을 가르며 벽에 부딪쳤다. 어찌나 세게 부딪쳤는지 그 소리가 조그만 방 안을 울리고 있었다.

"독한 새끼!"

사내아이를 때리고 집어 던진 남자의 입에서 욕설과 함께 나온 말이었다. 벽에 부딪친 아이는 남자를 뒤로하고 그대로 죽은 듯이 누워 있었다. 하지만 아이의 눈에는 살기가 흐르고 있었다.

"……."

"돈 내놔. 재워주고 입혀주고 했으면 돈을 줘야 할 것 아니야!"

열두 살 아이의 입술에는 피가 흐르고 있었다. 앙상해서 이제는 뼈밖에 없는 아이를 남자는 때리며 협박을 하고 있었다. 아이는 아무런 대꾸 없이 이 시간이 지나기를 묵묵히 바라고 있는 것처럼 참아내고 있었다. 남자가 누워 있는 아이의 어깨를 발로 툭툭 찼다.

"내가 말실수를 했네, 날 먹여주고 술 사주는 건 너희들인데 그래서 이렇게 독하게 안 내놓는 거야? 보험금을 타려면 아직도 더 기다려야 하는데 나도 짜증난다구. 일시불로 그 돈을 주면 내가 이렇게 푼돈 가지고 꼬맹이랑 이렇게 싸울 필요도 없는데 말야. 안 그래?"

남자의 비꼬는 말투에 아이는 더욱더 이를 악물었다. 남자의 발이 말을 하는 사이에도 계속해서 아이의 어깨를 툭툭 찼다.

"누굴 닮아서 이렇게 독하지?"

남자의 시선이 쪼그리고 앉아 떨고 있는 다른 두 명의 아이에게 향했다.

"그렇게 나오면 할 수 없지."

남자가 발걸음을 동생들에게로 옮기자 아이는 그 앙상한 몸을 날려 그의 다리를 붙잡았다.

"안 돼요, 삼촌. 제가 잘못했어요. 민혁이, 시혁이는 놔두세요."

"그러니까. 돈을 내놔."

아이가 힘겹게 자리에서 일어나 장롱 밑에 숨겨두었던 지폐를 꺼냈다.

"이번 달 생활비 다예요. 더 이상은 없어요."

아이의 고사리 같은 손에 만 원짜리가 꼭 쥐어져 있었다. 아이의 손에서 억지로 만 원짜리를 빼앗아 세어본 남자가 아이의 머리를 강하게 쳤다.

"장난해? 5만 원이 뭐야."

그가 갑자기 아이의 옷을 뒤지기 시작했다. 아무것도 나오는 것이 없자 다시 한 번 아이의 머리통을 세차게 때렸다.

"너도 지지리 궁상이다."

"삼촌, 만 원만 주고 가세요. 그래야 얘들 라면이라도 먹어요."

"미친 새끼."

그는 아이의 돈을 빼앗아 그렇게 집을 나갔다.

"형아~"

막내 시혁이가 도혁을 향해 울면서 달려왔다. 그 뒤를 민혁이가 따랐다. 세 아이는 그렇게 서로를 붙들고 한없이 울었다.

"괜찮아, 조금만 참자. 형이 전단지라도 돌릴 테니까."

어린 도혁의 눈에 눈물이 고였다. 삼촌에게 아무리 맞아도 흘리지 않던 눈물이 벽에 걸린 가족사진을 보자 쏟아져 내렸다.

"형이 힘이 세지면 삼촌을 꼭 혼내줄게."

"응."

10살 아이의 입에서 나오기 힘든 말이었다. 상황이 아이를 너무나 강하게 만들고 있었다. 도혁을 따라 울던 동생들이 도혁의 말에 고개를 끄덕였다. 그들에게 삼촌은 악마 같은 존재였다.

1년 전 갑자기 부모님이 교통사고로 삼 형제만을 남겨둔 채 세상을 떠나셨다. 동네에서 조그맣게 식당을 하셨던 부모님은 새벽 시장을 다녀오시는 길에 변을 당하셨다. 보험을 들어놓으셔서 도혁이 20살이 될 때까지 매달 약간의 생활비가 나와 생활하는 데 불편함이 없어야 했지만 어느 날 유일한 혈육이라며 삼촌이란 사람이 나타나 그마저도 뺏어가는 상황이었다.

벌써 이틀째 굶고 있었다. 학교에 가면 그나마 친구들의 도시락이라도 나누어 먹으니 허기를 달랠 수 있었지만 방학인 지금은 너무나 힘들었다. 도혁은 동생들이 걱정이었다. 방법을 찾아야 했다.

"애들아, 이리 와."

삼 형제는 그렇게 서로를 끌어안았다.

그날 저녁 동생들이 잠든 사이 도혁은 옆집의 담을 넘었다. 담이 마주하고 있는 옆집은 어린 도혁이 보기에도 부자였다. 넓은 정원에는 넝쿨 장미가 피어 있었고 잔디도 있었다. 가끔 엄마와 옥상에 올라갈 때마다 힐끔거리며 보기는 했지만 이렇게 들어와 보니 정말 넓은 집이었다.

도혁이 늦은 밤 담을 넘은 이유는 낮에 보았던 굴비 때문이었다. 동생들에게 구워주면 좋아하겠다는 생각이 든 도혁은 마음을 다잡고 굴비를 찾기 시작했다. 어두워서 잘 보이지 않았지만 굶주림에 허덕이는 아이는 동물적인 감각으로 정원 끝에 걸려 있는 굴비를 찾아냈다.

"찾았다."

걸려 있는 굴비 한 두름에서 세 마리를 뺀 다음 준비한 검정 봉지에 정성스럽게 담은 도혁은 자신의 눈을 의심했다. 식당을 하던 자신의 집에도 이렇게나 많은 산해진미들이 있지는 않았다. 말리기 위해 나온 온갖 나물들과 고추들이 드넓은 정원의 한구석을 차지하고 있었다.

아빠가 음식을 할 때마다 도혁은 아빠의 요리를 도왔다. 절대 미각을 가진 도혁은 음식을 먹으면 무엇이 재료로 쓰였는지 단번에 맞히곤 해 아빠를 놀라게 할 때가 한두 번이 아니었다. 지금은 동생들에게 밥을 해주고 있는 도혁의 음식은 어른의 음식과 차이가 없을 정도로 훌륭했다. 그리고 그는 요리에 관심이 많았다. 공부보다도 훨씬 재미있는 게 요리였다. 장래희망도 요리사인 도혁이었다. 그런 도혁의 눈앞에 수많은 요리의 재료들이 있었다.

"와~ 진짜 많다."

"많지?"

갑자기 뒤에서 들려온 낮은 저음의 목소리에 도혁은 그 자리에 주저앉았다.

"자…… 잘못했어요."

남자는 도혁의 손을 잡아 일으켜 주었다.

"왜 그렇게 놀라? 뭘 잘못했는데?"

자신을 때릴 거라 생각했는데 남자는 오히려 괜찮은지를 물었다. 어두워서 남자의 표정은 보이지 않았지만 어린 도혁이 보기에 집채만큼 큰 사람이었다.

"여기는 어떻게 들어온 거야?"

검정 비닐봉지를 꼭 쥐고는 도혁이 뒷걸음질을 쳤다.

"너 혹시 옆집 사는 아이지?"

"아니에요."

순간 도혁은 있는 힘껏 달렸지만 몇 걸음 못 가서 남자의 손에 잡혔다.

"놔주세요."

"그건 너 하기에 달렸지."

남자는 도혁을 옆구리에 끼어 안고는 집 안으로 들어갔다.

"녀석, 뭐 이렇게 가벼워."

밖에서 보는 것보다 안이 더 큰 집이었다. 소파에 도혁을 앉힌 남자는 도혁에게 주스를 한 잔 내어주었다.

"마셔."

밝은 곳에서 본 남자는 도혁이 본 남자들 중에서 가장 큰 사람이었다. 그리고 왠지 멋져 보였다. 그의 눈치를 보던 도혁은 단숨에 주스를 마셨다.

"그 비닐 안에 든 게 뭐지?"

"아무것도 아니에요."

"거짓말은 용서 안 해."

그의 말은 이곳에서는 왕이 하는 말처럼 어린 도혁에게는 힘 있는 말이었다.

"굴비예요. 아까 봤었거든요."

"이걸 훔치러 들어왔니?"

"동생들이 이틀이나 굶었어요. 죄송해요."

남자는 아이의 손에 들린 검은색 비닐봉투에서 굴비를 꺼내 들어 확인을 하고는 이내 다시 넣었다.

"부모님은?"

"1년 전에 돌아가셨어요."

남자의 눈썹이 움직였다.

"너희들끼리만 살아?"

"네, 삼촌이 있긴 한데 죽어버렸으면 좋겠어요."

"왜?"

아이의 독기 어린 대답에 남자는 이유를 물었다.

"돈을 다 뺏어가요. 동생들한테 라면이라도 먹여야 하는데……."

아이가 울음을 터트리자 남자가 조용히 일어났다.

"가자."

아이가 울다 말고 그를 보았다. 아이는 본능적으로 알았다. 이 사람이 자신들을 구해줄 사람이라는 것을.

"아빠!"

갑자기 인형 같은 아이가 튀어나와 도혁은 깜짝 놀랐다. 아이를 보자 남자는 얼굴 전체에 미소를 지었다.

"우리 테라, 일어났어."

"응, 쉬~"

짧은 단발머리에 분홍색 잠옷을 입고 눈을 비비고 서 있는 조그마한 여자아이는 도혁과 눈이 마주치자 아빠의 다리 뒤로 숨었다.

"사장님, 제가 테라 화장실 데리고 갈게요. 근데 누구?"

"조카예요."

"네~"

어떤 아줌마가 아이를 데리고 화장실로 가면서 계속해서 도혁을 힐끔거렸다. 조카는 무슨이라는 표정이었다. 도혁은 인형같이 생긴 테라라는 이름의 여자아이에게서 눈을 떼지 못했다. 예쁘기도 했지만 이렇게 멋진 아빠가 있는 그 아이가 한없이 부러웠다.

"가자."

이렇게 삼 형제는 유 사장의 집으로 늦은 저녁 끌려왔다. 영문을 모르는 세 남자 아이들을 식탁에 앉히고는 유 사장은 굴비를 구워주었다.

"먹어."

도혁의 눈에 눈물이 고였다. 상황을 모르는 민혁과 시혁은 배고픔에 밥과 굴비 그리고 엄마가 살아 계셨을 때나 먹을 수 있었던 반찬들을 맛있게 먹었다.

"천천히 먹어. 내일부터는 밥걱정은 하지 않아도 돼."

막내 시혁의 머리를 쓰다듬으며 유 사장이 말했다.

"그리고 삼촌도."

그날의 약속을 유 사장은 그들이 클 때까지 지켰다. 그 후로 삼촌은 그림자조차 볼 수 없었다. 도혁은 그 후로 그 집에 다시는 들어가지 않았지만 가끔씩 옥상에 올라가 그 집을 훔쳐보곤 했다. 이 아름다운 집과 그 안에 살고 있는 귀여운 꼬마 아이를 힐끔거리며 쳐다보게 되었다. 몇 년 뒤 유 사장은 이사를 갔지만 그의 후원은 계속되었다.

불행했던 아이는 점점 사라지고 돌아가신 아빠처럼 요리사를 꿈꾸게 된 도혁은 그를 뒤에서 봐주고 계시는 유 사장님을 생각하며 열심히 노력을 했다. 철없는 동생들을 키우며 아이는 그렇게 성장하고 있었다.

1. 고바찌[식전에 먹는 한입 음식]와 등차수열

"교수님! 질문 있습니다."

강의를 마치고 나오려는데 잘생긴 남학생이 테라에게 다가왔다. 무거운 전공 책을 들고 있는 테라는 학생의 부름이 달갑지 않았다.

"뭐지?"

날이 선 그녀의 대답에도 능구렁이처럼 유들유들한 남학생은 그녀의 코앞까지 다가왔다.

"성함이 유테라 맞으시죠?"

'맞다 자식아. 지금 무거워 죽겠는데 좀 비켜주지.'

입안에서는 이렇게 말하고 있었는데 근엄하신 교수님이 막말을 할 수 없는 관계로 혀를 깨물고 있는 테라였다.

"······."

"그 테라가 그 테라 맞나요?"

눈치가 없는 건지 머리가 모자란 건지 남학생의 말은 계속되었다. 남학생은 그녀가 가르치는 학생이 아니었다. 이렇게 잘생긴 외모라면 테라가 기억을 못할 리가 없었다. 외모와 두뇌회전은 반비례인 걸 증명하듯 잘생긴 남학생은 남자가 보이기 힘든 백치미를 보이고 있었다. 테라는 책도 무거웠지만 백치미를 가진 남학생과의 대화가 짜증이 났다. 그래서 얼른 설명을 하고는 이 자리를 빨리 피하고 싶었다.

"그래, 어머니께서 수학자시라 10의 12제곱, 1조라는 뜻의 그리스어 테라를 이름으로 지어주셨지. 그래도 탄젠트나 코사인, 제곱으로 안 지어주신 것만으로도 다행이라 생각하는데."

엄마의 수학 사랑의 대표적인 케이스가 그녀의 이름이었다. 어렸을 때 학교 앞에서 파는 병아리 사갔을 때 지어주신 이름이 제곱이었다. 지금 생각하면 웃을 일이었지만 그때는 이상하게 그게 당연했었다. 테라도 그런 엄마의 마음을 수학자가 된 지금은 이해하고 있었다. 수학이란 학문이 주는 매력에 날이 갈수록 그녀 또한 빠져들고 있었기 때문이었다.

그래서 방송에 출현했을 때 그 이야기를 자랑스럽게 했는데 학생들은 매우 신기한 일이었던 모양이었다. 하기야 천재 수학자의 딸이 엄마와 같은 길을 가고 있으니 신기하기도 할 것이다.

"워낙 소문이 난 이야기라 확인을 하고 싶었습니다. 설마 했거든요."

'알았으면 빨리 꺼지세요.'

평소 테라의 독설에 그녀의 미모에 반해 쫓아다니던 남자들이 꽁지 빠지게 도망가기 일쑤였지만 아직까지 학교에선 본모습을 감추고 있는 테라였다.

"다음에는 수학에 관한 질문만 하도록."

"넵."

잘생긴 남학생은 그녀에게 윙크를 날리고 검지손가락으로 경례를 하고는 사라졌다. 30살에 정교수라는 파격적인 인사로 모두를 놀라게 한 유테라 교수는 복학생들에게는 몇 살 차이가 안 나는 누나였다. 또한 그 미모는 영화배우 뺨쳤다. 하지만 서릿발이 내린 것처럼 차가운 그녀에게 쉽게 다가오는 사람은 많지가 않았다.

다만 주변을 맴돌며 맘고생을 하는 남자들의 얘기를 종합하면 테라의 쌍꺼풀이 없는 큰 눈이 마치 슬픈 사연이 있는 여주인공의 눈을 생각나게 만든다고 한다. 항상 젖은 듯이 촉촉한 눈을 보고 있으면 자신도 모르게 그녀에게 빠져들고 만다는 뭐 그런 얘기다.

마치 영화 테스의 주인공 나타샤 킨스키를 연상시키는 그녀였다. 이름도 비슷하니까. 남학생은 뒷걸음질 치며 무거운 책을 들고 사라지는 그녀를 못내 아쉬운 듯이 쳐다봤다. 그녀의 가녀린 몸에 두꺼운 전공 책은 버거워 보였다. 들어줄 걸 그랬나 하는 생각을 하며 자신의 머리를 쳤다. 아무래도 복학한 첫 학기는 유 교수 앓이를 할 것 같았다.

윙~

"여보세요."

[김 피디입니다.]

"네, 안녕하세요."

[잘 시내시죠?]

"네."

안부나 물으려고 전화를 할 사람이 아니라는 걸 누구보다 잘 아는 테라였다. 한참을 뜸을 들이던 그가 조심스럽게 말을 꺼냈다.

[이번에 새로 편성된 프로에 출연을 해주셨으면 하는데 가능할까 해서요. 저번에 출연하셨던 프로그램이 너무 반응이 좋아서요. 이번에 꼭 섭외해야 한다고 국장님이 난리예요.]

"그래요?"

[아시잖아요, 국장님이 한번 말씀하시면 죽는 시늉이라도 해야 한다는 걸요. 제가 을이잖아요.]

"국장님이 슈퍼 갑질을 하신다고 해도 제가 시간이 될지 봐야 해요."

핸드폰을 어깨에 걸치고 자동차 문을 연 그녀는 책을 뒷좌석에 집어 던지고 차 문을 닫고 차에 기댔다. 친구의 신랑이기도 한 김 피디는 요즘 아내의 덕을 톡톡히 보고 있었다. 친구 신랑만 아니면 지난번 방송도 출연하지는 않았을 것이다. 그녀는 사람들의 관심이 싫었다.

[저 좀 한번 살려주시죠?]

전화기 너머로도 그의 타들어가는 마음이 느껴졌다.

"무슨 프론데요?"

[요리와 수학의 만남이라고 해서요. 수학을 조금 더 쉽게 대중에게 다가가게 하려는 취지죠.]

"취지는 좋은데 제가 시간이 될지 모르겠네요."

[다큐멘터리로 제작되는 거라 시간은 이쪽에서 맞출게요. 한 번만요.]

산들바람이 그녀의 긴 머리를 흩날리고 있었다.

"알았어요. 생각해 보고 연락드릴게요."

[하실 거라 믿고 있을게요. 내일 미팅이 있거든요. 1시에 점심식사 같이 하시죠.]

'장난해? 벌써 다 정해놓고 뭘 하자는 거야!'

테라는 속으로 기분이 상했다.

"저기 곤란할 것 같……."

[요즘 해주가 테라 씨 얘기를 많이 하네요.]

어설프게 아내 이름을 파는 그가 안쓰러운 생각이 들었다. 경쟁사회에서 살아남기 위한 그의 작은 몸부림에 테라는 어이없이 웃음이 나왔다.

"알았어요. 장소는 톡으로 보내주세요."

[역시 테라 씨가 절 살려주시는군요. 감사합니다.]

"그러다 전화기에 대고 절하시겠어요."

[지금 하고 있는데 안 보이시죠?]

"알겠습니다."

아주 어릴 적에 그녀의 천재성에 관심을 보인 사람들에 의해 방송에 출연을 하면서 그녀는 유명인사가 되었다. 가는 곳마다 그녀를 알아보고 귀찮게 하는 사람들 때문에 아빠가 모든 언론의 접근을 막아주셔서 그나마 편한 사춘기를 보냈다.

하지만 성인이 되고 우연한 기회에 방송에 몇 번 출연을 하고부터는 출연 섭외가 줄을 잇고 있었다. 그녀의 스펙도 큰 비중을 차지하겠지만 대중을 만족시킨 건 그녀의 출중한 미모였다. 완벽한 브레인인 그녀는 어려서부터 매스컴에 항상 노출이 되었었다. 그래서 학교에서도 연예인 교수라는 소문이 있을 정도였다.

언제나 모두의 관심은 테라를 피곤하게 했다. 방송 출연은 그녀가 원하는 바가 아니었지만 이상하리만치 사람들은 그녀의 모든 것을 궁금해했고 그녀가 한번 출연을 하게 되면 그녀를 향한 관심이 연예인 못지않았다.

요즘은 그런 관심이 더욱 싫은 그녀였다. 우연히 알게 된 아빠와 엄마의 비밀이 그녀의 머리를 복잡하게 만들고 있었다. 차가운 엄마보다 따뜻하고 자상한 아빠를 더 따랐던 그녀였기에 아빠에 대한 실망이 그녀의 생활마저 흔들고 있었다.

고등학교를 졸업할 무렵 엄마의 암 선고는 가족 모두에게 충격이었다. 차가운 엄마였지만 그녀는 엄마를 잃고 싶지 않았다. 그때 아빠의 모습은 테라가 기억하는 모습 중에 가장 슬픈 모습이었다. 사랑하는 이를 떠나보낼 준비를 하는 사람의 모습은 정말 눈 뜨고 보지 못할 만큼 절절했다.

그런 모습 뒤에 아빠의 파렴치한 모습이 숨겨져 있었다는 게 테라는 용서가 되질 않았다. 차라리 엄마를 그렇게 사랑하는 척이나 하지 말지. 아빠가 교수 임용이 되던 날 사주신 검은색 아우디에 기대 그녀는 친구 해주에게 전화를 걸었다.

"오늘 한잔 어때?"

[내일은 해가 서쪽에서 뜨려나. 테라가 먼저 전화를 하고.]

"오늘은 그냥 술 생각이 나네."

[내가 오늘은 좀 바쁘긴 하지만 널 위해 이 한 몸 바치마.]

"순순히 응하는 네가 더 이상한데?"

[사람이 너무 의심이 많으면 못 써요.]

"신랑한테 들었어?"

[그럼, 너의 그 성은이 망극한 결정을 들었지.]

"이따 거기서 볼까?"

[내가 오늘 마감 촬영이 있긴 한데…….]

특수 분장을 하는 해주는 테라보다 바쁜 사람이었지만 테라가 부르면 신랑도 팽개치고 오는 의리파였다.

[그래, 이따 보자. 근데 거기는 차 세우기가 지랄이라…….]

"그래서?"

[가요 가, 내가 주차 못하는 거 알잖아. 이태원이 주차하기 힘든 동넨 거 주차 잘하시는 넌 모를 거다. 다른 데는 싫지?]

"내가 사람들 많은 데 싫어하는 거 알잖아."

[알았다.]

요즘 아빠와 연락을 하지 않고 있는 테라였다. 10대 사춘기의 반항을 지금 하고 있는 그녀는 지금은 아빠를 생각하고 싶지 않다. 완벽한 아버지였던 그가 지금 테라에게는 혼란스런 존재가 되어 있었다. 아빠가 마카오로 출장을 가시기 전날 테라는 집에 들렸었다.

"아빠, 언제 돌아오세요?"

"녀석, 아직 출발도 안 했다."

"빨리 오실 거죠?"

슈트 케이스에 옷을 담고 있는 아빠의 팔짱을 끼며 테라가 애교를 부렸다.

"우리 테라 보고 싶어서 빨리 와야지."

"빨리 오세요."

"그런데 빨리 오면 뭘 하나 내일이면 우리 공주님 이사 가는데."

아빠의 목소리에 서운함이 묻어 있었다.

"자주 올게요."

나이는 서른이지만 현우의 눈에는 아직 어린아이였다.

"아빠, 나 엄마 서재에서 책 좀 가지고 가면 안 될까요?"

아빠와 떨어지는 게 언제 서운하다고 했는지 테라는 신이 나서 물었다.

"그래."

마카오로 출장을 간다고 준비하는 현우는 서운함을 숨긴 채 대답을 하고 있었다. 꿈에 그리던 독립을 하게 되었다. 비록 오피스텔이지만 근무하는 학교 근처로 이사를 하게 된 테라는 드디어 독립의 기쁨을 누리게 되었다.

나이만 서른이지 어린아이와 다를 게 없는 과보호 속에서 자란 그녀에게 요즘은 새로움의 연속이었다. 미적분학과 선형대수학을 챙기고 엄마가 집필한 전공 수학책을 든 테라는 자랑스러운 마음이 생겼다.

"우리 엄마 대단한데."

툭.

뭔가 작은 책이 전공 수학책 사이에 끼워져 있었다. 오래된 수첩 같았다. 테라는 호기심에 수첩을 넘기다가 말없이 덮었다. 그리곤 그 자리에 주저앉았다.

"아니야, 아빠가 그럴 리가 없어."

"테라야, 엄마 책 그만 가져가고 아빠랑 오랜만에 와인 한잔할까?"

서재 밖에서 아빠의 목소리가 들렸다.

"……."

아빠의 목소리가 듣기가 싫었다. 아니라고 생각은 하지만 이건 분명 엄마의 수첩이었다.

"유테라."

"아니요. 뭘 좀 찾아봐야 해요."

"그놈의 공부 지겹지도 않아. 알았다. 일찍 자."

"네."

영화에서나 나올 법한 얘기가 지금 그녀 앞에 펼쳐졌다. 테라는 떨리는 입술을 물었다. 어떻게든 이 충격에서 벗어나고 싶었다.

"아~"

한숨이 절로 나왔다. 일주일 전, 이 같은 사실을 우연히 알게 된 그녀는 이틀을 멍하게 있었고 삼 일을 술로 잠을 청했다. 오늘은 정말로 이 청승을 혼자 떨기가 싫었다.

이태원의 뒷골목에 자리한 외진 바에는 외국인들만이 출입을 했다. 테라는 자신을 알아보고 천재니 뭐니 하면서 신기한 동물을 보듯 하는 사람들이 싫어서 아무도 자신을 못 알아보는 이곳에 와서 종종 술을 마시곤 했다.

"마티니."

단골손님을 웃음으로 반기는 나이 든 바텐더는 그녀에게 인사말 대신 윙크를 날렸다. 마티니 한 잔을 다 마시는 동안 친구는 오지를 않고 있었다.

"해주야, 내가 널 갈아 마셔주마."

약속 시간에 늦는 법이 없는 아인데 오늘은 무슨 일이 있는 건 아닌지 하는 걱정 반 바람을 맞은 것에 대한 짜증 반이 칵테일처럼 묘하게 섞여 테라는 마티니를 홀짝거렸다.

[연결이 되지 않아……]

"나쁜 년."

핸드폰을 소리 나게 테이블 위로 던진 테라는 마티니를 한 모금 마셨다. 오늘따라 귀찮게 그녀에게 추파를 던지는 외국인들 때문에 슬슬 짜증이 난 그녀는 마티니만 마시고 자리를 뜰 생각이었다.

"산토리 히비키 17년산."

시끄러운 와중에도 중저음의 남자 목소리가 그녀의 귀에 들렸다. 마티니 잔과 핸드폰을 번갈아 보고 있던 그녀는 무심한 듯 남자를 쳐다보았다. 남자는 그녀와 눈이 마주치자 잔을 살짝 들어 보였다. 느끼하지 않은 산뜻함이 남자에게서 풍겼다. 의자 하나를 건너 나란히 앉은 그에게서 묘한 끌림을 느꼈다. 테라의 한쪽 입술 끝이 올라갔다.

"같은 걸로 숙녀분께도 한 잔."

그가 하는 말이 들렸지만 그녀는 술이 나올 때까지 옆을 보지 않았다. 작업을 하는 것은 아니지만 이 정도의 내숭은 여자에게는 기본이니까. 술이 나오자 고개를 숙여 그에게 감사 인사를 한 그녀는 속으로 숫자를 셌다.

'하나, 둘, 셋……'

마치 약속이라도 한 것처럼 그가 그녀의 옆에 앉았다.

"혼자 왔나?"

술에 취한 건지 남자의 반말이 거슬리지 않았다.

"그런 건 아닌데 그렇게 됐네요."

"그럼 바람맞은 건가?"

"뭐, 그렇죠."

남자가 위스키를 한 모금 마시더니 무심한 듯 그녀에게 말했다.

"그럼 나에게 기회가 생겼군."

"하하하."

남자의 말에 테라는 모처럼 기분 좋게 웃었다.

"작업을 이런 식으로 하시나 봐요."

"처음인데."

"그런 걸로 해두죠."

그녀가 위스키를 한 모금 마셨다.

"산토리 히비키 17년산, 마시면 그을린 나무 향이 나지."

"어, 그러네요. 신기하네. 술에 나무 향이라……."

테라는 신기한 듯이 스트레이트 잔을 들여다보았다.

"잘 길들여진 부드러움이 입안에서 퍼질 거야. 메아리치듯이."

"시적인 표현이네요. 메아리가 치듯이."

술기운이 오르고 있었다. 칵테일과는 다른 독한 술을 처음 마신 테라는 괜스레 웃음이 났다.

"술에 대해 많이 아시나 봐요?"

"조금."

"겸손하게 생기진 않았는데……."

잘생긴 남자의 얼굴에 웃음기가 올랐다. 테라는 잠시 남자의 얼굴을 살폈다. 뭐라고 콕 집어 말할 수는 없지만 그는 잘생겼다. 단지 눈에 거슬리는 건 그의 약간 휜 듯한 코였다. 새하얀 피부에 날카로운 눈 그리고 고집스러운 입만을 봤을 땐 부잣집 도련님 같은 인상이었지만 휜 코 때문에 그의 얼굴은 이상하게 남성적으로 느껴졌다. 자신을 미소 띤 얼굴로 쳐다보는 테라가 싫지 않았는지 남자가 테라에게 조금 더 다가왔다.

"한 잔 더?"

테라가 고개를 끄덕이자 그가 바텐더에게 두 잔을 더 주문했다.

"여기 자주 오시나 봐요."

"아니, 처음."

"근데 굉장히 익숙해 보여요."

"그런가?"

남자가 손을 들어 테라의 머리카락을 귀 뒤로 넘겨주었다. 너무나 자연스러운 그의 행동에 테라는 헛웃음이 나왔지만 싫지 않았다.

"선수 같아요."

"내가? 처음 듣는 얘기군."

"처음 보는 여자 머리를 그렇게 아무렇게나 넘겨주는 남자가 흔하진 않죠."

남자가 위스키를 한입에 털어 넣고는 그녀의 얼굴을 당겨 입을 맞추었다. 그의 갑작스런 입맞춤에 당황할 새도 없이 알싸한 술의 맛이 바나나 향과 섞여 그녀의 목구멍에 넘어가고 있었다. 그녀가 가만히 있자 남자는 테라의 입안을 자신의 혀로 훑어 내렸다. 그의 혀에서 히비키의 맛이 났다. 메아리치듯이.

"내가 선수라면 처음부터 이렇게 했겠지."

테라는 오늘 처음 보는 이 남자가 싫지 않았다. 두 번 다시 못 볼 수도 있지만 그의 짐승 같은 매력이 그녀의 뱃속을 찌릿하게 만들고 있었다.

"이름은?"

"순덕."

알 만한 사람은 다 아는 그녀의 이름을 대놓고 얘기하기가 싫었다. 이름도 워낙에 특이해서 한 번 들으면 잊혀지지 않는데다가 천재 소녀 유테라 하면 온 국민이 아는데 그에게 직접 말하는 건 알아봐 달라고 하는 것 같은 생각이 들었다. 옆에 있는 남자는 그녀의 얼굴을 다행히 모르는 것 같았다.

"순덕이라. 생긴 것과는 매치가 안 되는데 가르쳐 주기가 싫은가 보군."

"왜, 순덕이 어때서요. 그럼 당신 이름은요?"

"김도혁."

생긴 것만큼이나 이름도 강하다는 생각을 했다. 잠자리에서도 강할까? 순간적으로 이런 생각을 하고 있는 그녀의 얼굴이 붉어졌다. 그리고는 술의 탓으로 돌리려고 얼른 남아 있는 위스키를 단숨에 털어 넣었다.

"크~"

"너무 급하게 마시면 취해."

"아까부터 취했어요."

그녀가 매혹적으로 웃자 남자의 눈빛이 달라지고 있었다.

"아무한테나 그렇게 웃지 마."

"상관할 일이 아닌 것 같은데요."

"그렇지."

남자는 바텐더에게 위스키 한 잔을 더 주문하고는 테라에게는 얼음물을 주라고 했다. 얼음물을 마셔도 머리가 어지러웠다. 그래도 지금 좋은 건 다른 건 생각을 안 할 수 있다는 거였다. 아빠의 일도.

"나 한 잔 더 해도 돼요?"

"아니."

"치~ 나 안 취했는데."

그가 그녀의 얼굴을 한 손으로 쓸어내리며 감쌌다.

"언제나 이렇게 무방비한가? 아니면 남잘 이런 식으로 유혹하는 건가?"

무슨 용기에선지 이번에는 그녀가 그의 입술에 입을 가볍게 맞추었다.

"남자는 이렇게 유혹하죠."

"한 방 먹었군."

그가 그녀의 얼굴을 살며시 쓰다듬었다.

"예쁘군."

"진부해요."

그녀의 해맑은 표정과는 다르게 그의 표정이 갑자기 어두워졌다.

"오늘 밤 날 좀 재워주겠나?"

"……."

그의 대담한 요구에 그녀의 큰 눈이 더욱 커졌지만 무슨 이유에선지 거부할 수가 없었다. 여자 나이 서른이 넘도록 남자 경험이 없을 리는 만무하지만 그 몇 번의 기억도 그리 황홀하진 않았다. 끝까지 한 번도 가보지를 못한 그녀는 무늬만 야성녀였다. 그래서 남자와의 섹스를 좋아하지 않는 테라였다. 그런데 이 남자라면 뭔가 자신을 끝까지 가게 할 것 같은 기대감이 생겼다.

"하~"

어떻게 이 호텔까지 오게 됐는지 지금 이 사람이 왜 자신의 입술을 독차지하고 있는지 테라는 기억이 나질 않았다. 단지 그의 입안에서 나는 술과 과일 맛이 그녀를 자극하고 있다는 사실만을 알 뿐이었다.

"흐흡!"

남자의 혀가 그녀의 호흡을 방해하고 있었지만 테라는 상관이 없었다. 그의 목에 두 손을 감고 더 깊이 그가 그녀를 빨아들이기를 바라고 있었다. 아까부터 그의 남성이 그녀의 배를 찌르고 있었지만 테라는 그런 생경한 느낌마저도 놓치고 싶지 않았다. 그의 손이 갑자기 그녀의 가슴을 움켜잡자 놀란 테라는 남자의 손을 본능적으로 잡았다.

"쉬~"

남자가 그녀의 작은 저항을 허락하지 않았다. 그리고 이번에는 그녀의 옷을 머리 위로 벗겨냈다. 이성이 그녀의 겉옷과 함께 날아가 버렸다. 맨살에 닿은 남자의 손은 굳은살로 인해 껄끄러웠다. 굳은살이 주는 투박한 아픔이 그녀의 욕망을 일깨워 주고 있었다. 이제껏 사귀던 부잣집 도련님들의 매끄러운 손이 주는 섬세함과는 차원이 다른 메가톤 급의 충격적 쾌감이 그녀에게 밀려들었다.

그가 거친 손으로 그녀의 부드러운 가슴을 움켜쥐고는 주무르기 시작하자 그녀는 더 많은 것을 요구했다. 그의 손을 이끌어 자신의 유두에 대자 그가 엄지와 검지를 이용해 그녀의 유두를 딱딱하게 세웠다. 그리곤 그것을 입안 가득 넣고 빨기 시작했다.

"아파요. 부드럽게 해줘요."

이 목소리가 자신의 입에서 나오는 소리라는 게 스스로도 놀란 테라였다. 그런 생각도 잠시 그의 현란한 애무에 테라는 녹아내리고 있었다. 남자의 혀는 만족을 몰랐다. 그녀의 가슴에서 점점 아래로 내려오는 혀 때문에 테라의 몸이 점점 움츠러들고 있었다.

그가 그녀의 치마를 순식간에 아래로 내리자 이제 그녀가 몸에 걸친 거라고는 팬티스타킹이 전부였다. 스타킹 위로 그의 손이 지나가자 그의 굳은살에 의해 올이 나갔다. 그 모습을 본 그는 뭐라고 작게 욕을 내뱉더니 스타킹을 찢어버리고는 테라를 알몸으로 만들었다.

"아름다워."

남자가 처음으로 그녀를 칭찬하자 그녀는 아랫배가 찌릿함을 느꼈다. 그가 무릎을 꿇고는 그녀의 숲에 입을 맞추었다. 놀란 그녀가 그의 머리를 잡았다.

"그만!"

남자는 그녀의 손에 힘을 전혀 받지 않는 것처럼 아무렇지 않게 그녀의 여성을 핥았다. 혀로 숲을 가르고 들어와 그녀의 클리토리스를 자극했다.

"아학~ 제발."

남자가 주는 자극에 그녀의 숨이 목까지 차 들어갔다. 그가 주는 자극에 테라는 발레리나처럼 발끝으로 서서 겨우 몸을 지탱을 하고 있었다. 이번에는 혀로는 만족을 못했는지 손가락 하나를 그녀의 동굴 속으로 집어넣은 남자의 현란한 손놀림에 그녀의 몸 안에서는 애액이 쏟아져 나오고 있었다.

"싫어~"

그가 갑자기 손을 빼더니 손가락을 그녀에게 보여주었다.

"당신의 몸은 반대로 얘기하는군. 민감한 몸이야."

그녀가 보기에도 꿀을 발라놓은 것처럼 그의 손가락에는 그녀의 애액이 흐르고 있었다.

"싫어요?"

자신이 이런 말을 서슴없이 내뱉는 건 이 남자 때문이다. 절대로 자신은 밝히는 여자가 아니었다. 하지만 지는 건 죽기보다 싫었다.

"그럴 리가."

그가 테라를 안아 들고는 침대로 향했다. 테라는 그의 목에 팔을 감고는 남자의 귀에 속삭였다.

"불공평해요."

"뭐가?"

남자의 목소리가 잔뜩 잠겨 있었다.

"당신은 옷을 입고 있잖아요."

아무것도 걸치지 않은 그녀와는 반대로 그는 올 때의 복장 그대로였다. 남자는 테라를 침대에 사뿐히 내려놓고는 거칠게 자신의 옷을 벗었다. 테라에게서 한순간도 눈을 떼지 않은 채 그는 그렇게 알몸이 되어갔다. 하얀 피부가 눈이 부셨다. 여자의 피부처럼 하얀 피부는 그가 햇볕을 보지 않는 직업의 사람임을 말해주고 있었지만 그와는 대조적으로 그의 근육은 그가 운동을 많이 했음을 말해주고 있었다. 오늘 그녀는 계를 탔다.

'와우.'

이런 생각을 한다는 것이 스스로도 놀라웠지만 테라는 술기운을 빌려 마음 가는 대로 즐길 생각이었다.

"마음에 드나?"

그녀가 침대 헤드에 알몸으로 기대어 고개를 끄덕였다. 남자에게는 부유함이 묻어나고 있었지만 더욱더 그녀를 끌리게 하는 건 막노동을 하는 노동자의 거친 몸이었다. 왜 자꾸만 이런 생각이 드는지 그녀는 이해할 수가 없었다. 이중적인 매력이 남자에게서 흘러넘치고 있었다. 그녀의 곁에 몸을 누인 남자는 거친 손으로 그녀의 얼굴을 잡아 가볍게 키스를 했다.

"오늘은 부드럽게 못할 것 같아."

바라는 바였다. 섹스를 하는 중에 한번을 끝까지 간 적이 없는 그녀였다. 어이없겠지만 어떤 때는 웃음이 터져 버렸다. 테라는 아무것도 못 느끼는데 혼자서 열심인 남친 때문이었다. 그리고 아는 사람과의 잠자리는 왠지 가족과 자는 느낌이어서 더 이상 그녀를 흥분시키지 못했지만 지금은 낯선 곳 낯선 남자가 주는 야릇함이 그녀를 설레게 했다.

잠깐의 딴생각도 허락하지 않는다는 듯이 남자의 혀가 그녀를 다시금 차지하고 있었다. 어디서 그런 용기가 났을까 그녀는 그의 혀를 받아들이며 그의 남성을 살며시 잡았다.

'헉! 완전 훌륭하군.'

테라의 손에 잡힌 남성은 기대 이상으로 크고 단단했다. 마치 선물을 받은 듯이 기뻤다. 그녀의 상대가 이렇게 훌륭한 물건을 가지고 있다는 건 오늘 밤이 지극히 환상적일 것이라는 결론에 다다르게 했다. 그의 입안의 혀까지도 단단했다. 남자의 몸에서 단단하지 않은 것을 찾을 수가 없는 그녀였다. 그의 단단한 혀가 그녀의 말랑말랑한 입안을 샅샅이 점령하고 있었다. 그리고 그는 그녀에게 복종을 원하는 듯이 아랫입술을 살짝 깨물었다.

"하 흐~"

테라의 입에서 원색적인 신음 소리가 흘러나왔다. 그의 혀가 그녀의 목에서 맥을 찾아 그곳에 입술을 가볍게 눌렀다. 그의 입술 사이에서 그녀의 맥박이 빨라지고 있는 느낌이었다. 뱀파이어에게 피를 빨리는 것처럼 그렇게 유혹적인 그의 입술의 움직임은 그녀의 아래에 홍수를 일으키고 있었다. 때마침 그의 손이 그녀의 숲을 어루만지고 있었다. 그러던 그가 꽉 잠긴 목소리로 그녀의 귀에 속삭였다.

"흘러넘치는군. 야한 몸이야."

그가 손가락을 그녀의 질에 찔러 넣고는 천천히 돌리고 있었다. 입안의 혀의 놀림처럼 그런 그의 행위가 입안에서도 똑같이 이루어졌다. 그녀는 이제 완전히 몽롱한 상태였다. 그의 손과 혀가 주는 쾌락에 테라는 완전히 빠져들고 있었다. 취기가 가셔야 하는데 이제는 뱃속부터 위스키의 위력이 올라와서 뇌까지 마비시킨 것 같았다.

남자가 그녀의 머리를 아래로 부드럽게 내리는데도 그녀는 그가 하는 대로 내버려 두었다. 아니, 사실은 한 번도 해보지 못한 그 은밀한 행위를 내심 기대하고 있었다. 그의 것을 입안에 담으면 어떤 느낌일까 하는 궁금증이 그녀의 머리에 스쳤다. 그의 남성이 빳빳하게 서서 그녀의 입술을 기다리고 있었다.

"먹어요?"

그의 남성을 손에 잡은 그녀는 대담한 말들을 뱉어내기 시작했다.

"무슨 맛일까 궁금하긴 한데……."

테라가 그의 남성의 끝에 입을 살짝 맞추었다. 그리고 남성의 갈라진 끝에 혀를 세워 살며시 눌렀다. 그러자 신기하게도 그의 남성 끝에 물방울이 나왔다.

"당신도 물이 나오네요."

그녀가 남성에 맺힌 물을 혀로 쓸어 올리자 그의 몸이 굳어졌다. 참고 있기 힘들다는 듯이 그녀를 잡으려고 몸을 일으키자 테라가 동작 빠르게 그의 남성을 입에 넣고는 본능적으로 빨았다. 위아래로 움직이는 그녀의 입술의 움직임에 남자는 그녀의 머리채를 가볍게 움켜잡았다.

남자의 입에서 억눌린 신음이 흘러나왔다. 그 소리가 테라를 더 대담하게 만들었다. 마치 그녀 속의 다른 그녀가 나온 것처럼 그렇게 그녀답지 않은 행동들과 속삭임이 계속되었다. 남자는 원래 테라가 이렇게 밝히는 여자인 줄 알 것이다. 그래도 입안 가득 물고 있는 남성은 그녀 또한 흥분시키고 있었다. 그녀의 손은 남성 아래의 주머니도 정성스럽게 애무해 주었다.

"그만."

남자가 그녀의 머리를 잡아서 억지로 자신의 남성과 분리를 시켰다. 사탕을 빼앗긴 아이처럼 테라는 기분이 나빴다.

"나만 즐길 수는 없지."

그가 그녀의 엉덩이를 잡아 자신의 얼굴 쪽으로 돌렸다. 그리고는 그녀의 숲을 가르고 아까와는 다른 거친 혀의 놀림으로 그녀의 클리토리스를 찾아냈다. 그리고 그녀의 여성 전체를 입에 넣고는 단숨에 빨아들였다.

"아~"

그녀의 눈앞에는 그의 남성이 있었다.

'이게 69!'

그의 과감함에 지고 싶지는 않았다. 묘한 신경전이었다. 그녀는 그의 남성을 입에 넣었다. 이제 여유는 그녀에게도 없었다. 말초 신경을 자극하는 그들의 애무는 한동안 계속되었다. 남자가 갑자기 그녀를 아래에 눕히더니 그녀에게 지독하게 깊은 키스를 하기 시작했다. 그리고는 단 한 번의 허리 움직임으로 그녀와 하나가 되었다.

빡빡하게 들어가는 그녀의 입구가 그도 몹시 힘들었는지 그의 콧등에 땀방울이 맺혔다. 미칠 듯이 느린 그의 피스톤 운동에 그녀는 짜증이 났다. 처음은 아프다고 그러더니 하나도 아프지 않았다. 단지 너무나 부드럽게 움직이는 그가 이해가 안 갔다.

'아까는 짐승처럼 굴더니 뭐야?'

그리고 그의 눈과 마주친 그녀는 그의 물음이 섞인 눈빛과 마주했다.

"처음인가?"

"……."

"닳고 닳은 여자처럼 굴더니 처음이라……."

기분이 팍 상한 그녀가 몸을 일으키려 하자 그가 그녀의 어깨를 눌러 침대에 고정시켰다.

"움직이지 마. 지금도 몹시 힘들게 참고 있으니까."

"……."

"뭐든지 반전은 매력이 있지."

남자가 거칠게 그녀에게 파고들었다.

"좋은 몸을 가졌어. 남한테 주기에는 정말로 아까운 여자야."

"아흐~"

그의 움직임이 거칠어질수록 그녀의 소리도 점점 높아갔다. 고통인지 쾌락인지 그녀는 구분을 할 수가 없었다. 그의 얼굴이 점점 참기가 힘든지 구겨지고 있었다.

"더 빨리~ 더~"

남자의 엉덩이를 손으로 감싼 테라는 자신의 본능이 시키는 대로 그렇게 그에게 말하고 있었다.

퍽, 퍽, 퍽.

듣기에도 민망한 소리가 방 안에 울리고 있었다.

"미치겠어."

"윽~"

그의 피스톤 운동이 그녀가 절정을 느끼는 순간 멈추고 그의 몸이 그녀의 몸을 덮었다. 땀으로 젖은 두 뜨거운 육체는 그렇게 한참을 엉켜 있었다. 테라는 그의 무게가 주는 압박이 싫지가 않았다. 오늘 그녀는 다른 사람에게는 허락하지 않았던 많은 것들을 이 남자에게 허락을 했다. 신기한 일이었다. 테라를 덮고 숨을 고르고 있는 남자의 등을 그녀는 손으로 쓸었다. 잔 근육들이 테라의 손을 즐겁게 하고 있었다.

"단단하네요. 다."

테라의 어깨에 얼굴을 묻고 있던 남자가 고개를 들어 그녀를 쳐다봤다. 그리고 갑자기 그녀를 안고는 몸을 굴려 이번에는 테라가 자신의 위에 오게 위치를 바꾸었다.

"어머."

그리고 너무나 가볍게 테라를 들어 누워 있는 자신의 배 위에 앉혔다.

"다 쉬었나?"

"뭐라구요?"

"준비됐냐구?"

"……."

남자가 앉아 있는 테라의 허리를 한 손으로 잡고 다른 한 손은 그녀의 중심에 넣었다. 남자의 얼굴을 보자니 자꾸 부끄러운 생각이 든 테라는 일부러 몸을 뒤로 젖히며 머리를 쓸어 넘겼다. 테라의 생각 없는 행동에 남자가 신음을 내뱉었다. 방금 전까지 죽어 있던 남성이 다시금 솟아 그녀의 엉덩이를 자극했다. 손을 뒤로해서 그녀가 그의 남성을 잡아 쓰다듬었다.

"스스로 넣어봐."

테라는 뭔가에 홀린 듯이 남자가 시키는 대로 했다. 남자와 하나가 된 테라는 부끄러운 줄도 모르고 허리를 움직였다. 본능이 시키는 대로 허리를 돌리는 테라의 모습을 남자는 넋을 잃고 바라보았다. 남자는 시각으로 느낀다고 했던가. 그의 눈동자 안에는 테라가 가득했다. 이렇게 그들은 밤새 서로의 몸을 탐했다.

아침 햇살이 테라의 눈을 뜨게 했다.

"으음~!"

기지개를 켜며 핸드폰을 찾아 시간을 확인하고 다시 눈을 감았다가 1초도 안 돼 다시 눈을 뜬 테라는 어젯밤이 꿈이 아님을 천천히 자각하고 있었다.

"후~"

한숨이 절로 나왔다. 등 뒤에 그녀와 마찬가지로 하나도 걸치지 않고 자고 있는 남자를 깨우지 않고 일어나는 방법을 말해준다면 그녀의 전 재산이라도 주고 싶은 심정이었다.

"제발~"

그녀가 몸을 굴려 침대를 빠져나가려고 하자 남자의 손이 테라를 끌어당겨 그의 품에 가두었다.

"굿 모닝!"

"아~ 예."

"섹스 후에 말없이 가는 여자는 매력 없어."

"별로 매력 있고 싶지 않네요."

"그럼 당신이 얼마나 매력이 없는지 다시 한 번 볼까?"

남자의 입술이 그녀의 입술을 달콤하게 삼켰다.

'워 워, 이건 아니지.'

테라의 머릿속이 복잡해졌다. 그는 하룻밤 상대이고 말아야 했다. 그런데 왜 자꾸 그를 볼 것 같은 예감이 드는 걸까. 테라는 그와 다시 보지 말아야 한다는 결론을 내리고는 그의 달콤한 혀를 밀어냈다.

"나 출근해야 해요."

"오늘 하루는 나와 함께 어때?"

"안 돼요."

"아쉽군. 내가 데려다주지."

"아, 아니요, 그냥 저 혼자 갈게요."

그가 어깨를 으쓱여 보였다. 샤워를 마치고 어떻게 호텔을 빠져나와 교수실에 앉아 있는지 그녀는 알지 못했다. 다행히 어제 홈쇼핑에서 온 택배 덕분에 똑같은 옷을 입고 강의하는 굴욕은 면할 수 있었다. 오전 강의시간은 그야말로 그녀에게는 지옥의 시간이었다. 온몸이 두들겨 맞은 듯이 욱신욱신 아팠다. 특히 허벅지 사이는 뻐근해서 서 있기도 불편했다.

"교수님, 어디 아프세요?"

"몸살인가 봐."

"창백하세요."

걱정스럽게 묻는 아이들에게 밤새 섹스에 시달려 이렇다고는 차마 말할 수 없어서 전 국민의 핑곗거리인 감기 몸살로 둘러댔다.

"아이고, 주책아~"

스스로를 나무라며 그녀는 강의실을 나왔다. 그래도 알 수 없는 서운함이 밀려왔다. 아무리 그녀가 처녀이고 섹스에 서툴러도 그는 그녀의 연락처조차 묻지 않았고 다시 만나자는 얘기조차 없었다. 너무나 쿨하게 남자는 호텔에서 그녀를 보냈다.

"첫 경험치고는 너무 쿨한데."

씁쓸한 미소를 지으며 그녀는 자신의 사무실로 향했다.

콜록, 콜록.

아침부터 기침이 시작되었다. 약을 사먹으면 되겠지만 현우는 세상에서 약 먹는 게 가장 싫었다. 소희가 암으로 죽어갈 때 약은 그녀를 살려내지 못했다. 옆에서 그녀에게 약과 주사를 놔주며 그는 그녀가 고통스럽지 않기를 바랐다. 방사선 치료를 받고 온 날 후에 변기통을 잡으며 체액까지 토해내는 그녀를 보며 그는 의사의 멱살을 잡은 게 한두 번이 아니었다.

소희가 고통 속에서 세상을 떠나고 그 후로 현우는 약을 잘 먹지 않았다. 그렇게 자신이 쉽게 나으면 소희에게 미안하다는 생각이 들었다. 바보 같지만 그는 그렇게 자신의 여자를 잊지 못하고 있었다. 첫눈에 반한 여자였다. 평생 조폭으로 살았지만 여자에게 나쁜 짓을 한 번도 한 적 없는 상남자인 그가 단 한 번 나쁜 짓을 해서 얻은 여자였다. 그렇게 탐이 났던 아름다운 소희였다.

"소희야."

요즘은 늙었는지 자꾸 죽은 아내가 생각이 났다.

마카오에 온 지도 일주일째였다. 관광객들이 많은 이곳에 나이트클럽을 만들기 위해 그는 시장 조사 겸 이곳에 왔다. 최 사장과의 끊임 없는 싸움이 이제는 지겨워진 그였다. 큰 형님만 아니었어도 벌써 예전에 갈아 마셨을 녀석인데 현우의 성격에 이만하면 오래 참은 것이었다. 오랜 악연의 끝을 현우가 내고 싶었다.

테라도 시집갈 때가 되었고 아빠의 직업 때문에 딸이 시집갈 때 흠이 잡히는 걸 원치 않는 그였다. 이곳은 자신의 영역을 넓히면서도 한국에 있는 최 사장과의 마찰을 피할 수 있는 최고의 묘안이었다. 그리고 그는 이제 말년을 이곳에서 보내며 일선에서 물러날 생각을 가지고 있었다. 죽은 아내와 이곳에서 말년을 보내고 싶었다. 하지만 그의 아내는 그를 기다려 주지 않고 먼저 저세상으로 갔다.

오늘따라 아내가 자꾸 떠올랐다. 아내가 죽던 날, 아내는 그에게 뭔가를 말하고 싶어했지만 최 사장 개자식 때문에 그는 아내의 임종을 지키지 못했다. 하필 그날 최 사장이 다른 조직원들과 하지도 않을 싸움을 벌이는 바람에 김 회장의 특별 지시를 받고 도와주러 간 사이에 아내는 세상을 뜬 것이다. 아픈 내내 그녀 곁을 지켰지만 정작 임종은 못 지킨 것이다. 조금만 기다려 주지.

"무심한 사람."

그가 한숨을 쉬며 죽은 아내를 원망했다. 항상 그의 전부였던 아내였다. 암으로 죽는 순간에도 그는 아내의 손을 놓지 않았다. 그의 저주스런 짝사랑은 지금까지도 이어지고 있었다. 다 그의 잘못이었다.

"하~"

한숨 사이로 오래전 그녀를 만났을 때가 떠오른 현우였다. 그날 그가 그 자리에 가지 않았다면 이렇게 애끓는 사랑을 하지 않아도 되지 않았을까. 아니다. 그는 소희를 다른 인연으로라도 만났을 것이다. 그래, 그와 소희는 그날 질긴 인연의 끈을 만들었으니까. 단정하게 교복을 입고 하얗고 예쁜 얼굴을 한 소녀를 현우는 지금도 기억의 상자에 소중하게 담고 있었다. 누군가 그랬다. 부부는 서로 자신의 가장 아름다웠던 모습을 기억해 주는 사람이라고……

서울에 건달들이라면 모두가 몸담고 싶어하는 서울파의 조직원 중에서 가장 주목받는 행동 대장이었던 그는 보스가 시키는 일이면 목숨까지도 바칠 각오가 되어 있는 충성스러운 부하였다. 큰 키에 인물도 잘생겨서 보스가 웃어른들을 만날 때에 그를 데리고 다닐 정도로 그는 잘나가는 깡패였다.

그러던 어느 날 그의 보스가 그를 불렀다. 그들의 사무실은 명동에 위치했다. 다른 조직들은 건설에 손을 대는데 그의 조직은 사채에 손을 대고 있었다. 지금은 제일 큰손은 아니었지만 영악한 보스의 오른팔이 그의 힘을 등에 업고 조직의 재산을 불리고 있었다. 겉보기에는 여느 사무실과 다름없는 이곳에는 서울의 주먹들만이 드나들고 있었다.

조그마한 키에 깡마른 김진만은 서울의 시라소니라는 별명을 가진 알아주는 주먹이었다. 보기에는 아무것도 아닌 것처럼 보여도 그의 눈은 보통 사람들은 마주 볼 수도 없을 만큼 강했다. 그의 옆에는 그의 오른팔인 최 사장이 있었다. 그는 사채시장에서 악독하기로 소문난 사람이자 돈을 다룰 줄 아는 사람으로도 유명했다. 지금은 회장님을 등에 업고 승승장구를 하고 있는 인물이기도 했다.

"유 부장 왔나?"

작지만 다부진 김 회장의 부드러운 말에 현우의 허리가 저절로 90도로 구부러졌다.

"네, 회장님."

"내가 유 부장에게 특별히 부탁할 일이 있어서."

현우의 허리는 여전히 90도를 유지하고 있었고 그의 시선은 김 회장의 구두를 쳐다보고 있었다. 보스는 그에게 하늘과 같은 존재였다.

"네, 회장님."

"유미건설을 큰어른께서 탐을 내시는데 사장이 말을 안 들어서."

큰어른이라는 말에 현우의 어깨가 굳어졌다.

"네. 알겠습니다, 회장님."

"수고 좀 해줘."

최 사장이 귓속말로 회장을 조종하고 있었다. 욕심이 끝이 없는 최 사장을 현우는 언제나 경계하고 있었다. 회장님이 그를 가까이 하시는 이유가 돈에만 국한되기를 바랐지만 요즘은 마치 작전 참모 같았다. 현우의 눈빛을 느꼈는지 최 사장이 날카로운 눈빛으로 현우를 쳐다봤다. 아직은 그가 상대할 인물은 아니기에 그는 90도로 인사를 한 뒤에 받아온 주소로 차를 돌렸다.

유미건설 사장의 집은 일반 2층 양옥집이었다. 현우가 할 일은 그가 퇴근해서 집에 오기를 기다렸다가 손만 보면 되는 것이었다. 담배를 입에 물고 유미건설 사장의 집을 부하들과 지켜보고 있던 그의 눈에 한 소녀가 보였다. 언제부터 그 집 앞에 있었는지 하얀 얼굴에 단정히 교복을 입은 그녀는 보기에도 모범생의 모습이었다.

누구를 기다리고 있는지 꽤 오랫동안 그 자리에 서 있는 그녀를 현우는 한참을 보고 있었다. 처음으로 여자에게 시선을 빼앗긴 그였다. 그녀의 청순한 모습이 그의 눈을 사로잡았다. 그때 자동차가 유미건설 사장 집 앞에 멈추어 섰다.

"아빠!"

차에서 현우가 기다리던 사장이 내리자마자 갑자기 어디선가 다른 조직의 건달들이 나와서 유미건설 사장을 덮쳤다. 순식간의 일이었다.

"악~ 사람 살려요."

현우의 시선을 빼앗은 그녀가 다급하게 소리를 지르기 시작했다. 현우는 자신이 무슨 일을 하러 이곳에 온지도 잊은 채 차에서 내려 그들을 제압했고 갑작스러운 현우의 등장에 그들은 도망치기 시작했다.

"아빠."

그러나 이미 유미건설 사장은 칼에 맞은 상황이었다. 그는 사장을 차에 태운 뒤에 병원으로 향했다.

"우리 아빠 죽는 건 아니죠?"

그녀의 손에는 유미건설 사장의 피가 흥건히 묻어 있었다.

병원 응급실에 유미건설 사장을 데려다 놓고 그는 김진만에게 전화를 걸었다.

"회장님, 다른 곳에서 저희보다 먼저 김 사장을 쳤습니다."

[뭐라고? 누군데?]

"모르겠습니다. 김 사장이 칼에 찔려서 중태입니다."

[죽으면 안 되는데, 어른께서도 겁만 주라고 하셨거든.]

"어찌할까요?"

[일단 병원을 지켜.]

"네."

현우는 다시 응급실로 갔다. 응급수술이 들어갔지만 그의 상태는 매우 위독했다. 수술실 앞에 쭈그리고 앉아 있는 그녀가 그를 올려다보았다.

"아빠는 무사하겠지요?"

"……."

그녀의 바람에도 불구하고 그는 끝내 과다 출혈로 사망했다. 다른 조직의 사람들이 아닌 청부업자의 소행이었다. 그러나 화살은 현장에 있던 그에게로 돌려졌고 그는 누명을 쓰고 경찰에 연행되었다.

"유 부장, 몇 년만 고생해."

최 사장은 현우를 생각하는 척하며 주머니에서 서류를 꺼냈다.

"물론, 변호사와 안에 들어가서의 생활은 책임져 주지. 다녀온

다음엔 서울호텔을 맡게 될 거야. 몇 년 고생한 대가치고는 후한 거래지. 여기에 사인만 해."

현우가 차가운 눈빛으로 최 사장을 쳐다봤다.

"너도 알다시피 형님께서도 이번 일 때문에 피해를 보실 수도 있고 해서 너와 다른 건설사가 짜고 유미건설 사장을 친 걸로, 죽일 의도는 없었지만 실수로 그렇게 됐다는 내용으로 형님께서 말씀하신 대로 썼으니까 사인만 하면 돼."

"진짜 형님께서 그렇게 하라고 하셨습니까?"

"그래."

최 사장의 눈빛이 흔들렸다. 최 사장은 이참에 김 회장과 조직원들이 신임하는 현우를 제거해 버릴 생각이었다. 부장인 주제에 사장인 자신보다도 김 회장의 총애를 더 받고 있었기 때문이었다. 이번 일에 굳이 현우를 넣은 것도 다른 쪽에 부탁해서 김 사장을 죽인 것도 모두 그의 계획이었다.

"이건 영치금이라고 생각하고 여기 형사들에게 좀 주고 담배값이나 해. 나중에 영치금은 더 넣어줄 테니. 사람이 미래를 생각해야지, 서울호텔이 유 부장 것이 될 텐데……."

돈 봉투를 내밀던 최 사장의 면상을 날리고는 그는 자신이 함정에 빠졌다는 것을 알았다. 그런데 천만다행으로 생각지도 않게 소희가 그가 범인이 아님을 증언해 주어 그는 누명을 벗게 되었다. 그의 임무는 이렇게 허무하게 끝이 났지만 그는 그녀를 떠날 수가 없었다. 자신이 왜 그러고 있는지 그 스스로도 알 수가 없었다. 그렇게 그는 그녀의 뒤를 자기도 모르게 봐주고 있었다.

고등학교 2학년인 그녀의 이름은 김소희였다. 천재 소리를 들을 만큼 공부 또한 잘하는 그녀였다. 일찍 엄마를 여의고 죽은 김사장이 그녀의 유일한 가족이었다. 160도 안 되는 자그마한 체구에 송아지 눈을 생각나게 하는 큰 눈은 얼굴의 반을 차지할 만큼 컸다. 그런 그녀가 그를 자꾸 자극하고 있었다. 그렇지만 중학교도 겨우 졸업한 일자무식인 그에게 천재 소녀는 다가갈 수 없는 큰 산이었다.

[유 부장, 어딘가?]

"네, 회장님."

[자네 요즘 무슨 일 있나?]

"아닙니다. 시키실 일 있으십니까?"

[신사동에 있는 호텔을 하나 접수해야겠는데.]

"지금 가겠습니다."

그는 전화를 끊고 하교 후에 집으로 들어가는 그녀를 확인한 후 명동 사무실로 차를 돌렸다. 그렇게 바라보다 습관처럼 그녀를 찾게 되던 그는 어느 날 평생하지 말아야 할 일을 저질렀다. 1년이란 세월이 지나고 그녀가 서울대에 합격을 한 날 그는 자신의 초라함을 소주로 달래고 있었다. 자신이 지금 조폭이고 가방끈도 짧은데 서울대생인 그녀 앞에 이제는 더욱더 나갈 수 없음이 그를 취하게 만들었다. 늦은 밤 그는 취기를 빌려 그녀의 대문을 두드렸다.

"누구세요?"

목소리도 그가 기억하는 여성스러움이 가득한 향기가 있는 소리였다. 그의 심장이 알코올에 젖어 마구잡이로 뛰고 있었다.

"누구긴, 나지?"

자신의 목소리라고는 믿어지지 않을 만큼 음산함이 묻어나는 소리에 현우는 깜짝 놀랐다. 그녀가 나오기 전에 몸을 돌리려는데 운도 억세게 없는 그녀는 빨리도 문을 열었다. 이제는 돌이킬 수 없었다. 그녀 잘못이었다. 대문 사이로 그를 알아본 그녀가 순순히 그를 집으로 들였다.

"어? 이 시간에 어쩐 일이세요?"

아무런 의심도 없다. 어찌나 해맑게 그를 맞이하는지 그는 마치 약속을 하고 소희의 집을 방문하는 기분이었다. 그래도 내색하기에는 그에게는 아직 양심이 있었다.

"내가 오면 안 되나?"

다시 한 번 그녀에게 그를 내보낼 기회를 주었다.

"아니요, 장례식 후에 인사드리려고 했는데 연락처가 없어서. 그땐 감사했습니다."

이제는 그녀에게 더 이상 그를 피할 기회를 줄 수가 없었다. 그럼 자신이 너무나도 초라해질 것 같았다. 불쌍하지만 이제 그는 소희를 놓지 않을 것이다. 공손히 인사를 하는 그녀를 그가 와락 끌어안았다. 그리고 저항하는 그녀의 입술을 그의 입으로 막았다. 그에게 이성이라는 단어는 없었다. 그녀의 입술 맛을 느끼고는 댐이 터지듯 그의 욕망은 끈을 놓아버렸다.

머리가 너무 아팠다. 너무나 생생했던 꿈 때문에 그는 피식 웃고 있었다. 그녀를 너무나 사랑한 나머지 이제는 이런 거침없는 꿈을 꾸었다는 게 그는 어이가 없었다. 그리고 깨질 듯한 머리를 부여잡으며 그는 눈을 떴다. 그리고 그는 한동안 그의 눈에 비친 이 상황을 이해하지 못했다.

"꿈에서 덜 깬 거야."

그는 머리를 흔들었다. 낯선 거실에서 그는 실오라기 하나 걸치지 않고 앉아 있었고 그의 옆에는 그와 마찬가지로 아무것도 걸치지 않은 그녀가 기절했는지 자는지 눈을 감고 누워 있었다. 얼마나 울었는지 그녀의 볼에는 눈물자국이 선명했고 그가 몇 번을 탐했는지 그녀의 온몸이 명투성이였다. 거실은 그의 정액 냄새로 가득했고 그의 꿈은 현실이었다.

"내가 무슨 짓을 한 거지?"

그의 얼굴에서 핏기가 사라졌다. 정신을 차리고 그는 그녀를 안아 들고는 그녀의 침실인 것 같은 방의 침대에 그녀를 눕혔다. 그리고 물수건을 가져와 그녀의 몸을 닦아주기 시작했다. 얼마나 그랬을까, 그의 손길을 느끼고 깼는지 그녀의 얼굴에 눈물이 흐르고 있었다.

"미안하다. 1년을 너만 바라봤어. 하루도 빼놓지 않고 너의 하굣길을 지켰다. 나도 모르게 너를 사랑하게 돼버렸고 어제 술을 너무 많이 마시고 기억이 나질 않아……."

찰싹.

갑자기 그녀의 손이 날아왔다.

"어떻게 나에게 그럴 수가 있어. 나가, 나가란 말야."

뺨을 맞았지만 약한 손짓은 그에게 아픔을 주지 못했다. 그녀의 목소리도 힘이 없기는 마찬가지였다. 그녀의 아름다운 두 눈은 공허했다. 그는 **뺨**을 맞은 아픔보다 마음이 너무 아팠다.

"미안하다. 내 잘못이야. 내가 책임질게."

"나가, 당장!"

그녀는 남아 있는 마지막 힘을 다해 가슴을 부여잡고 서럽게 울고 있었다. 그는 자신의 옷을 챙겨서 말없이 그 집을 나왔다. 그의 눈에 평생 처음 눈물이 고였다.

그날부터 그는 그의 부하를 그녀 옆에 심어두었다. 그는 그녀를 마주할 용기가 없었다. 가끔 멀리서 그녀의 모습을 보는 걸로 그는 그의 죗값을 치르고 있었다. 그녀는 아무렇지도 않게 학교생활을 했고 졸업 후에 서울대에 입학을 했다. 날이 갈수록 그녀의 아름다움은 그를 다시 숨죽이게 하고 있었고 꼬여드는 남자들을 눈엣가시처럼 쳐다보고 있었다.

그와의 일이 일어난 지 3개월이 조금 넘어가고 있었다.

"형님."

"너 이 시간에 소희 안 지키고 뭐 하는 거야?"

"그게……."

"뭐, 이 새끼야."

"여기 오셨습니다."

그의 뒤로 소희가 서 있었다. 그녀의 얼굴은 얼음 여왕을 연상시킬 만큼 차가웠다.

"안녕하세요?"

그녀가 인사를 하는데도 그는 얼빠진 사람처럼 멍하게 서 있었다.

"잠깐 드릴 말이 있어서요."

"앉아."

그의 목소리가 가늘게 떨렸다.

"커피 줄까? 아니면 주스라도?"

"아니, 괜찮아요."

다소곳하게 앉아 있는 그녀와는 달리 그는 안절부절 어쩔 줄을 몰라 하고 있었다. 소희는 그에게는 두려운 존재였다. 어떤 싸움꾼이 와서 덤벼도 무서움이 없는 그였지만 그녀만큼은 겁이 났다.

"둘이만 얘기하면 안 될까요?"

사무실에 형님을 찾아온 여자라고는 처음 보는 그의 부하들이 그녀를 넋을 놓고 보고 있었다.

"당장 나가."

그들은 일사불란하게 사무실을 나갔다.

"저 임신했어요."

그의 눈이 커질 대로 커져 있었다.

"어제 산부인과에 가서 확인했어요. 난 아이를 낳고 싶어요. 그런데 혼자 키울 능력은 안 되니까 아저씨가 도와줘요."

그녀의 말이 떨어지기가 무섭게 그가 말했다.

"그래, 당장 결혼해. 짐은 우리 집으로 옮기고."

"진짜 결혼을 원하는 건 아니에요. 내 아이가 미혼모의 아이로 손가락질받는 게 싫을 뿐이에요. 정상적인 결혼 생활을 원하진 않아요."

"뭐든 소희 하자는 대로 할게."

그렇게 그의 짝사랑은 다시 시작되었다. 곁에 있어도 가질 수 없다는 게 얼마나 마음 아픈 일인지 그때는 미처 알지 못한 현우였다.

Rrrrrr.
옛 생각의 상념에서 깨어나게 하는 벨소리였다.
"여보세요?"
[형님, 저 영탭니다.]
"그래."
[형님······.]
영태의 음성이 떨리고 있었다.
"무슨 일이야?"
[형님······.]
"무슨 일이냐고!"
현우의 음성이 거칠어지고 있었다. 큰일이 있지 않고서는 영태의 목소리가 이렇게 떨릴 일이 없었다.
[회장님께서······.]
"이 새끼야, 똑바로 말해!"
[회장님께서 돌아가셨습니다.]
"뭐?"
현우의 다리가 힘이 풀려 소파에 털썩 주저앉았다.
[형님? 듣고 계십니까?]
"그래."

냉정을 찾아야 했다. 슬픔은 지금 그에게 허락되지 않는 사치였다. 서울에 있는 테라와 조직원들의 미래가 불투명해지고 있었다. 하필 이럴 때 자리를 비우는 게 아니었는데 내일 당장 서울로 돌아가야겠다고 생각한 현우에게 영태가 또 한 번의 충격을 주었다.

[회장님께서 돌아가시면서 최 사장을 후계자로 지목하셨답니다. 모두들 이에 반발을 하고 난리가 났습니다. 그래서 지금 몇몇 형님들께서 최 사장 애들에게 당하셨습니다. 식구들을 인질로 잡고 각서에 사인을 받고 있다고 합니다. 지금 형님이 제일 위험하십니다. 테라도.]

"뭐라고?"

[제 생각으로는 당분간 귀국하지 않으시는 게 나을 듯합니다. 테라는 제가 피신시키겠습니다.]

"지금 그걸 말이라고 하는 거야? 당장 서울로 갈 테니까 기다려."

[형님, 그럼 다 죽습니다. 테라도 위험해지구요.]

"젠장."

[제가 해결할 테니 조금만 참아주십시오.]

전화를 끊고 테이블을 주먹으로 내려쳤다. 현우는 최 사장의 비열함을 잘 알고 있었다. 그는 어떻게 해서든 보스의 자리에 오를 것이다. 지금은 한발 뒤로 물러설 때였다. 모두를 위해서.

한 호텔에 이틀 연속으로 오는 일은 장기 투숙일 때 빼고는 처음이었다. 그것도 저녁을 화끈하게 보낸 후에는. 지나가는 사람들이 모두 그녀가 어제 이곳을 왔음을 아는 듯했다. 물론 그녀만의 생각이지만 얼굴을 들 수가 없는 테라였다.

'왜 하필 여기냐구!'

속으로 아무리 구시렁거려도 어제의 기억에서 벗어나기는 힘들었다. 엘리베이터에 같이 타고 있는 몇몇이 테라를 힐끔거리며 쳐다보고 있었다.

'뭐야? 어제 내가 여기 온 걸 아는 거야?'

도둑이 제 발 저리다고 그녀가 예뻐서 힐끔거리며 쳐다보는 사람들의 시선을 테라는 오해하고 있었다. 얼른 엘리베이터를 내리려는데 한 남자가 그녀를 따라 내리더니 그녀를 불렀다.

"저기요?"

그의 부름에 테라는 돌아보고 싶지 않았지만 고개를 돌렸다.

"저기, 유테라 씨 맞으시죠?"

'뭐야, 어제 일을 아는 거야?'

놀란 그녀의 눈이 커졌다.

"네."

"맞군요. 실물이 훨씬 미인이시네요."

"……."

"이건 제 명함입니다. 엘리베이터 안에서 고민을 많이 했는데 이러지 않으면 제가 평생 후회할 것 같아서요."

그러면서 남자가 그녀의 손에 자신의 명함을 쥐어주었다.

"무슨 뜻인지는 아시죠?"

"……."

테라가 명함을 보자 명함에는 의사인 남자의 이름이 적혀 있었다.

"연락 바랍니다."

그리고 남자는 쑥스러운 듯이 그 자리를 떠났다. 황당하지만 기분이 나쁘지는 않았다.

"테라 씨, 여기."

사람 좋은 김 피디가 손을 흔들었다. 테라는 고개를 숙여 인사를 했다. 김 피디 주변의 서너 명의 스태프들과도 눈인사를 하고는 테라도 그들의 자리로 갔다.

"유 교수님, 오늘 너무 예쁘세요."

"입에 발린 칭찬이라도 기분 좋은데요."

테라가 웃으며 자리에 앉았다.

"오늘은 교수님 때문에 호텔 뷔페도 먹고, 감사해요."

작은 피디의 애교에 테라도 웃음을 지었다.

"제가 오후에 강의가 있어서요. 빨리 진행하시죠."

"아직 한 친구가 안 왔어요. 금방 온다고 했으니까 기다려 주세요."

"누군데요?"

테라가 짜증을 참으며 물었다.

"같이 촬영할 쉐프요. 모르세요? 김 쉐프? 텔레비전 좀 보고 살아요. 수학에만 빠져 있지 말구요. 울산의 유명한 일식집 동경의 사장이자 요리계의 이단아이자 실력자죠. 이번에 히트 친 더 쉐프의 심사위원이기도 하구요."

가뜩이나 바빠 죽겠는데 남의 프로필까지 들으니 더 짜증이 난 테라는 핸드폰의 시계만 보고 있었다.

"어제 못 만났어요?"

해맑게 주절거리는 김 피디를 한 대 치고 싶은 걸 간신히 참고 있는 테라는 억지로 미소를 지으며 물었다.

"누굴……."

"늦었습니다."

김 피디와 이야기를 나누고 있던 테라는 귀에 익은 목소리에 설마 하는 마음으로 고개를 들었다.

"어제 만났죠? 해주가 테라 씨가 이태원 바에 간다고 하길래 이 친구를 그쪽으로 보냈죠."

테라의 얼굴이 창백해지고 있었다.

"어제 숙녀분 잘 모셨지?"

"나야, 언제나 최선을 다하지."

모르는 사람이 들으면 친절한 남자의 배려 어린 이야기라고 생각하겠지만 테라가 듣기에는 어젯밤에 벌인 정사에 대한 얘기로만 들렸다. 남자는 테라만이 아는 뜨거운 시선으로 아무도 모르게 슬쩍 윙크를 했다. 심장이 덜컹거리며 내려앉는 소리가 그녀의 귀에 들렸다. 이게 무슨 시추에이션인지 정신이 하나도 없었다.

남자는 블랙 셔츠에 블랙 진을 입고 까르띠에 탱크시계로 깔끔하면서도 섹시한 패션이었다. 회의를 하는 중에 그는 테라에게 한 번도 눈길을 주지 않고 자신의 요리에 대한 얘기로 사람들을 압도하고 있었다. 멋있었다. 성공한 남자의 자신감 있는 모습이 그에게 보였다.

질 수 없는 테라였다. 하지만 바짝 약이 오르는 건 사실이었다. 어제 자신을 소개할 수도 있었는데 그는 마치 우연히 만난 것처럼 그녀를 속였다. 그건 그 옆에 앉아 능글맞게 웃고 있는 김 피디도 마찬가지였다. 그들은 테라를 속인 것이다. 아니다. 간을 본 것이다.

'지가 요리사면 다야? 사람 간을 보게.'

테라는 혈압이 상승 중인 것을 내리누르고 있었다. 그걸 알 리가 없는 질 나쁜 늑대는 연신 자신의 얘기로 주위를 현혹시키고 있었다. 얄미웠다. 한 방 먹이고 싶었다. 니가 그렇게 쉽게 대할 여자가 아님을 보여주고 이 자리를 뜨고 싶었다. 친구 신랑이고 뭐고 김 피디에게 이 프로는 안 한다고 할 것이다. 니들이 얼마나 아까운 걸 놓치는지 두고 보라는 심정의 테라였다.

'김 피디, 어제 너 나한테 실수한 거야.'

한참을 기회를 엿보다가 테라가 모두의 시선을 잡는데 성공했다.

"1부터 100까지 여기 계신 분들 중에 가장 빨리 더하시는 분께 제가 케익 쏘죠."

도혁의 얘기에 빠져 있던 사람들의 시선이 일제히 테라에게로 쏠렸다.

"여기 케익 진짜 맛있어요."

"그래?"

이제 그들에게는 도혁은 이미 없는 존재였다.

"어때요?"

"우리야 좋죠? 암산으로요?"

테라가 피식 웃음을 흘렸다.

"암산으론 힘드니까. 핸드폰 계산기로 하죠."

"좋아요. 그럼 테라 씨가 시작하면 하기로."

비장하게 계산할 준비를 한 그들을 보며 테라는 웃으며 시작을 말했다.

"그럼 시작."

"1+2+3+4+5……."

"시끄러워요."

김 피디의 중얼거림에 작은 피디가 말했다. 승부의 세계는 냉정했다. 핸드폰의 계산기로 정신없이 계산을 하는 그들 사이로 테라와 도혁의 시선이 부딪쳤다. 도혁의 눈빛 속에는 어제의 뜨거웠던 시간이 남아 그녀의 얼굴에서부터 천천히 몸으로 내려오며 그녀의 옷을 눈으로 벗기는 것 같았다. 그의 그런 시선을 온전히 받고 있는 테라는 어제의 일은 아무것도 아니라는 듯한 시선을 보내고 있었다. 이들이 눈빛으로 싸우고 있는 순간 막내 피디가 답을 맞혔다.

"5050."

"빙고."

"아~ 조금만 빨랐어도."

김 피디가 무릎을 치며 아쉬워했다.

"여러분이 계산기로 계산을 해도 5분 정도가 걸리는 이 계산은 사실은 몇 초 내로 가능해요."

"에이~"

모두들 테라의 말을 안 믿는 순간이었다.

"간단해요. 1+100=101, 2+99=101, 3+98=101. 이렇게 앞의 수와 뒤에 있는 수를 차례로 더하면 모두 101이 나온다는 것을 알게 되죠. 101이 50개가 나오고 이것을 곱하면 5050이 나와요."

"와~ 역시 천재는 다르네요."

"아니요, 이건 제가 발견한 게 아니라 위대한 수학자 가우스가 10살에 발견한 등차수열이에요."

"10살에요?"

"네, 제가 이 문제를 낸 이유는 제가 만약에 '연속하는 두 수의 차이가 일정한 수열을 말하며, 두 수의 차이를 공차라고 한다. 1, 3, 5, 7…… 등과 같은 수열이 이에 속한다. 수열의 첫 항을 a_1, 공차를 d라고 하면 등차수열의 n번째 항은 $a_n = a_1 + (n-1)d$로 나타낼 수 있다.'라고 말하면 이해하실 수 있으시겠어요?"

"아니요, 첫 번째가 더 이해하기가 쉬웠어요."

"이번에 이런 다큐를 하시는 목적이 어려운 수학을 쉽게 이해하기 위한 거 아닌가요?"

"이 작가, 다 받아 적었어?"

"넵!"

"테라 씨가 저를 살려주실 것 같네요."

김 피디의 눈에서는 하트가 남발이 되고 있었다. 그리고 도혁의 눈에서는 위험한 빛이 나고 있었다. 그의 시선을 무시한 채 테라는 속으로 스코어를 외쳤다.

'1대1.'

자, 그럼 굳히기로 들어갈까.

"더 쉬운 계산법도 있어요. 물론 국한적이기는 하지만."

모두의 눈이 빛났다.

"1+2+3+4+5+6+7+8+9+10=55. 11+12+13+14+15+16+17+18+19+20=155. 21+22+23+24+25+26+27+28+29+30=255가 답이에요. 외웠냐구요? 아니요. 연속되는 10개의 수의 합은 다섯 번째 수 뒤에 5만 붙이면 답이에요."

"거참, 신기하네요."

"그렇죠? 수학은 그렇게 어려운 게 아니에요. 쉽게 접근만 한다면요. 선입견 없이."

테라가 말을 할 동안 도혁은 아무 소리 없이 그녀만을 바라보고 있었다.

완승이었다. 통쾌한 생각은 들었지만 여전히 테라는 도혁이 신경 쓰였다. 두 남자에게 보내는 그녀만의 경고였다. 나쁜 놈들이 그녀를 가지고 놀았다. 김 피디가 미리 말했다면 그녀는 그 자리에 가지 않았을 것이다. 그리고 어제 같은 실수는 하지 않았을 것이다. 그리고 승리에 가득 찬 그의 눈빛을 보지 않아도 됐을 것이다.

'된장 고추장 쌈장!'

결과적으로는 다 그녀의 잘못인 것이다. 창피했다.

"오늘은 여기까지 할게요. 교수님 강의 시간에 늦으실라."

눈치 빠른 김 피디가 미팅을 마무리했다.

"김 쉐프는 할 말 있고?"

그가 어깨를 으쓱였다.

"그럼 저 먼저 일어날게요."

"수고하셨습니다."

그들을 뒤로하고 테라는 호텔 주차장으로 향했다.

삑!

자동차 문을 열고 타려는 찰나 그녀는 손에 들고 있던 키를 빼앗겼다.

"어머, 뭐예요?"

씩 웃으며 아무렇지도 않게 그녀의 운전석에 앉은 사람은 도혁이었다.

"김도혁 씨, 지금 뭐 하는 짓이죠?"

"이름은 기억하는군. 타."

"이봐요?"

"강의에 늦어."

테라는 그와 말싸움을 할 시간이 없었다. 그래서 일단은 자신의 차 조수석에 몸을 실었다. 마치 자기 차인 듯 아무렇지도 않게 운전을 하는 그가 테라는 거슬렸다.

"원래 하룻밤 잔 여자한테 이래요?"

"아니, 관심이 있는 여자한테만."

"난 관심이 없어요."

"그렇군."

"이봐요, 난 남자한테 관심을 가질 시간적인 여유가 없네요."

"어젯밤에는 안 그렇던데……."

그가 씨익 웃었다. 싫지 않은 미소였다. 여태까지 만난 남자 중에 최고라는 것은 인정하지만 그래도 이렇게 자신을 처음부터 막대하는 남자는 싫었다. 아니, 처음부터 이렇게 맥을 못 추고 남자에게 끌려 다니는 게 싫은 테라였다.

"강의 끝내고 나와. 기다릴 테니까."

테라는 대답도 하지 않고 차에서 내렸다. 가란다고 갈 사람이 아니었다. 가뜩이나 아빠의 일 때문에 머릿속이 복잡해 죽겠는데 혹이 하나가 더 붙었다. 오후의 강의는 그녀가 좋아하는 미적분학이었다. 수학 강의를 하는 것이 아니라 그녀는 그녀만의 놀이터에서 놀고 있는 중이었다. 학생들과 문제 하나를 풀고 나면 스트레스가 풀리는 테라였지만 오늘은 아니었다. 뭔가 꺼림칙한 느낌이었다.

강의가 끝나고 집으로 가는 시간이 오늘은 지옥에 가는 시간같이 느껴졌다. 그녀의 검은색 애마가 눈에 들어왔다. 한 걸음씩 가까워질수록 답답함이 밀려왔다. 이 매력적인 거머리를 어찌 떼어내야 할지 테라는 난감했다. 차 안에는 한 팔을 이마에 대고 눈을 감고 누워 있는 그가 보였다. 다시 봐도 매력이 넘치는 남자였다.

"안 돼, 유테라."

한숨을 내쉬며 차창을 두드렸다.

"수고했어. 타지."

"그만 내리세요. 운전은 제가 하죠. 호텔까지 모셔다 드릴게요."

"타."

꿈쩍도 하지 않고 앉아서 그녀의 말을 씹어버리는 그가 얄미웠지만 학생들이 많이 오고 가는 이곳에서 실랑이를 할 수는 없었다.

"김도혁 씨, 여기는 학생들이 많은 곳이에요."

"……."

다시 한 번 그에게 조심스럽게 말을 했지만 소용이 없었다. 그녀는 조수석의 문을 열고 그의 옆에 앉았다. 그녀가 앉자마자 차는 굉음을 내며 주차장을 빠져나왔다.

"도대체 왜 이러는 거예요. 난 댁한테 관심이 없네요."

"내가 관심이 있어."

"……."

테라는 이 매력 덩어리 거머리를 해치울 방법을 생각하느라 정신이 없었다. 거머리를 떼어낼 확률을 계산해 보니 차라리 지금 마른하늘에 날벼락을 맞을 확률이 더 높게 나왔다.

'아~ 짜증나. 뭐 이렇게 잘생긴 거야.'

"내가 잘생기긴 했지."

속으로 생각만 했는데 그가 그녀의 마음을 읽기라도 한 것처럼 말을 하자 테라는 놀라서 딸꾹질이 나오기 시작했다.

"딸꾹!"

테라가 입을 손으로 가리자 남자가 웃었다.

"괜찮아, 남들도 그렇게 생각하니까."

한동안 딸꾹질이 멈추질 않자 테라는 주먹으로 가슴을 두드렸다. 쪽팔리고 신경질이 났다. 그에게 화를 내려는 순간 그가 그녀의 얼굴을 잡고는 키스를 했다. 짧지만 그의 깊은 키스에 그녀의 딸꾹질이 거짓말처럼 멈추었다.

빵~!

신호가 바뀌자 뒤에 서 있는 차들이 아우성이었다. 그가 아쉽다는 듯이 그녀를 놓아주고는 뒤에 차들에게 미안하다며 손을 흔들었다.

"지금 어디로 가는 거예요?"

"……."

"김도혁 씨!"

테라는 너무나 자기 맘대로인 그가 짜증이 났다. 더 짜증이 나는 건 아까의 키스의 여운이 아직도 그녀를 설레게 하고 있다는 것이다. 한참을 말없이 운전만을 하고 있는 그가 짜증이 나서 그녀는 조수석 깊이 몸을 누이고는 눈을 감았다. 어젯밤에 밤새 그에게 시달리고 하루 종일 긴장을 했더니 급피곤함이 밀려왔다.

잠깐 눈을 감았다 떴는데 지금 그녀는 산속에 있었고 그녀의 옆자리는 비어 있었다. 깜짝 놀란 그녀가 몸을 일으키자 그가 차 밖에서 창문을 두드렸다. 놀라지 말라는 신호였다. 담배를 피우고 있는 그를 보며 그녀가 차에서 내렸다.

"도대체 여기가 어디예요?"

"도선사."

"어디요?"

"지난번에 북한산에 유명한 라면집이 있다고 해서 한 번 왔는데 시원하고 좋더라구. 오늘 보니 당신 많이 지친 것 같아서."

그가 아무렇지 않게 내뱉은 말이 지금 테라에게는 왠지 모르게 위안이 되었다. 저녁에 산에 오른 경험이 없는 테라는 그와 나란히 걷고 있다는 게 신기했다.

"내일 울산으로 내려가."

도혁이 덤덤하게 말했지만 그 속에는 아쉬움이 있었다.

"촬영을 같이하는 것도 아니고 따로 할 텐데 그러면 더욱더 보기 힘들어질 거야."

"……"

도혁은 더 이상의 얘기를 하지 않았다. 만나러 오겠다는 얘기도 만나러 오라는 얘기도 그 어떤 약속도 하지 않았다. 이대로 끝인가. 그건 아닐 거라는 생각이 들었지만 불안한 테라였다. 먼저 만나자고 하기엔 자존심이 상했다. 그가 말하지 않는다면 테라가 먼저 다시 만나자고 말할 것 같았다.

"어디로 자꾸 가는 거예요?"

"말이 많군."

말은 무뚝뚝했지만 테라의 손을 한없이 부드럽게 잡은 도혁이었다. 그가 테라의 손을 잡고는 가로등 불이 안내하는 길로 이끌었다. 잘 닦인 절의 입구에는 어두컴컴했지만 많은 등산객들이 다니고 있었다. 그리고 연인들도.

그녀의 하이힐이 잘 정돈은 되었지만 가파른 산길을 오르는 데는 불편했다. 그가 손을 잡아주었지만 그녀의 걸음이 느려지자 도

혁이 갑자기 자신의 구두를 벗었다. 그리고 그녀의 발 앞에 놓고
는 그녀의 힐을 벗겨내고 자신의 구두를 신겼다.

"괜찮아요."

"……."

당황한 테라가 그를 말렸지만 그는 말없이 그녀의 발을 자신의
신발에 넣었다. 그리곤 한 손에는 그녀의 힐을 한 손은 테라의 손
을 잡고는 그들은 솔 향을 맞으며 한참을 걸었다. 그의 거친 손이
그녀의 아기같이 부드러운 손을 감싸 쥐자 테라는 자신이 이 남자
에게 많이 빠져 있음을 인정하지 않을 수 없었다.

"이렇게 산에 오니까 좋네요. 한 번도 안 와봤어요. 어렸을 때
빼고."

"왜?"

"난 공부하는 게 이렇게 돌아다니는 것보다 좋았으니까요."

"이해해. 난 요리하는 게 제일 좋으니까."

"공기가 좋네요. 나무 향도 좋고."

"그래."

다음을 약속하는 그 어떤 말도 들을 수 없었지만 테라는 지금
이 순간이 좋았다. 절 앞에 돌 화단에 걸터앉아 한참을 그의 어깨
에 기대어 숲의 소리를 들었다. 그냥 그런 조용한 여유가 테라에
게는 필요했었다. 만난 지 하루밖에 안 된 남자가 그녀에게 위안
을 줄지 그 누가 알았겠는가. 그의 단단한 어깨를 그리워할 것 같
았다. 돌아오는 길에 그가 갑자기 명함을 그녀에게 주었다.

"이게 뭐예요?"

명함에는 동경이 한자로 쓰여 있었고 대표 김도혁이라고 써 있었다. 테라가 의아한 표정을 지으며 그의 얼굴을 보았다.

"울산에 당신이 왔으면 좋겠어."

여태까지 약한 곳이라고는 한군데도 없이 강한 느낌의 남자가 수줍은 듯이 얘기하는 게 테라는 몹시 설레었다.

"당신은 서울에 안 와요?"

"부산점이 내일모레 오픈하면 당분간은 자리를 비울 수가 없어."

그가 다시 만나자는 말을 안 한 이유를 지금에서야 안 테라는 한편으로 안심이 되었다. 그녀가 싫어서가 아닌 것이다. 뭐 울산이야 주말에 가면 되니까. 하지만 금방 예스라는 말은 하기 싫었다. 그건 너무 자존심이 상하니까. 테라는 대답을 아꼈다.

좋은 사람과의 시간은 로켓을 단 것처럼 빨리 지나갔다. 어느새 호텔 앞에 도착한 그들은 차 안에 한참을 말없이 앉아 있었다.

"올라갔다가 가."

그의 말뜻을 아는 그녀의 얼굴이 붉어졌다.

"아니요. 갈래요."

"……."

"오늘도 애들이 교수님 아프냐며 난리였어요. 내일 또 병든 닭처럼 굴기 싫어요."

도혁이 테라의 얼굴을 돌려 입을 맞추었다. 아쉬움이 가득 담긴 키스였다.

"잘 가."

"네."

차에서 내린 도혁은 뒤도 돌아보지 않고 호텔로 들어갔다. 테라는 도혁이 들어가고도 한참을 그 자리에 있었다. 테라는 자신도 모르게 그의 입술이 다녀간 자신의 입술을 만졌다.

"자자, 유테라, 정신 좀 차려."

테라는 차를 돌려 집으로 향했다. 다음번 그와의 만남을 기대하며.

2. 젠사이[애피타이저]와 부정방정식

누런 금반지가 양손 가득 끼워져 있었다. 무슨 논개도 아니고 남자의 손가락 열 개에 반지가 모두 끼워져 있었다. 반지가 끼워진 손으로 계속해서 의자의 손잡이를 두드리는 그의 모습이 불안해 보였다. 곱슬머리에 구레나룻이 있는 그는 육십이 넘은 나이에도 팽팽한 피부를 자랑했다. 쌍꺼풀이 짙게 진 눈을 깜박거리지도 않고 그는 무언가를 골똘히 생각했다.

"회장님!"

사무실 의자에 움직임 없이 앉아 있는 남자에게 그의 부하가 땀을 흘리며 달려왔다.

"유현우가 어디 있는지 알아냈나?"

"아닙니다."

"그럼 뭣 때문에 왔어?"

남자는 험악한 표정을 지으며 옆에 구십 도로 몸을 구부린 부하에게 소리를 쳤다.

"김영태가 움직이고 있습니다."

"뭐?"

"그쪽은 이미 접수했는데 무슨 소리야?"

"지금 유 사장이 우리 쪽에 완전히 무릎을 꿇은 상태가 아니기 때문에 조직원들을 규합하고 다른 조직의 도움을 요청하고 있는 것 같습니다."

갑자기 앞에 놓여 있던 신문이 부하의 뺨에 날아왔다.

"지금 그걸 말이라고 해?"

"죄송합니다."

"다 된 밥에 지금 이게 뭐 하는 짓이야."

"서울 조직의 회장님이 최 회장님께 직접 자리를 내주셨으면 이런 일도 없었을 텐데 저들은 정통 조직이고 저희는 사채 쪽이라 다른 조직들이 최 회장님의 회장 자리를 탐탁하게 여기지 않고 있습니다."

"……."

최 사장의 미간이 좁혀졌다. 틀린 말은 아니었다. 자신이 아무리 죽은 김 회장을 몇십 년에 걸쳐 보필을 했지만 그에게 최 사장은 돈 벌어주는 기계에 불과했다. 그에게 후계자는 늘 유현우였다.

"유현우에게 딸이 하나 있던가?"

"네."

"유테라 교수입니다."

"그년 잡아와."

"네?"

"너무 유명한 사람이라 건드리면 저희가 더 불리합니다."

"아니, 유현우를 불러들이는 데 최대의 미끼가 될 거야."

"그래도……."

"시키면 시키는 대로 해."

"네, 회장님."

아직 그는 반쪽짜리 회장이었다. 이번에 꼭 마무리를 지어야 했다. 이러려고 김 회장을 죽인 것은 아니었다. 유 사장이 회장 자리에 오르는 것을 막아야 했다. 그것만은 정말로 싫었다. 김 회장의 병세가 악화되어 병원에 있을 때 그는 매일 그의 곁에 있었다. 혹시나 회장 자리를 몇십 년간 충성을 한 자신에게 주지 않을까 하는 은근한 기대 때문이었다. 하지만 김 회장은 최 사장에게 유현우를 부르라고 지시했었다.

"회장님, 늦은 시간인데 내일 부르시죠."

"아니야, 이제 갈 때가 된 것 같아."

"무슨 말씀을 그렇게 하십니까. 아직도 10년은 훨씬 더 사실 것 같은데요."

"고맙군. 내가 이래서 자넬 좋아하지."

회장의 칭찬에 최 사장은 감동을 했다.

"그래도 불러줘."

"네, 무슨 말씀을 하시게요."

"내 자리를 현우에게 물려줬으면 하네. 자네 생각은 어떤가?"

김 회장의 말에 최 사장의 참았던 분노가 폭발을 했다. 어떻게 개같이 충성을 한 자신을 놔두고 유현우에게 회장 자리를 준단 말인가. 용서할 수가 없었다.

"회장님, 제가 부르도록 할 테니 그동안 쉬십시오."

그의 말에 회장이 눈을 감자마자 최 사장이 김 회장이 베고 있던 베개로 얼굴을 눌렀다. 베개 밑으로 몸을 파닥거리는 김 회장에게 그는 독기 어린 말을 내뱉었다.

"나에게 회장 자리를 줬어야 했어, 유현우가 아니라. 이 병신 새끼야."

한참 후 버둥거리던 회장의 몸이 잠잠해졌다. 베개를 떼고 한참을 멍하게 앉아 있던 그가 머리를 쓸어 올리고 옷매무새를 만졌다.

"의사! 의사! 회장님께서……."

갑작스런 소란에 병원이 들썩거렸다. 이렇게 서울 조폭의 일인자가 눈을 감았다.

다시 최 회장의 손이 의자를 치고 있었다. 유현우를 잡아들여야 했다. 그리고 자신이 일인자가 돼야 했다. 마카오 어딘가에 처박혀 있는 그를 잡기는 힘들었다. 하지만 그의 딸을 잡아들이기만 한다면 그는 한국으로 올 것이다. 지금 그에겐 유테라가 필요했다.

아무래도 김도혁이 자신에게 무슨 이상한 약을 타 먹인 것이 틀림없었다. 이렇게 누군가를 보고 싶어한 적이 있나 아무리 생각을 해봐도 돌아가신 엄마를 빼고는 없는 것 같았다. 그와 헤어진 지도 한 달이 되어가고 있었다. 전화번호는 있었지만 전화를 하고 싶지는 않았다. 그냥 얼굴을 마주하고 그의 체온을 온몸으로 느끼고 싶었다. 밤마다 꾸는 야릇한 꿈이 현실에서도 이루어지길 바라는 테라였다.

"아~ 짜증나."

갑자기 시간 강사 하나가 교통사고를 당하는 바람에 그녀가 강의를 맡게 되었다. 학생들에게는 복이 터진 얘기요, 그녀에게는 두 달간 자유를 뺏는 일이었다. 강의 준비만으로도 정신이 없는데 책까지 출간을 앞두고 있어서 그야말로 몸이 열 개라도 모자랄 지경이었다.

"자, 오늘은 여러분들도 알다시피 강의를 휴강을 할까 생각했지만 그러기엔 학사 일정이 꼬이는 관계로 일당이 더 높은 베스트 시간 강사가 긴급 투입이 되었죠. 그게 누구냐면?"

"유테라!"

"빙고. 이번 시간은 부정방정식 시간이에요."

"네."

"참 쉽죠? 수학은 신나니까."

"에이~"

"오늘은 반응 속도들이 남다른데. 그래서 준비했죠. 영화 한

편을."

"와~"

강의실이 무너지는 줄 알았다. 그저 공부 안 한다면 좋아가지고 난리들이다. 하지만 잠시 후에 그들은 실망을 하게 될 것이다.

"에이~"

화면을 집중해서 본 학생들이 화면이 꺼지자 야유를 보냈다.

"나머지는 집에서 보도록. '다이하드3' 니까 비디오 대여점에서도 그냥 빌려줄 거야. 아님 너희들이 잘하는 무료 다운로드로 받던가."

그녀가 보드 판에 갑자기 문제를 적기 시작하자 학생들도 필기를 시작했다.

"범인이 매클레인 형사에게 뭐라고 했지? 자막이 없어서 몰라?"

"하하하."

"분수 옆에 있는 3갤런짜리 물통 하나와 5갤런짜리 물통 하나를 이용하여 정확하게 4갤런의 물을 폭탄이 장치되어 있는 가방 위에 올려라."

"빙고, 영문과 학생?"

"하하하."

"자, 문제의 답은?"

몇몇 학생들이 손을 들었다.

"거기."

"5갤런짜리 물통에 물을 채운 다음 3갤런짜리 물통에 붓습니다.

그러면 5갤런짜리 물통에는 2갤런이 남고 그 2갤런을 다시 3갤런 통에 부은 다음 다시 5갤런짜리 물통에 물을 채운 다음 2갤런이 담긴 3갤런짜리 물통을 채웁니다. 그러면 5갤런짜리 물통에는 4갤런만 남게 됩니다."

"정답. 다른 사람은?"

몇몇 학생들이 다른 방법으로 4갤런의 물을 만들었다.

"답이 여러 가지 방법으로 나오죠."

"네."

"이런 식을 풀이가 정해져 있지 않다고 해서 부정방정식이라고 한다."

오랜만에 미디어를 통해 즐거운 수학을 하니 테라도 모처럼 스트레스가 풀리는 것 같았다.

"오늘은 놀이 수학 버전으로 가볼까."

"네."

"니들이 초딩이야?"

"네."

"좋아. 사이먼 놀이를 더 해보자. 이 영화에서 사이먼이 매클레인 형사에게 낸 문제가 또 있어. 그래서 브루스 윌리스의 머리가 다 빠졌는지 모르지만."

"하하하."

"이브로 가는 길에 부인 7명을 둔 남자를 만났는데 부인들은 각각 가방 7개를 가지고 있고 각 가방에는 고양이가 7마리씩 들어 있고 각 고양이는 7마리의 새끼를 가지고 있다. 이브로 가는 것은 모두 몇인가?"

한참을 계산하던 학생들이 손을 들었다.

"거기."

"2,401."

"거기."

"2,800."

"거기."

"1."

"왜지?"

"이브로 가는 건 남자 한 명뿐이니까요."

"빙고. 제군은 이름이 뭐지?"

"김수현입니다."

"리포트에 가산점 주겠어."

"감사합니다."

"수학은 문제 안에 답이 있다. 제군들도 그것을 놓치면 안 된다. 알겠나?"

"네."

"오늘은 여기까지."

매 순간 그가 생각이 났다. 학생들과의 강의 시간을 제외하고 조금의 틈이 생기면 그녀는 도혁을 생각했다.

"그냥 내일 울산에 내려갈까?"

자신이 생각해도 시간이 많이 흐른 지금 뜬금없이 내려가기에는 망설여졌다.

"아니지, 자기가 내려오라고 했잖아."

책상 위에 조그만 거울을 보며 혼잣말을 하고 있는 자신이 정상인 같지는 않았다.

"미쳤어. 일이나 하자. 보고 싶으면 자기가 오겠지. 지금은 먹고 죽으려고 해도 시간이 없다."

하루에도 몇 번씩 마음이 이랬다저랬다 변덕이 죽 끓듯 했다. 다시 컴퓨터 모니터에 얼굴을 묻고 있는 그녀에게 한 통의 전화가 왔다.

[테라야, 삼촌이다.]

다짜고짜 자신이 누군지를 말하는 사람은 그녀가 아빠만큼 좋아하는 영태 삼촌이었다.

"삼촌, 어쩐 일이세요?"

[아빠한테서는 연락이 있니?]

갑자기 아빠의 얘기가 나와 테라의 미간이 찡그려졌다.

"아니요, 마카오 가셨잖아요. 전화 안 하기로는 유명하신 분인데, 왜요?"

[그냥 했다. 알았다.]

그냥 전화할 삼촌이 아니었다. 서울 강북의 넘버2인 그가 안부나 묻자고 전화를 하진 않는다는 걸 테라는 알았다.

"삼촌, 아빠한테 무슨 일 있죠?"

불안한 마음이 들었다. 조폭이 무슨 정규직도 아니고 언제나 위험의 한가운데 있는 직업이었다. 이렇게 말하는 건 좀 우습지만 어떻게 아빠의 직업을 표현할 방법이 없는 테라였다. 그렇다고 범

죄자, 악의 축이라고 아빠를 말할 수는 없으니까.

[아니, 없다.]

"삼촌, 속이지 말고 똑바로 얘기해요. 무슨 일이에요. 안 그러면 제가 아빠한테 전화해서 확인해요?"

[우리가 털렸다. 형님을 찾느라 최 회장이 혈안이 돼 있어. 잘못하다가는 너도 위험해져.]

"지금 아빠는 어디에 있어요?"

하마터면 수화기를 놓칠 뻔했다.

[무사하시니까 연락이 없는 것 같아. 너도 몸조심하고 혹시 아빠하고 통화하게 되면 조금만 참으시라고, 영태가 다시 원상 복구시키겠다고 전해 드려. 그리고 너도 문제가 생기면 삼촌한테 꼭 연락하고. 알았지?]

"네."

미운 아빠지만 지금은 너무나 걱정이 되었다. 이게 무슨 날벼락이란 말인가? 너무나 자상한 아빠였기에 클 때까지도 아빠가 조폭인지도 모르고 컸다. 정시에 출근해서 정시에 퇴근하는 조폭은 없으니까. 그녀의 아빠는 항상 아침 9시에 출근해서 7시에 집에 돌아오셨다.

사춘기 시절 아빠의 직업을 우연히 알게 된 그녀는 처음으로 반항을 했다. 그때 그녀를 위로해 준 사람이 아빠의 오른팔 영태 삼촌이었다. 테라는 아빠를 이해하려고 노력했고 다시 좋은 부녀 관계를 이루었다. 차가운 엄마와는 다른 아빠의 자상함은 언제나 테라에게는 커다란 위안이었다.

"아빠, 도대체 어디에 계신 거예요?"

마카오에 온 지도 한 달이 넘어가고 있었다. 그의 라이벌 최 사장이 드디어 실권을 장악하고 그의 조직을 흡수하고 있는 상황에서 그는 더 이상 한국으로 돌아갈 수 있는 상황이 아니었다. 테라의 안전을 위해서라도 그는 상황이 정리될 때까지는 이곳에 숨어 있어야 했다.

다행히 그들의 관심사는 테라가 아니었다. 하지만 혹시나 하는 생각에 그는 테라에게도 전화를 하지 않고 있었다. 괜히 자신과 연락을 하고 있는 줄 알면 테라를 납치해서 뭔 일을 저지를지 모르는 최 사장이었다. 아예 연락을 하지 않는 게 테라의 안전을 위하는 일이라고 생각한 현우였다.

지금 국내에 있는 그의 조직원들이 영리하게 대처하고 있다는 소식을 듣고부터는 유 사장의 초조함이 조금은 덜했다. 그러나 아직은 안심할 수 있는 상황은 아니었다. 두통으로 요 며칠 고생인 그는 아스피린 한 알을 꺼내 입에 넣었다.

물도 없이 약을 씹으며 지갑 속의 가족사진을 꺼냈다. 사진 속에는 그가 사랑하는 두 여자가 있었다. 중학교 졸업식 때 겨우 아내를 설득해서 찍은 유일한 가족사진이었다. 뭐가 그렇게 좋은지 미소를 참지 못한 그와 차가운 표정의 아내, 그리고 친구들과 헤어지기 싫어서 울고 있는 테라의 모습이 고스란히 담겨 있는 사진이었다. 딸아이의 얼굴이 너무나도 보고 싶었다.

아니, 지금은 소희가 더 보고 싶었다. 20년 함께한 그녀였지만 한 번도 그의 여인인 적이 없었던 그의 짝사랑의 여인이자 아내였다. 그녀는 죽는 순간까지도 그를 용서하지 않았고 그는 그렇게 죗값을 지금도 치르고 있었다.

담배가 너무나 그리웠지만 테라와 끊기로 약속한 지가 석 달을 넘기고 있었다. 1년만 참으면 같이 세계 일주를 하자고 약속했는데 지금 이 상황이라면 그 역시 불투명했지만 그는 딸과의 약속을 지키고 싶었다.

주머니에서 큐브를 꺼냈다. 도통 맞출 수가 없는 이 쓸데없는 물건이 담배를 끊은 후에는 그의 소일거리가 되었다. 테라는 1분도 안 걸리는데 그는 한 면을 맞추는 데 한 달 이상이 걸렸다.

"휴~ 이걸 왜 하는지 모르겠군."

손안에 큐브를 소파에 집어 던지고는 답답한 마음에 창문을 열었다. 자동차 소음이 그를 짜증나게 하고 있었다. 창을 거칠게 닫은 그는 소파에 털썩 앉았다. 그도 행복을 꿈꿀 때가 있었다. 그의 눈가에 눈물이 흘렀다. 소희와의 달콤한 신혼을 말이다.

하루 종일 할 일 없이 시간만 죽이고 있으니 죽은 아내의 생각이 자꾸만 나는 그였다. 정신없이 앞만 보고 달리느라 옛 생각을 할 시간이 없었던 그였다. 한 여자를 무턱대고 좋아할 줄만 알았지 그녀에 대한 추억은 생각도 해보지 않은 그가 요즘은 자꾸 옛 생각을 떠올렸다.

"늙었어."

먹지도 않던 약을 먹어서 그런가 몸이 나른했다. 소파에 몸을 누이고 천장을 바라보았다. 이곳의 천장은 특이하게도 검은색이었다. 그날의 명동의 밤처럼.

명동의 밤이 찾아왔다. 사무실 창밖으로 팔짱을 끼고 다니는 연인들의 행복한 모습이 보였다. 현우는 언제쯤이면 소희와 저런 모습이 될지 궁금했다. 사랑스런 그녀는 걸어다니는 인형 같았다. 소희가 그의 집으로 들어온 지 일주일이 지나고 있었다.

30평대의 아파트는 그녀와 둘이 살기에 딱 좋은 크기인 줄 알았지만 사실은 너무나 큰 공간이었다. 그녀가 숨을 수 있는 곳이 너무나 많았다. 특히나 그 빌어먹을 서재는 한 번 들어가면 나올 생각을 하지 않는 공간이었다.

그녀의 뱃속에는 그의 아이가 있었고 아이러니하게 그는 그녀를 만질 수조차 없었다. 그래도 그는 난생처음 가족을 가질 수 있어서 너무나 행복했다. 혼자 먹는 밥이 아닌 누군가와 마주 앉아 밥을 먹을 수 있다는 건 정말 기적 같은 일이었다. 그는 양복 재킷을 옷걸이에서 빼냈다.

"형님!"

"왜?"

"오늘도 일찍 들어가십니까?"

"그런데?"

"요즘 일찍 나가냐고 사장님께서 물으셨습니다."

"대충 둘러대."

그는 재킷을 걸치며 사무실을 나오다 최 사장과 마주쳤다.

"안녕하십니까? 사장님."

최 사장은 매의 눈초리로 현우를 쳐다봤다.

"집에 가나?"

"네."

"여자가 생겼다지?"

"네, 사장님."

"결혼이라도 할 생각인가?"

"이미 혼인신고는 끝냈습니다."

"잘했군, 그만 가보게."

그의 묻는 듯한 눈초리가 마음에 들지 않는 현우였다. 뭔가 항상 꿍꿍이가 있는 사람 같았다. 회장이 아끼는 부하라서 당장은 현우를 건드리지는 않겠지만 이득이 된다면 자기 자식까지도 팔아먹을 인간이라 방심을 하지 않고 있었다. 현우는 인사를 한 뒤에 소희가 있는 집으로 향했다.

집의 현관을 열 때가 가장 가슴이 설레는 현우였다. 소희가 어떤 모습으로 있을지 그것이 가장 궁금한 그였다. 제발 그 빌어먹을 서재에만 있지 않다면 하는 바람인 그였다. 운이 좋다면 소파에서 책을 읽을 것이다. 그가 들어와도 인사만 할 뿐 별 반응이 없는 그녀였지만 그는 그녀를 너무나 사랑했다.

"다녀왔어."

소파에서 책을 보고 있던 그녀가 그에게 목례를 하더니 서재로 들어가 버렸다. 그는 꼭 서재를 없애 버리리라 다짐했다. 밤의 세계에서 사는 그가 자신이 집에서 TV나 보면서 시간을 때우고 있다는 게 요즘 자신이 생각해도 신기했다. 밥을 먹는 시간에야 그녀와 같이 있을 수 있지만 그래도 그는 만족할 수 있었다.

시간이 지나면 그녀가 그를 어느 정도 이해해 줄 줄 알았다. 하지만 그의 기대는 항상 한결같은 그녀의 태도에 점점 꺾여가고 있었다. 하지만 그녀는 그에게 세상에서 가장 소중한 것을 선물했다. 유테라, 그의 하나뿐인 혈육이자 사랑하는 여인의 분신인 테라는 그의 생명이나 다름없었다.

테라가 태어나고 그의 일도 수월하게 풀려 지금은 서울호텔 나이트의 사장이 되었다. 어느 순간부터 최 사장을 경계하게 된 김 회장이 견제 세력으로 현우를 내세운 것이다. 처음에는 최 사장의 반발이 컸지만 생각 외의 사업수단이 능한 현우의 실력에 그도 할 말이 없었다. 현우는 항상 최 사장을 경계했다. 그는 사업에 이득이 된다면 어떤 일을 벌일지 모르는 인물이었다. 그것이 충견이 된 이유지만 언제든지 반대로 배신할 수 있는 인물이 최 사장이었다.

"정신을 차려야 해."

테라가 태어나고 급성장한 현우는 2층 양옥집으로 집을 옮겼다. 정원이 있는 곳에서 테라가 뛰어놀면 좋겠다는 생각에서였다. 테라마저도 서재에 빼앗길 수는 없었다. 현우는 무릎에 테라를 앉히고 아줌마가 밥을 준비하는 동안 신문을 읽었다. 신문을 읽는 것을 좋아하지는 않았지만 면학 분위기의 집안 분위기를 따르자면 어쩔 수 없었다. 멍하게 아무 생각 없이 신문의 광고 내용과 오늘의 운세를 보던 현우는 하마터면 테라를 떨어뜨릴 뻔했다.

"국제일보."

한자로 써 있는 신문 이름을 아이가 말했다. 처음에는 잘못 들은 줄 알았는데 아이는 다시 국제일보라고 정확히 말했다.

"테라가 국제일보도 읽을 줄 아네."

그는 그가 무의식적으로 읽은 걸 아이가 기억하고 우연히 얘기한 것이라고 생각했다.

"국. 회. 통. 과. 내. 년. 4월. 부. 터……."

현우는 살아생전에 이렇게 놀랄 일이 있을까 할 정도로 놀랐다.

"소희야~ 우리 딸이 글을 읽어."

"정말요?"

무덤덤한 반응이었지만 그녀도 놀란 눈치였다. 아이는 계속 신문을 읽어 내려갔다. 천천히 한 자 한 자 읽어 내려갔지만 정확했다. 말을 시작한 지 얼마 되지 않아서 바로 글을 읽기 시작한 것이다.

"우리 딸 천잰가 보네."

현우는 아이를 안아서 한 바퀴를 돌았다. 아이의 웃음소리가 방 안 가득 울려 퍼졌다. 현우는 너무나 행복했다. 그리고 테라와 함께 이 웃음이 계속되리라 믿었었다.

하지만 그의 짝사랑은 아직도 계속되고 있었다. 죽은 여자를 사랑하는 멍청한 인간은 자신뿐일 거라는 생각을 하자 씁쓸한 생각이 들었다. 잠깐이었지만 현우는 마카오 은신처의 창밖에 행복하게 걸어다니는 커플들처럼 행복했었다. 마카오의 밤은 깊어갔고 현우의 한숨도 깊어만 갔다.

"젠사이가 뭐야?"

도혁의 얼굴에 무서운 선생님의 표정이 스쳤다.

"샐러드 등의 애피타이저입니다."

"아는 녀석이 이따위야."

"악."

도혁은 막내 시혁의 정강이를 찼다.

"언제까지 이렇게 멍청하게 굴 거야. 응?"

"죄송합니다."

"다시 해. 이게 샐러드야, 쓰레기지."

요즘 부쩍 도혁의 신경이 날카로워 있었다. 원래 카리스마 넘치는 사람이라 모두들 무서워했지만 이 정도까지는 아니었는데 직원들 모두가 그의 눈에 띄지 않기 위해 조심하고 있었다. 부산점 오픈 때문이려니 생각했지만 지금은 한 달이 다 돼가고 매출도 오픈발로 부산이 울산보다 더 좋았다. 무슨 다른 이유가 있겠지만 그의 불호령이 언제 떨어질 줄 모르는 이 상황이 직원들은 싫었다.

단호박을 든 시혁의 손이 떨렸다. 얼른 마음을 다잡은 시혁은 단호박의 껍질을 까면서 도혁의 눈치를 살폈다.

"집중 안 하지?"

귀신같이 알아챈 도혁을 다시 한 번 쳐다보곤 얼른 눈을 단호박 쪽으로 돌렸다. 아직 서투른 시혁은 큰형 앞에만 서면 주눅이 들었다. 그래도 다른 사람은 절대로 직접 가르치질 않는 형에게 직

젠사이[애피타이저]와 부정방정식 93

접 배운다는 것은 크나큰 특혜였다.

단호박을 나뭇잎 모양으로 카빙을 한 다음 소금과 설탕으로 간을 한 물에 삶아냈다. 그리고 설탕 시럽에 버무린 다음 애플민트 잎으로 마무리를 했다. 어찌나 자랑스럽던지 자기 스스로 칭찬을 해주고 싶을 정도였다. 형을 자신 있게 쳐다보았다. 하지만 그 자신 있음도 도혁이 젓가락을 듦과 동시에 사라졌다.

"숟가락으로 퍼먹어야 돼? 아이스크림이야? 이게 나뭇잎이야? 번데기야? 그리고 시간은 왜 이렇게 오래 걸리는데. 사시미 먹으러 왔지, 이거 하나 먹으러 왔어? 손님들이."

주방 식구들 모두의 시선이 시혁에게 쏠려 있었다. 제대로 대꾸도 못하고 시혁의 얼굴이 발갛게 달아올랐다.

"그만하세요, 사장님. 이러다가 김 주임 요리 그만두겠어요."

점장인 연정이 웃으면서 도혁을 말리고는 시혁에게 자리를 피하라는 눈짓을 했다.

"그만두라고 해."

"사장님, 저 안 그만둬요."

주방 안쪽으로 달려가며 시혁이 소리를 쳤다.

"저 녀석이……."

"가게예요. 여기서는 동생이 아닙니다, 사장님."

연정의 말에 화를 참는 도혁이었다.

"오빠, 요즘 왜 그렇게 날카로워요?"

걱정 어리게 묻는 연정의 말에 대꾸도 하지 않고 도혁은 단호박을 나뭇잎 모양으로 보기 좋게 카빙을 하고 있었다.

"오빠!"

"여기는 가게야. 사장님이라고 불러. 그리고 점장님이 신경 쓸 일이 아닙니다."

"네, 사장님."

그의 냉정한 대답에 상처를 받은 연정은 조용히 대답을 했다. 한두 번 있는 일도 아니었다. 이십 년을 넘게 그만을 바라봤다. 유명한 그래픽디자인 회사의 실장으로 있다가 모든 것을 놓고 그의 가게로 온 지도 3년이 넘었다. 그는 항상 냉정했고 그녀는 그만을 바라봤다.

연정이 자리를 뜨자 그는 핸드폰을 들었다. 아무리 기다려도 테라에게 연락이 없었다. 그녀가 일주일 안에 울산에 오리라 확신했었다. 못 내려오면 전화라도 할 것이라 자신만만하게 생각했지만 유테라는 쉬운 여자가 아니었다. 자존심에 무작정 기다렸지만 더 이상은 그녀가 보고 싶은 마음을 그가 참지 못할 것 같았다.

아름다운 여자였다. 그의 밑에서 온몸을 불사르던 그녀의 모습이 아직도 그를 흥분시키고 있었다. 그뿐만이 아니라 다음날 당차게 그녀는 그를 그녀만의 방법으로 눌렀다. 수학 천재라니 지금 생각해도 믿기지가 않았다. 차갑기로 소문이 난 그를 단숨에 사로잡은 여자였다. 거칠게 세상과 부딪치며 살아온 그에게 처음으로 설레임을 알게 한 여자였다. 놓치면 그는 바보인 것이다. 전혀 그답지 않게 도혁이 핸드폰을 눌렀다.

"김 피디?"

[이게 누구신가, 김 쉐프.]

"잘 지냈나?"

[물론, 잘 지내지. 자네는?]

"그냥 저냥."

[이 뉘앙스는 뭐지?]

동갑인 그들은 방송을 하면서 인연을 맺어 지금은 친한 친구 사이가 되었다.

[바쁘신 분이 나에게 그냥 전화를 했을 리는 없고. 뭐야?]

"유테라 씨 연락처 좀 알 수 있을까?"

[왠지 냄새가 나.]

"가르쳐 주기 싫음 말고."

[왜? 관심 있어?]

"……."

그가 대답이 없자 김 피디가 심각한 어조로 말했다.

[난 반대야. 김 쉐프가 다쳐. 유테라가 내 와이프 친구니까 내가 테라 씨 집안에 대해서 좀 아는데 자네가 상대할 집이 아니야.]

"내가 부족한가?"

[아니, 그 뜻이 아니라 테라 씨네가 좀 복잡해.]

"왜?"

[어설프게 접근했다간 김 쉐프가 다쳐.]

"재벌 집 딸이라도 되는 모양이군."

[그럼 차라리 낫지.]

"뭐야, 자꾸 사람 화나게 할 텐가?"

[우리나라에서 세 손가락 안에 드는 주먹이래.]

"조폭의 딸이라……."

[그래, 그러니까 포기해.]

"연락처!"

[정말이야.]

"연락처!"

[문자로 보낼게. 난 다 말해줬으니까 책임 없어.]

전화를 끊자마자 문자가 왔다. 핸드폰에 찍힌 그녀의 전화번호를 한참을 멍하게 바라보았다. 지금은 이성보다는 감성이 시키는 대로 움직이고 싶었다. 시끄러운 컬러링이 그의 귀를 자극했다. 교수가 십대 같은 컬러링이라니. 그가 얼굴을 찡그렸다. 하지만 왠지 테라하고는 너무나 잘 어울리는 반전의 컬러링이었다.

[지금은 고객이 전화를 받을 수 없…….]

그가 종료 버튼을 눌렀다. 그녀가 그를 피하는 것일까? 도혁은 그렇게 한참을 멍하게 핸드폰을 바라보고 있었다.

수업이 끝난 캠퍼스에 잔잔한 어둠이 깔리고 있었다. 영태 아저씨의 전화를 받고 난 후부터 마카오에 간 아빠에게 전화를 걸어보았지만 연락이 되질 않았다. 아빠가 이해가 안 되고 미운 건 사실이지만 테라 자신의 아빠임은 부정할 수 없기에 지금은 아빠의 안전이 최우선이었다. 봄바람이 그녀의 긴 머리를 날리게 하고 있었다. 영태 삼촌의 전화 탓일까. 자꾸 누군가 따라오는 느낌이 들었다. 뒤를 돌아봤지만 지나가는 학생들뿐이었다.

"너무 예민했나?"

하지만 인적이 드문 학교 주차장에 들어서자 평소의 느낌이 아니었다. 정말 신경이 예민해지긴 한 것 같았다.

삑!

리모컨 키로 자동차의 문을 먼저 열고는 빠른 걸음으로 그녀의 애마에게로 가고 있는 테라였다. 아니, 그녀는 차로 거의 달려가고 있었다. 겨우 차에 도착해 문을 열려는 찰나 그녀의 어깨를 누군가 잡았다.

"아악~"

그녀가 자기도 모르게 소리를 질렀다.

"유 교수!"

학장님의 목소리였다. 다리에 힘이 풀린 테라는 그 자리에 주저앉아서 학장을 올려다보았다.

"왜 그렇게 놀라나?"

"후~ 누가 자꾸 쫓아오는 느낌이어서요. 죄송합니다."

"죄송은 무슨. 내가 괜히 부른 거지."

"아닙니다."

"예쁜 게 죄지. 유 교수 쫓아다니는 건 당연해. 그게 남자의 마음이지."

"퇴근하세요?"

"아니, 차에 뭘 좀 놓고 가서 연구실에 가봐야 해."

"네~"

"잘 들어가고."

"네, 수고하십시오."

학장은 손을 흔들어 보이고는 사라졌다. 테라는 놀란 마음을 쓸어내리며 차에 올랐다. 테라가 출발하기 위해 시동을 걸자 몇 대의 차가 테라와 같이 시동을 걸었다. 분명 테라가 학장과 얘기할 때 주차장에는 아무도 없었다. 그렇다면 누군가 그녀를 주차장에서 기다리고 있었다는 증거였다.

그녀가 예민한 것이 아니었다. 차를 출발시키자 몇 대의 차가 줄을 지어 그녀를 따라 움직이고 있었다. 테라가 침착하게 운전을 하면서 영태 아저씨에게 전화를 걸었다.

"여보세요?"

[테라야.]

전화기 너머로 아저씨의 목소리가 들렸다. 테라는 조금은 안심이 되었다.

"지금 누군가 저를 쫓아와요."

[최 사장 부하들일 게다. 형님을 못 찾으니 너를 아마도 미끼로 잡을 생각이겠지. 테라 니가 유명인이라 안 건드릴 줄 알았는데 최 사장의 발등에 불이 떨어졌나 보다.]

"뭔 소린 줄 모르겠어요."

[내 말 잘 들어. 지금부터 당분간 피해 있어야 한다. 지금 내가 이곳을 정리하고 있으니까 그때까지만 형님이 안 잡히시면 돼. 테라 너도 마찬가지고. 안 그러면 모두가 위험해져. 숨을 데는 있어?]

"친구가 있어요."

[테라야, 부탁한다.]

"알았어요. 아빠를 위해서 숨어 있을게요."

[고맙다.]

"삼촌, 잘 해결하셔야 해요."

[그래.]

전화를 끊고 테라는 심호흡을 했다. 여전히 그녀를 뒤따르는 차들은 그녀의 뒤에 있었다.

"유테라, 정신 차리자."

테라는 퇴근길에 차가 많음을 감사하기는 오늘이 처음이었다. 뒤의 차들이 다른 차들과 섞이기 시작했다. 바로 그때였다.

"자~ 지금부터 쇼 타임!"

그녀가 핸들을 강하게 꺾어 유턴을 했다. 다른 차량들 사이에 있던 그들이 유턴을 하기 위해 차선을 변경하자 클랙슨 소리가 사방에서 터졌다. 그녀를 쫓고 있던 차들이 어렵게 유턴을 하고 있었다. 속력을 낼 때였다. 평소 운전을 거칠게 하는 편은 아니었지만 지금은 카레이서가 될 수밖에 없었다.

"잡히면 안 돼. 아빠가 위험해져."

테라는 속도를 더 내며 광란의 질주를 하고 있었다. 어려서부터 다니던 길이었다. 테라는 시장의 복잡한 골목이 생각이 났다. 지리를 잘 알지 못하면 갈 수 없는 복잡한 골목으로 이루어진 곳이었다.

우회전을 한 테라는 시장통으로 들어갔다. 그녀를 따라 줄줄이 시장통으로 들어온 차들은 사람들과 상인들에 막혀 그녀와의 거리를 점점 벌리고 있었다. 유유히 시장통을 빠져나온 테라는 일단

해주의 집 쪽으로 향하고 있었다. 그때였다. 핸드폰이 울리며 미스터 유라고 찍혔다. 아빠였다.

[피해야 해.]

전화를 받자마자 다급한 목소리가 들렸다.

"아빠, 왜요?"

[당분간 나는 국내로 못 들어가니까 너도 얼른 몸을 피해야 해. 연락은 되도록 하지 말고 나중에 아빠가 연락할게. 그때 다시 통화하자. 서둘러.]

핸드폰은 위치가 추적될 수 있으니 사용하지 말라는 아빠의 말을 듣고 그냥 무작정 해주의 집을 찾은 테라였다. 해주의 아파트 지하 주차장에 도착한 테라는 한참을 차 안에 앉아 있었다. 최 사장에 대해서는 잘 모르지만 그들이 일반인들과는 다르게 잔혹하다는 것쯤은 알고 있었다. 잘 피해 있어야 아빠가 돌아오실 수 있을 것이다. 그리고 괜히 잡혀서 뭔 일을 당할지 상상만 해도 끔찍했다.

조직 간의 싸움은 원래 피를 부르는 것이다. 그런데 지금은 왕좌를 노리는 것이니 그녀의 목숨 따위는 아무것도 아닌 것이다. 스스로 자신을 지킬 수밖에 없었다. 미행은 잘 따돌린 것 같았다. 해주의 아파트에 들어가는 길에서도 그녀는 불안에 떨어야 했다.

"해주야, 연락 없이 불쑥 와서 미안해."

해주의 집에 들어선 그녀는 해주에게 상황을 설명했다.

"해주야, 어쨌든 숨어 지내야 해."

걱정 어린 표정으로 해주가 커피를 타고 있었다.

"그런데 너도 매스컴을 탄 얼굴이라 사람들이 알아볼 텐데 어쩌지?"

"그래서 문제야. 해외로 나갈 수도 없고."

"우리 생각을 좀 해보자."

해주가 커피를 타서 그녀에게 건넸다.

"고마워."

커피를 받아 든 테라는 한참을 말없이 생각에 잠겨 있었다. 해주 또한 앞으로 어떻게 문제를 해결해야 할지 고민에 사로잡혔다.

"아는 사람이 울산에 있어. 지금 상황을 모르기는 하지만 도와줄 수 있는 사람이야."

"뭐 하는 사람인데? 어떻게 아는 사람이고."

"그냥 아는 사람."

"믿을 만한 사람이야?"

"응."

"그런데 테라야, 너를 알아보는 사람들이 문제가 될 것 같아. 가끔 매스컴을 탄 것도 문제가 될 것 같기도 하고."

"어떻게 하니, 성형수술을 할 수도 없고. 기껏해야 머리를 자르는 정도? 또 금방 해결될 수도 있고."

해주의 표정이 어두워졌다가 뭔가가 생각이 났는지 금방 밝아졌다.

"내 직업이 뭐니?"

"응?"

"특수 분장사 아니니."

영화계에서는 소문난 분장사인 해주는 여자 영화배우들을 뚱뚱하게 분장시키는 데는 일인자였다.

"일단 오는데 고생했으니까 커피부터 마시고 작업 한번 해보지 뭐."

도무지 알아들을 수 없는 말을 하는 해주를 보며 테라는 커피를 마셨다. 한결 마음이 편안해짐을 느꼈다.

"김 피디는?"

"오늘 밤샘 편집이야."

"그래, 오늘 일은 비밀로 해줘."

"알았어. 근데 이번 프로 어떻게 하니?"

"미안하다고 대신 전해줘."

"학교는?"

"학장님께는 상황 봐서 따로 연락해야지. 걱정하시겠지만 상황이 이러니 어쩔 수 없지 뭐. 유능하신 분이니까 학교 일은 알아서 수습해 주실 거야. 학장님을 믿으니까. 아빠의 일도 며칠이 지나면 해결될 거야."

자신이 없는 목소리였다.

해주의 눈에 걱정이 가득했다. 테라도 공부만 한 그녀에게 유일한 친구인 해주를 당분간 못 본다니 가슴이 아팠다. 테라가 커피잔을 내려놓자 해주는 집에 있는 자신의 작업실로 테라를 데리고 갔다.

"다시 봐도 너의 작업실은 고물상 같아. 좀 치우고 살아."

테라의 잔소리가 해주는 아무렇지도 않은 듯 뭔가를 찾고 있었다.

"찾았다."

테라가 보기에 완전히 잡동사니 사이에서 해주가 상자 하나를 찾았다.

"그게 뭔데?"

"너를 변신시켜 줄 마술 상자."

해주는 테라의 손을 잡고 거울 앞에 앉혔다.

"지금 시간이 없어서 더 해주고 싶어도 못하겠고 널 위해서는 더 안 하는 게 좋고 ."

"뭔 소리야."

"이게 '내 사랑 못난이' 촬영 때 썼던 도구들인데 이렇게 쓰일 줄이야."

"어떻게 하려구?"

"넌 충분히 이쁘니까. 이번에는 추녀로 만들어주려구."

"가능할까?"

"그럼, 내가 누구냐."

"어색하면 사람들이 눈치챌 텐데."

"그래서 피부 분장은 안 하려구. 최대한 자연스럽게."

미용실의 거울 같은 느낌이 아닌 수술대 위에 환자 같은 느낌으로 그녀는 분장을 기다리고 있었다.

"그런데 뭐 하는 거야?"

"이빨 본뜨려구."

해주가 뜨거운 물을 떠와 뭔가를 열심히 젓고 있었다.

"그건 뭐야?"

"좀 가만히 좀 있어라. 정신 사나우니까. 이건 피팅 플라스틱이야. 상자 안에 보면 틀니들이 있는데 이걸 틀니 안쪽에 바르고 테라 니 이빨에 붙이면 너에 맞는 틀니 본이 떠지는 거야. 그리고 말려서 쓰면 언제든지 뺏다가 꼈다가 마음대로 할 수 있는 틀니가완성돼."

이빨의 본을 뜨고 머리형에 맞는 가발도 고르고 그 외의 의상과 소품도 모두 고른 후 그녀 일생 최대의 변신을 기다리고 있었다. 피부의 가면도 만들 수 있었지만 시간이 걸리는 관계로 더 이상의 추함은 면할 수 있었다.

테라는 자신의 눈을 의심할 수밖에 없었다. 변신해 가는 과정이 실로 마법 같았다. 긴 생머리는 망에 감싸 넣더니 짧은 파마 가발을 씌우고 예쁜 큰 눈은 두꺼운 뿔테 안경에 가려졌다. 그중에 가장 압권은 본을 뜬 틀니였다. 테라의 얼굴에 어이없는 미소가 그려졌다.

"이게 나야?"

"어때?"

"놀랍다. 예쁘다는 생각은 해본 적이 없지만 이렇게 못생겼으리라는 생각도 해본 적이 없거든."

거울 앞에 비친 그녀는 짧은 뽀글이 파마머리에 두꺼운 안경에 뻐드렁니를 한 세상에 둘도 없는 촌스러운 여인이었다. 촌스러운 꽃무늬 남방에 배 바지 청바지를 입어 그 촌스러움을 더했다.

"너무한 거 아니니? 요즘 이러고 다니는 사람도 있어?"

틀니를 하니 발음도 어눌해져서 진짜 다른 사람 같았다.

"그럼 옷을 다른 걸로 할까?"

"아니. 완전 만족해. 감사."

시간이 없었다. 이빨과 가발 안경만 썼는데도 유테라라는 생각이 들지 않는 분장이었다.

"내 눈엔 유테라로 보이진 않는데 걱정이 되긴 해."

해주의 눈에 걱정이 가득했다.

"난 마음에 들어."

테라가 웃으며 걱정하는 해주를 안심시켰다.

"새벽에 출발하려구."

"하루 이틀은 여기서 있으면 안 돼?"

"그러고 싶지만 나를 쫓아오던 사람들이 이곳까지 올까 봐 안 되겠어."

"니 마음이 불안하면 그렇게 해."

해주의 눈가에 눈물이 고였다.

"너무 걱정하지 마, 해주야. 아빠가 잘 해결하실 거야."

학교 때부터 비밀이 없는 사이였다. 그래서 항상 테라를 걱정해 주던 해주였다.

"이 예쁜 얼굴을 이렇게 만들어놓고 보니 마음이 아프다."

"괜찮아."

불안한 마음에 테라는 그날 밤 바로 출발을 했다. 혹시 해주에게 피해가 가지 않을까 하는 마음에서였다.

해주의 집을 나와서 울산으로 가는 동안 테라는 따가운 시선을 느꼈지만 오히려 그녀를 못 알아보는 것 같아 안심이 되었다. 그것도 잠시 배가 고파서 들른 휴게소에서 여자에게 얼마나 미모가 중요한 것인지를 느꼈다. 모두들 그녀를 신기한 듯 쳐다보더니 외면을 했다. 예전 같으면 상상을 할 수도 없는 일이었다. 조금만 참으면 이 웃긴 연극이 끝날 것이다. 그때까지만 참아야지 하는 마음이었다.

6시간이 걸려 울산에 도착한 그녀는 주소에 적힌 곳을 찾아갔다. 그곳은 규모가 큰 일식점이었다. 서울에서는 이 규모는 상상을 할 수 없을 정도로 울산 시내에서 조금 떨어진 곳에 일본의 옛 건물 같은 느낌의 커다란 건물이 서 있었다. '동경'이라는 간판이 한자로 써 있었다.

"정신 차려야 해, 유테라."

테라는 다시 한 번 마음을 다잡았다. 이른 아침이라 아직 가게 문은 열려 있지 않았다. 테라는 자신의 애마를 근처에 세워두고는 한참을 고민을 했다.

"도혁 씨를 보면 뭐라고 말하지?"

지금의 모습을 뭐라고 설명해야 할지 난감했다.

"일단은 부딪쳐 보는 거야."

"어서 오십시오."

데스크의 직원이 습관적으로 인사를 하더니 그녀의 모습을 보고 인상을 찌푸렸다.

"어쩐 일로 오셨나요?"

여직원의 말에 당황하기는 했지만 테라는 침착하게 둘러댔다.

"어, 저기, 그러니까……."

테라는 들어오면서 가게 주변에 부착된 구인 광고를 본 기억이 났다.

"구인광고를 보고 왔거든요."

"아, 예."

그녀의 눈에 광고지가 보여 둘러대기는 했는데 맞아떨어져서 다행이었다.

"누구?"

유니폼을 입은 여자가 커피를 가지고 카운터의 여직원에게 건네며 물었다.

"구인광고 보고 오셨대요. 점장님, 보셨어요?"

"아니, 핸드폰 해봐."

테라는 다른 사람들이 모르게 도혁을 만나고 싶었다. 그래서 이렇게 추한 모습으로 왔는데 일이 꼬여가고 있었다. 직원은 다시 한 번 그녀를 보더니 점장에게 전화를 했다.

"저기, 저는 사장님을 뵈려구……."

"점장님, 구인광고 보고 오셨다는데요."

한발 늦었다.

"주방 보조 이모?"

테라의 눈에 깔끔한 검정 정장을 입은 단아한 용모의 점장이 보였다. 고개를 숙여 인사를 하는 테라를 데리고 빈 접객용 룸으로 들어간 점장은 테라를 아래위로 훑어보더니 알 만하다는 표정을 지었다. 이런 표정에 익숙하지 않은 테라는 저절로 인상이 써졌다.

'자기도 예쁜 얼굴은 아니구만.'

속으로 계속해서 구시렁거려지는 건 어쩔 수가 없었다.

"여기 숙소가 괜찮아요. 사람들도 좋구. 또 각자 사연들이 있어서 서로 의지도 될 거예요. 일단 숙식은 해결될 것 같고 여기서는 주방 보조를 하면 좋을 것 같아요. 우리 잘 지내봐요."

"네."

"이름이 뭐라고 했죠?"

"유선득이요."

오면서 생각한 이름이었다. 지금의 모습과 딱 어울리는 이름 같았다.

"알았어요. 선득 씨, 그럼 오늘 저녁부터 숙소에서 묵도록 해요. 출근은 9시 40분까지고 필요한 물건은 요 앞에 대형 마트에서 사시면 돼요."

"네."

"선득 씨는 원래 말이 없어요?"

"네?"

"자신감을 가져요. 알았죠?"

평생 처음 듣는 얘기였다. 너무 자신감이 충만한 사람이었는데 상황이 사람을 바뀌게 하는 것 같아 조금 씁쓸한 생각이 드는 테라였다. 얼떨결에 취직을 하고 말았다. 도혁은 보이지 않고 속만 타들어갔다.

가게 근처 새로 지은 빌라촌에 여자 숙소가 있었다. 지방이라 그런지 지역의 특성상 그런지 직원들이 거의 숙소 생활을 원해서 여자 직원 숙소, 남자 직원 숙소를 따로 얻어 생활하고 있다고 했다.

숙소는 생각보다 깨끗하고 사람들도 무난할 것 같았다. 이렇게 어리둥절했던 울산의 첫날밤은 지나갔다.

"안녕하십니까?"

"선득 씨, 잘 잤어요? 지금 사장님께 인사드리고 일 시작하면 될 것 같아요. 이쪽으로 와요."

"네."

"사장님, 주방 보조 유선득 씨요."

"안녕하십니까?"

테라가 고개를 숙여 정중히 인사했다.

"안녕하세요. 반가워요, 선득 씨."

낮은 중저음의 서울 말씨는 그녀의 귀를 즐겁게 했다. 그리고 다음 순간 그녀는 다리의 힘이 풀림을 느꼈다. 그리고 눈을 의심했다. 도혁이 그녀의 눈앞에 웃으며 있었다. 그를 만나러 오긴 했지만 그가 직접 주방 일을 하리라고는 생각을 못 한 테라였다.

"선득 씨?"

"네?"

"우리 사장님이 좀 잘생기셨죠?"

"네? 네."

점장의 말에는 뼈가 있었다. 원래 냉정한 성격은 아닌 것 같은데 이렇게 못생긴 자신까지도 경계를 하는 것을 보면 도혁과 깊은 관계인 것 같았다. 여자의 직감이었다. 그래서 그녀에게 연락이 없었던 것 같았다. 뭐 일찌감치 김칫국을 마신 건 그녀니까 누굴 탓할 것도 없었다.

"아침 조회 있습니다. 모이세요."

40명에 가까운 직원들이 로비에 두 줄로 마주 보고 섰다. 가운데에 검은색 정장을 입은 점장이 서 있었고 우측에는 조리복을 입은 조리사들이 좌측에는 일본 기모노를 변형해서 디자인한 옷을 입은 웨이트리스들이 서 있었다.

"좋은 아침입니다. 오늘 갑자기 조회를 하고 한 이유는 주방에 새로 오신 이모님과 홀에 새로 온 직원이 있어서 인사를 시키고자 갑자기 조회를 하게 되었습니다. 그리고 공지사항도 있구요."

카리스마 넘치는 점장의 목소리에 직원들이 경직된 자세로 서 있었다.

"유선득 씨, 정선미 씨 앞으로 나오세요."

머뭇거리며 그녀들이 천천히 나오자 점장이 한마디 했다.

"모두들 바쁘니까 빨리들 하세요."

"네, 안녕하십니까? 유선득입니다. 잘 부탁드립니다."

모두들 박수는 쳐주었지만 빠글거리는 머리에 두꺼운 안경을 끼고 어눌한 목소리를 내는 그녀에게 아무도 관심이 없었다.

"안녕하세요, 정선미입니다. 잘생긴 오빠들, 잘 부탁드려요."

예쁜 얼굴에 애교 섞인 그녀의 인사에 남자 조리사들이 환호성을 질렀다.

"이쪽은 사장님이시고 옆으로 사시미의 달인 박 부장님, 우동의 달인 이 과장님, 주방의 귀염둥이 황 대리님이시니까 마주치시면 인사들 하세요. 그리고 선미 씨는 홀의 김 대리님한테 교육받도록 하시구요."

서로들 가벼운 눈인사를 주고받았다. 생각보다 큰 규모에 테라는 많이 놀랐다.

"그리고 날씨가 서늘하다고 방심하지 말고 주방의 위생에 신경 써주세요. 옆에 일식집 어제 위생 점검에서 걸렸다고 하니까 모두들 신경 써주세요. 유통기한 지난 재료들은 모두 버려주시구요."

"네."

"이상 아침 조회를 마치겠습니다. 수고하십시오."

조회가 끝나자 점장이 어떤 남자를 불렀다.

"황 대리, 선득 씨 뭐 해야 할지 알려줘."

"네."

뽀로로같이 생긴 황 대리는 사람 좋은 미소를 지으며 그녀를 데리고 갔다.

"여기 있는 파부터 다듬으시면 될 것 같아요. 이거 다 하시면 저 부르시면 돼요."

생전 처음 주방 일을 하는 그녀는 파를 어떻게 다듬어야 하는지 몰라 망설이다가 황 대리를 불러 어떻게 손질하는지를 물었다. 의아한 표정의 황 대리가 천천히 설명을 해주었고 그 후로 그녀는 약간 모자란 사람 취급을 받게 되었다. 그도 그럴 것이 틀니 때문에 약간 어눌해진 그녀의 말투에 파까지 못 다듬어서 가르쳐 달라고 하니 그도 황당했을 것이다.

파를 다듬는 테라의 손이 가늘게 흔들렸다. 그녀의 첫 남자가 주방에 있다는 게 그녀는 믿어지지 않았다. 벌써 한 달이라는 시간이 지났지만 그와의 강렬했던 시간이 그녀의 머릿속을 스쳐 지나가고 있었다. 오랜 시간이 지났으니까 그녀의 존재는 그의 기억 속에서 사라졌을 것이다. 하지만 저녁에 상황을 봐서 그에게 사실대로 말하고 당분간 숨겨달라고 하면 그도 뿌리치지는 않을 것 같았다.

바쁘게 점심 준비를 하는 사람들이 테라가 보기에도 20명은 족히 될 듯했다. 주방에 이렇게 많은 사람들이 일을 하는지 몰랐다. 파를 다듬는 그녀 옆으로 커다란 수족관이 있었다. 그녀의 눈에 랍스터와 광어 또 이름 모를 물고기들이 보였다. 왠지 갇혀 있는 것이 동병상련의 느낌을 받았다.

"선득 씨, 그거 빨리 다 하고 콩나물 좀 씻어줘요."

"네."

여기저기서 잔일을 시켜서 테라는 더 이상 생각이란 것을 할 수가 없었다. 평생 일이라곤 해본 적이 없는 그녀였기에 이런 단순 노동은 참으로 힘들었다. 중간에 주어진 한 시간의 휴식 시간에도 시체처럼 잠이 든 그녀였다. 외롭고 고된 하루였다.

"선득 씨, 오늘 숙소 갈 때 같이 가요."

"네."

예쁘장하게 생긴 최 주임은 주방의 유일한 여자 요리사였다. 테라가 보기에는 뭐든지 관심이 많은 사람이었지만 나쁜 것 같지는 않아서 경계할 인물은 아닌 것 같았다.

"어때요? 힘들지에?"

"뭐, 조금."

"다들 힘들어서 빨리 그만둬요. 여기가 손님이 좀 많아야지에."

"그래요? 그런데 주방에 식구들이 많아요."

"많지요, 주방에 요리사만 여덟이고 나머지는 학생, 아르바이트, 주방 보조까지 열아홉 명이 넘고 홀 서빙도 스무 명 가까이 되니까 큰 식당이지에."

"그러네요. 생각보다 크네요. 사장님은 어때요?"

"성질이 더럽워요, 건들지만 않으면 꽤안아요. 그래도 실력은 최고라에."

부산 사람인 최 주임의 구수한 사투리와 친절함에 테라는 감사했다. 숙소는 쓰리 룸이었다. 총 일곱 명이 방을 나누어 쓰고 있었다. 중국인 홀 서빙 세 명이 같은 방을 쓰고 데스크를 보는 직원과 최 주임이 한 방, 테라와 직원들 밥을 해주시는 찬모님이 한 방을 쓰게 되었다. 모두들 텃새 없이 잘해주는데 찬모님은 말이 없었다. 불편하게 느낀 테라는 오늘은 꼭 잘 지내자고 얘기를 해야겠다고 마음을 먹었다.

숙소에 도착한 테라는 먼저 도착해서 씻을 준비를 하는 찬모에게 인사를 했다. 예전의 테라 같으면 상상을 할 수 없는 일이지만

지금 아쉬운 건 테라였다. 괜히 한방을 쓰는 사람에게 밉보일 필
요는 없기 때문이었다.

"먼저 도착하셨네요?"

대꾸 없이 쳐다보는 그녀의 눈빛에서 카리스마가 뿜어졌다. 한
성질 하는 테라였지만 찬모는 테라가 상대할 인물이 아니었다.

'와~ 곰이다.'

방에 한쪽 무릎을 세우고 앉아 있는 그녀를 보며 테라가 처음으
로 떠올린 생각이었다. 어제는 일찍 주무셔서 몰랐는데 오늘 보니
여자치고는 큰 덩치였다.

"뭐라카노?"

"예? 일찍 도착하셨다구요."

"내사 먼저 나왔으니까."

쉰은 넘어 보이는 나이에 골격은 남자같이 컸다. 억세게 생긴
그녀가 테라는 무서웠다. 그녀가 귀찮다는 듯 한마디를 하고는 씻
으러 나가자 테라는 서러움이 북받쳤다. 지금 이런 상황에 처한
자신이 초라하게 느껴졌고 언제 이 상황이 끝날지 알 수가 없는
불안감이 괜스레 찬모의 한마디가 도화선이 되어 신세까지 한탄
하게 되었다. 자신도 모르게 눈물이 났다. 처음에는 흐느끼는 정
도였지만 지금은 엉엉 우는 상황이 되었다. 정말 유테라답지 않은
일이었다.

"와 우는데?"

씻고 들어온 그녀가 큰소리로 그녀를 나무랐다.

"엉~ 아니, 저를 너무 싫어하시니까. 엉~"

"그만 안 하나."

그러더니 담배 한 개비를 가방에서 꺼내 물었다.

"한 대 주까?"

"엉~ 아니요."

"이기 미쳤나. 와 자꾸 우는데?"

"무서우니까."

"아까 보니까 점장이 니 사원으로 등록하면 안 된다꼬 사장한 테 말하드라."

"아, 주민등록번호를 알려달라고 하시기에 신용 불량이라 등록 하면 돈이 다 빠져나간다고 말씀드렸거든요."

낮말은 쥐가 듣고 밤말은 쥐가 듣는다더니 어느새 찬모님이 점 장의 말을 들었나 보다.

"뭔 사연이 있는지는 몰라도 잘 견디라. 알았나?"

"네."

"여기 사연 없는 사람 음따."

그녀는 담배를 한 모금 피웠다.

"그리고 가발은 벗어라. 답답하지 않나?"

"네?"

"뭘 그리 놀라노. 긴 머리가 나와 있구만."

"……."

"숙소까지 와서 숨기지 말고 편하게 있어라. 다른 사람들한테 는 말 안 한다아."

"네."

테라는 안 그래도 답답했던 가발을 벗었다. 그러나 그녀의 실크 같은 긴 머리가 어깨에 찰랑거리며 떨어졌다.

"안경도 벗고 또 벗을 것 있으면 벗으레이. 여긴 괜안타."

"네."

안경도 벗고 틀니도 입에서 빼자 찬모는 적지 않게 놀란 얼굴을 했지만 이렇다 할 말은 하지 않았다.

"내는 신랑 피해왔다. 내 30년을 개 맞듯이 맞았다. 이제 아들도 다 크고 더 이상은 못 맞겠더라. 그래 내 도망쳤다 아이가. 지금은 맘 편안히 있다."

그녀가 아무렇지도 않게 내뱉은 말에는 큰 아픔이 묻어 있었다.

"니는 결혼했나?"

테라는 고개를 저었다.

"몇 살이고?"

"서른이요."

"앞가림할 나이니까 잘 견디래이. 알겠나?"

"네."

그녀는 테라의 어깨를 잡아주더니 담배를 물고 밖으로 나갔다. 테라는 생각보다 그녀가 무서운 사람만은 아니라는 생각을 했다. 그렇게 그녀의 변신한 삶은 시작되었다.

테라는 잠자리에 누워 도혁을 생각했다. 테라의 인생에서 가장 잊을 수 없는 사람이었다. 그는 그녀를 못 알아보지만 그녀는 그를 온전히 대해야 하는 게 현실이었다. 집에 오기 전에 그에게 사실을 말하려고 했지만 점장의 끝없는 경계에 그의 근처에 갈 수조차 없었다.

"둘이 사귀는 거야 뭐야?"

신경이 쓰였다. 아무리 아빠 때문에 추한 모습으로 자신을 변장시키고 있었지만 그녀의 남자였다. 지금은 아닐지도 모르지만.

"내일은 내일의 태양이 뜨니까."

테라의 눈이 감겼다.

주방에 들어서자마자 도혁의 얼굴이 보였다. 검정색 요리사복을 입은 그는 정신없이 점심 손님을 치를 준비를 하고 있었다.

"안녕하십니까?"

"네, 안녕하세요."

고개도 들지 않고 그는 습관적으로 인사를 받고 있었다. 그녀의 존재도 신경을 쓰지 않았다. 한 달 전이나 지금이나 그의 남자다운 모습은 여전했다. 큰 키에 운동으로 단련된 근육질의 몸은 그를 더욱더 커 보이게 만들었다. 주방의 장으로 카리스마를 내뿜는 그는 예전에 만났던 남자와는 다른 모습이었다. TV 프로그램에서 보는 높은 모자를 쓴 쉐프의 모습을 한 그에게 그녀는 또 다른 끌림을 느꼈다.

"선득 씨?"

"네?"

"뭘 그렇게 넋을 놓고 있어? 앞치마 입고 일 시작하자고."

"네."

촌스럽고 말수가 별로 없는 그녀를 모든 직원들도 무시를 하고 있었다. 자존심은 상했지만 테라는 이렇게 있으나 마나 한 존재로 그들 속에 숨어 있을 수 있다는 게 다행이라고 생각했다.

탁탁탁탁.

오늘도 도혁의 칼판은 경쾌한 소리를 내며 하루를 시작하고 있었다. 일본 핫도리 영양전문학교를 수석으로 졸업한 그는 자신의 스승이자 일본 음식 최고의 권위자인 핫도리 유키오에게서 칼질의 신성함을 배웠다.

요리사에게 칼이란 전쟁터의 무기이자 사랑하는 여인이 되어야 했다. 여인의 아름다운 곡선을 조심스럽게 잡듯이 칼 또한 애정을 가지고 다루어야 한다. 애인이 한눈을 팔면 여자가 복수를 하듯이 다른 데 정신이 팔린 요리사는 자신의 칼에 베이기 일쑤니까. 정신을 가다듬고 하루를 칼질을 통해 조용히 시작하는 그였다. 그렇게 10년을 해왔는데 이젠 그것도 사치가 되었다.

쨍그랑~

도혁의 고개가 자연스럽게 테라가 있는 방향으로 돌려졌다.

"미치겠군."

도혁의 인상이 찡그려졌다. 요리사들이면 벌써 주먹이 날아갈 일이지만 초보 아줌마의 실수라 그냥 넘어가기는 했지만 해도 해도 너무했다. 그도 이제는 더 이상 참을 수만은 없었다.

부동자세로 어쩔 줄을 모르고 서 있는 테라에게 도혁이 가려고 하는 순간 이 소리를 듣고 점장이 달려왔다.

"사장님, 참으세요. 일이 익숙하지 않아서 그러니까. 제발 릴렉스."

점장이 달래는데도 그의 화는 식지 않았다. 유선득이라는 저 여자가 오고부터는 도혁의 기분이 매일 안 좋았다. 촌스러운 건 기본이요, 머리는 어찌나 야무지게 볶았는지 80년대 잭슨 파이브의 마이클잭슨 같았다. 마이클은 귀엽기라도 하지 어찌나 두꺼운 안경을 썼는지 얼굴의 반이 가려져 있고 웃을 때마다 틀어진 이빨은 정말 보기 흉했다.

무턱대고 사람을 싫어한 적이 없는 그인데 이상하게 그녀는 싫었다. 아니, 정말 제정신이 아닌 소리 같지만 그녀에게 자꾸 시선이 가는 본인이 더 싫었다. 뭐랄까 유선득 옆에만 있으면 그의 신경이 굉장히 날카로워졌다. 좋아한다거나 관심이 가는 건 아닌데 뭔가 설명할 수 없는 거슬림이 있었다. 그래서 도혁은 당분간 그녀를 주의 깊게 볼 생각이었다. 그러면 이 묘한 느낌의 정체를 알 수 있을 것이다.

"사장님?"

점장의 시선이 그에게 꽂혀 있었다. 그는 본능적으로 점장이 오해할 것 같아 다시 인상을 쓰고 선득을 쳐다보았다.

사고는 어찌나 치시는지 그릇이 성할 날이 없었다. 하루의 시작을 일주일째 그릇 깨기로 시작하는 그녀였다. 사장인 그이지만 인사권은 점장에게 주었기 때문에 함부로 그가 자를 수는 없었다.

"죄송합니다."

테라가 고개 숙여 사과를 하고는 깨진 그릇을 치우기 시작했다.

"점장님, 신경 좀 써줘요."

그의 목소리가 거칠게 나왔다.

"교육 잘 시키겠습니다."

"사장님, 제가 야채 다듬는 일만 당분간 시킬 테니 화 푸시죠."

황 대리가 웃으며 중재에 나섰다. 일단은 참을 수밖에 없는 도혁은 다시는 이런 일이 없도록 주의를 하라는 말을 하고는 다시 점심 준비를 했다.

점심시간은 넘쳐 나는 손님들로 한바탕 전쟁을 치르고 나서야 끝이 났다. 처음 하는 노동으로 손가락 마디마디가 쑤셨다. 터널증후군과 테니스 엘보가 한꺼번에 온 듯 팔목도 몹시 아팠다. 쉬는 시간이 돼서야 테라는 울 수 있는 시간이 생겼다.

"내가 뭐 깨고 싶어서 깼나? 고무장갑이 미끄러우니까 그렇지. 그리고 그릇 좀 가벼운 걸로 쓰면 안 돼? 안 깨지고 가볍고 플라스틱 좋네. 다 무거운 도자기니까 그렇지."

거울을 보며 그녀는 푸념을 늘어놓았다.

"아니, 자기가 사장이면 다야. 소리를 왜 자꾸 지르는데."

한바탕 구시렁거리고 나니 속이 후련했다. 그녀는 다시 한 번 견뎌내리라 다짐을 했다. 찬물에 세수를 하고 그녀는 화장실 거울에 비친 자신의 젖은 얼굴을 보았다. 뽀글거리는 파마머리가 촌스러웠지만 안경을 벗은 그녀의 얼굴은 뻐드렁니만 보이지 않는다면 아름다웠다.

"후~ 조금만 참자."

이렇게 말을 하고 나니 다시 서글퍼진 그녀의 눈에 눈물이 가득했다. 아빠에게는 연락이 없었다. 무소식이 희소식이라는 말이 지금은 테라가 잡고 있는 마지막 끈이었다.

"아빠."

테라는 다시 한 번 찬물에 세수를 했다.

"아니지. 유테라. 힘내자. 아자아자!"

누가 해결해 줄 문제가 아니었다. 그녀가 견뎌야 할 시기인 것이다.

화장실을 나오자마자 테라는 커다란 돌덩이에 부딪쳤다.

"죄송합니다."

"아니, 또……."

도혁은 깜짝 놀라 뒷말은 잊어버렸다. 안경을 벗은 그녀의 눈이 너무나 아름다웠기 때문이다. 큰 눈은 사슴을 연상시킬 만큼 크고 아름다웠다. 얼굴을 반쯤 가린 안경이 사라지자 그녀의 우윳빛 피부는 너무나 고왔다. 순간적으로 일어난 일이라 그는 너무나 당황스러웠다. 그런데 지금 그만 당황한 것이 아니었다. 빛의 속도로 안경을 쓴 그녀를 다시 보자 그는 자신이 꿈을 꾼 게 아닌가 하는 생각이 들었다.

"실례하겠습니다."

그는 멍하니 자리를 비켜주었다.

"꿈이야."

휴식 시간이 끝나고 그의 눈은 야채를 다듬고 있는 그녀에게 고정이 되어 있었다. 여전히 그녀는 못생겼고 촌스러웠다.

"내가 잘못 본 게 맞아."

"사장님?"

"어? 선득 씨가 뭐 또 잘못했나요?"

"아니. 왜?"

"쳐다보고 계시기에."

"내가 언제?"

그의 버럭 화내는 소리에 황 대리가 꼬리를 내리고 도망치듯 자기 자리로 갔다. 도혁은 의심의 눈초리로 그녀를 쳐다보았다.

"사장님, 유선득 씨가 뭐 잘못한 일이라도 있나요?"

박 부장과 이 과장의 시선도 도혁을 향하고 있었다.

"아무 일 아니니까 일들 하세요."

도혁의 날이 선 음성에 모두들 각자의 일에 열중했다.

도혁의 시선을 아까부터 느끼고 있던 테라는 자신이 안경을 벗는 실수를 하지 말았어야 했다는 자책에 사로잡혔다.

"티가 그렇게 많이 났나? 아니지, 안경 하나 벗었다고 이 촌스러움이 없어지지는 않는데……."

도혁의 시선이 너무나 부담스러웠다. 이곳에 온 지도 일주일이 다 돼가고 아직 그녀를 의심하는 사람은 없었다. 오히려 요즘은 동정표가 많이 생긴 것 같았다. 그런데 안경을 벗은 실수 이후에 도혁이 보는 눈이 심상치가 않았다.

"선득 씨, 양파 찹할 줄 알아요?"

갑자기 김 주임이 말을 걸어와서 테라는 깜짝 놀랐다.

"아니요. 양파를 잘게 썰면 되는 거 아니에요?"

"잘 아네."

"해본 적은 없어요."

"그럼 가르쳐 줄게요. 음식에 좀 많이 들어가야 해서요. 미리 준비해 둬야 해요."

그는 양파를 한 망 가져오더니 찹을 하는 방법을 설명해 주었다.

"양파를 반으로 자른 다음에 얇게 채를 썰어요. 세로로 그리고……."

"잠깐, 내가 설명해 줄 테니까 이리로 오세요."

모두들 도혁의 말에 깜짝 놀랐다. 누구를 가르친 적이 없는 그였다. 유일하게 그가 가르친 사람은 그의 동생인 김 주임뿐이었다. 그런 도혁이 아무리 기본인 칼질을 가르친다고는 하지만 그것은 있을 수 없는 일이었다. 테라는 아무런 대꾸도 할 수 없는 상황이라 그가 하라는 대로 움직였다. 그의 칼판 앞에 선 그녀를 그가 뚫어지게 쳐다보았다. 그의 바로 옆이라 익숙한 그의 체취가 그녀를 흥분시키고 있었다. 테라의 마음을 아는지 모르는지 그는 더욱더 가까이 다가왔다.

"칼은 짧게 쥐도록 해요. 그리고 아까 얘기한 대로 양파를 반으로 잘라요. 고기도 육즙이 빠지면 맛이 없듯이 야채도 마찬가지예요. 잘게 썰었을 때의 무게가 썰기 전의 무게와 될 수 있으면 큰차이가 나지 않도록 하는 게 중요해요. 그리고 칼질은 두 번 이상 들어가면 안 돼요."

그의 디테일한 설명에 테라는 깊은 감명을 받았다. 이래서 주방을 지휘하는구나 하는 생각이 들었다. 그러나 그의 살피는 듯한 시선은 부담이 아닐 수가 없었다. 다행히 그는 그녀가 테라임을 아직 모르는 것 같았다. 그가 갑자기 칼을 쥔 그녀의 손을 감싸듯

잡았다. 심장이 떨어지는 줄 안 테라는 온몸이 정지 자세가 되었다. 그녀가 답답했는지 존댓말로 말하던 그가 본래대로 반말로 막화를 냈다.

"그렇게 하는 게 아니구. 이렇게 썰어야지. 이건 중국집에서 쓰는 양파가 아니라구. 얇게 썰어야지."

"네."

뭐든지 빨리 배운 그녀였다. 고등학교, 대학교, 대학원 그리고 박사과정까지 그녀는 언제나 최연소였다. 하지만 요리는 천재인 그녀에게 답이 없는 방정식과 같았다.

"거참, 더 얇게!"

그의 성질에 못 이긴 목소리가 주방에 쩌렁쩌렁 울리고 있었다.

"네."

"대답만 하지 말고 똑바로 하라고."

"네."

"사장님, 주방이 떠나가겠어요."

언제 나타났는지 점장이 그들 사이에 끼어들었다.

"선득 씨, 그만 이리 와서 이층에 올라갈 컵 좀 닦아줘요. 그리고 사장님 선득 씨 그만 좀 야단쳐요. 몰라서 그러는데……."

때리는 시어머니보다 말리는 시누이가 밉다고 그랬던가. 테라는 지금 이 상황에 끼어서 착한 척하는 점장이 야단을 치는 도혁보다 싫었다. 테라가 그 자리를 빠져나오자 점장이 그녀의 어깨에 손을 얹으며 조용히 속삭였다.

"선득 씨, 재주가 좋아. 사장한테 꼬리 칠 줄도 알고."

"네?"

"그런데 보기 안 좋아. 조심했으면 좋겠어."

"……."

"매장 사람들이 총각 사장이라고 눈독 들이는 거 매장 이미지에 안 좋으니까."

"……."

"답이 없네."

"네."

"컵 좀 빨리 닦아줘요. 이층 세팅해야 하니까."

"네."

어이가 없었다. 뭐 하자는 플레인지 점장의 질투 어린 모습이 테라는 기가 막혔다. 그렇게 좋으면 결혼을 하던가 자기 애인 간수도 못하는 게 어디서 충고질인지 알 수가 없었다. 그리고 자기만 보면 못 잡아먹어서 안달인 도혁도 미웠다.

하루하루가 그날 이후에 가시방석이었다. 여전히 도혁은 그녀를 의심 어린 눈길로 쳐다보고 있었다. 테라는 야채를 다듬거나 안 깨지는 프라이팬이나 큰 냄비들을 닦는 일을 했다. 그 후로도 계속 도혁의 시선은 테라에게 있었다.

늦은 오후 테라가 화장실을 다녀오는데 데스크에 점장이 컴퓨터를 쥐어박듯이 때리고 있었다. 그리고 김 주임이 컴퓨터 앞에 앉아 있었다.

"일요일이라 AS를 부를 수도 없고 큰일이네."

"저도 잘 안 되네요."

김 주임이 머리를 긁적이고 있었다. 힐끔 그들을 쳐다본 테라는 주방으로 들어가려고 했다. 하지만 갑자기 테라를 부르는 점장 때문에 발길을 멈추었다.

"유선득 씨."

"저요?"

"그럼 내가 누굴 불렀겠어요."

요즘 부쩍 테라에게 짜증을 부리는 점장이었다.

"예."

선득이 다가오자 점장이 그녀에게 계산대 위의 조그만 어항에 물을 갈아오라고 시켰다.

"어항의 물은 어떻게 가는지 알죠?"

"네."

어항을 가지고 가려는 그녀의 시선에 컴퓨터 모니터가 들어왔다.

"컴퓨터가 맛이 갔나 봐. 저녁 영업시간까지 못 고치면 안 되는데……."

점장이 인상을 쓰며 김 주임의 뒤통수에 대고 푸념을 하고 있었다.

"부산 지사하고 화상 회의를 해야 하는데 주임님, 어떻게 좀 해봐요. 1시간 후에 사장님이랑 하기로 했는데 오늘이 첫날이거든요."

부산 지사장인 서우찬은 도혁과는 일본 유학에서 만난 인물로 지금 도혁이 출연했던 더 쉐프에도 같이 출연했던 인물이었다. 도혁이 자신의 가게와 앞으로 동생 시혁을 맡길 만큼 믿는 친구였다. 연정은 그런 그가 굉장히 꼼꼼한 성격의 소유자라는 걸 알기에 처음부터 실수를 하고 싶지 않았다.

컴퓨터를 만지고 있는 김 주임의 손이 바빠졌다.

"어? 주임님, 그렇게 하면 안 돼요."

나서지 말았어야 했다.

"아서요, 아까 사장님도 포기하고 가셨어요. 선득 씨가 뭘 안다고……."

점장의 무시에 테라의 뚜껑이 열리고 말았다.

"제가 한번 볼게요."

점장은 니가 어떻게 고치겠어, 라는 시선으로 그녀를 컴퓨터 쪽으로 데리고 갔다.

"인터넷에 들어가면 자동으로 꺼지고 자기 마음대로야."

테라는 컴퓨터를 전공하지는 않았지만 수에 관한 한 대한민국의 석학들이 혀를 내두르는 천재 중의 천재였다. 어차피 컴퓨터도 수학인 것이다.

"어, 찾았어요. 처리했으니까 이제 사용하시면 돼요."

"진짜 신기하다, 선득 씨."

입사 이후에 점장의 웃는 얼굴은 처음 보는 것 같았다. 꽤 아름다운 여자였다. 도혁은 이 여자의 어디를 마음에 들어 한 걸까? 어쨌든 지금 그녀는 점장에게 KO 패를 당한 거나 다름없었다.

"그냥 운이 좋았어요."

점장의 표정이 원래대로 돌아왔다. 컴퓨터가 고쳐진 기쁨 때문에 테라가 아군인지 적군인지 잠시 헷갈린 모양이었다. 엎친 데 덮친 격으로 이를 옆에서 도혁이 뚫어지게 보고 있었다. 황급히 자리에서 일어서는 그녀에게 도혁이 물었다.

"어떻게 고쳤지? 거의 컴퓨터 회사 직원 수준이었어."

"제가 워낙 기계를 좋아해서요. 실례합니다."

"나도 배우고 싶어서 그러는데. 이 과장, 너도 이리 와봐."

"왜요?"

"선득 씨가 고쳤다."

"정말요? 대단한데요."

"아니에요. 윈도우 에러예요. 다른 프로그램을 설치하면서 윈도우에 중요한 파일들과 충돌하면서 무한 재부팅이 됐던 거죠. 제가 파일을 삭제했으니까. 괜찮을 거예요."

그녀가 급하게 그 자리를 피했다. 그의 눈에서 의심의 빛을 본 테라였다. 테라는 왜 자꾸 그에게 자신의 본모습을 들키는지 알 수가 없었다. 자신의 머리를 쥐어박으며 주방으로 들어온 그녀는 쌓여 있는 갖가지 야채를 다듬느라 조금 전의 상황을 잊을 수 있었다.

"이건 우동에 들어갈 쑥갓이에요. 이렇게 잎만 따시면 됩니다."

황 대리의 친절한 설명은 언제 들어도 기분이 좋았다. 쑥갓을 다듬고 있는데 찬모님이 오셨다.

"그기 그렇게 하는 기 아니다아."

그녀 옆에 쪼그리고 앉아 참견을 하기 시작했다.

"다리 아프시니까 여기 앉으세요."

테라는 자신이 앉아 있던 앉은뱅이 의자를 찬모에게 빼주었다.

"니나 앉아라."

투박하게 말은 하지만 자상하게 그녀를 도와주셨다. 테라는 마음의 위안을 이렇게 얻고 있었다.

"아까 뭔 일 있었나?"

"아니요."

"얼굴이 하얗게 질려 보이길래."

"괜찮아요."

"그럼 다행이고."

쑥갓을 다듬는데 점장과 도혁의 관계가 궁금한 테라는 넌지시 찬모에게 그들의 관계를 물어보았다.

"저기, 점장님하고 사장님하고는 어떤 관계예요?"

"와, 궁금하나?"

"네."

"모르긴 몰라도 오래된 사이 같더라. 좋은 직장 팽개치고 사장 쫓아온 걸 보면. 됐나?"

쑥갓을 다듬던 손이 자동으로 멈추었다. 오래된 연인을 두고 그녀와 원 나잇 스탠드를 한 그가 용서가 되질 않았다.

"올라가지 못할 나무는 쳐다보는 기 아니다아, 알았나?"

"……."

"와 말이 없노?"

"네."

"그기 니한테 좋다."

이 상황이 끝나는 날 그녀는 그에게 대차게 복수를 할 것이다. 지금은 하고 싶어도 그녀의 안전이 먼저기 때문에 이를 악물고 참아야 했다.

3. 사시미[회]와 방정식

봉긋한 여자의 가슴이 도혁의 손에 꼭 맞게 쥐어졌다. 어찌나 말랑말랑한지 놓고 싶지 않은 감촉이었다. 가슴 가운데 앙증맞게 자리 잡은 핑크색 유두는 그의 혀를 기다리듯이 꼿꼿하게 솟아 있었다. 엄지손가락으로 유두를 건드리자 여자는 신음 소리를 내며 가는 허리를 활처럼 휘었다. 여자의 솔직한 반응에 도혁은 건드리기만 해도 흥분이 되었던 분홍색 유두를 입술에 머금었다.

"아~"

도혁을 흥분시키는 여자의 신음 소리에 도혁의 남성이 부풀어 오르기 시작했다. 그는 여자의 짧은 치마와 팬티를 아래로 단숨에 내렸다. 그의 눈에는 그녀의 미끈한 다리와 무성한 여성이 눈앞에 보였다.

꿀꺽!

맛있는 음식을 본 것처럼 침이 넘어갔다. 그는 그녀의 무성한 숲을 가르고 그녀의 작은 봉오리를 마음껏 희롱했다. 여자의 색스러운 신음 소리가 방 안을 울렸다. 한 달 만에 여자를 안는 그였다. 그는 점점 위로 올라가며 그녀의 몸에 자잘한 입맞춤을 했다.

"하~"

그의 입에서 신음 소리가 새어 나왔다. 아름다운 나체가 그를 달아오르게 만들었다.

"아~ 유테라~"

그를 이렇게 달아오르게 하는 여자는 테라뿐이었다. 그녀의 얼굴을 잡아 키스를 하려는 순간 그는 뽀글거리는 머리에 손가락이 끼어서 뺄 수가 없었다.

"사장님~"

유선득의 듣기 싫은 목소리가 그의 인상을 절로 구겨지게 만들었다.

"키스해 줘요. 음~"

입술을 그의 입술에 대려고 하는 선득을 간신히 피했다.

"저리 안 가~"

손가락에 낀 머리카락이 아무리 발버둥을 쳐도 빠지지 않았다. 유선득의 입술이 그를 덮쳐 오고 있었다.

"안 돼~"

헉!

침대에서 벌떡 일어난 도혁은 식은땀으로 온몸이 젖어 있었다.

어찌나 소리를 질렀는지 목구멍까지 아팠다.

"제길."

도혁은 옆에 있던 물로 입안을 헹구고는 컵에 뱉었다. 그리고 고개를 흔들었다.

"내가 유선득이랑?"

꿈이라도 싫었다. 어떻게 이런 악몽을 꾸게 하는지 신까지도 원망스러웠다.

마땅히 할 일도 없는 테라는 남들보다 30분 먼저 식당에 출근을 했다. 막내이기 때문에 청소를 하고 시간이 남으면 다른 사람들이 출근할 때까지 항상 신문을 읽었다. 아빠의 소식이 있을까 하는 생각 때문이었다.

그런데 오늘은 테라보다도 일찍 나온 사람이 있었다. 주방에 들어서자 생선을 잡는 칼판에서 인기척이 났다. 테라는 자신도 모르게 그쪽으로 갔다. 칼판에는 도혁이 있었다. 1m는 넘어 보이는 점성어를 도마 위에 올려놓고는 파닥거리는 녀석을 조용히 감싸 안았다. 검은색 요리사복을 입은 그가 순간 무사 같았다.

"쉬~"

그 소리를 알아들었는지 칼판이 들썩거릴 정도로 세차게 움직이던 녀석이 얌전해지기 시작했다. 한참을 감싸 안고 기다리다 때가 되자 옆에 놓았던 칼을 들어 단번에 녀석의 머리를 내려쳤다.

"악~!"

그 소리에 놀란 도혁은 그 자리에 주저앉았고 엎친 데 덮친 격으로 죽은 점성어가 도혁에게 떨어져서 도혁은 바닥에 아예 드러누웠다. 그 위로 머리가 없는 점성어가 피를 흘리며 파닥거리고 있었다.

"유선득!"

이제는 호칭도 사라졌다.

"죄송해요."

점성어를 테라가 들어보려고 애를 썼지만 녀석의 무게가 엄청났다.

"저리 안 비켜."

그가 점성어를 옆으로 밀쳐 놓고는 일어나려고 하자 테라가 그를 부축하려고 했다. 성질이 난 그가 그녀의 손을 쳤다. 이제 테라도 더 이상은 참을 수가 없었다.

"이봐요, 도와주려고 한 건데 너무하는 거 아니에요?"

그녀의 반격에 적잖이 당황했지만 질 도혁이 아니었다.

"병 주고 약 주시겠다?"

"그렇게 삐딱하게만 생각할 거예요?"

도혁이 허리에 한 손을 짚었다. 아무래도 삐끗한 것 같았다.

"형!"

이때 출근을 한 김 주임이 피가 온몸에 묻은 도혁을 보고는 소스라치게 놀랐다.

"피!!"

"점성어 피야. 놀랠 것 없어."

"무슨 일이야?"

"그냥 미끄러졌어, 나 한의원 좀 다녀올게."

그리고는 테라를 쏘아보았다.

"유선득 씨는 다녀와서 봅시다."

"네."

테라도 뚱하게 대답을 했다.

두 사람의 눈치를 살피던 시혁이 뒤도 안 돌아보고 가는 도혁에게 소리를 질렀다.

"혼자 가게?"

"오픈 준비나 해."

"네, 사장님."

허리를 짚고 문을 나서는 그를 테라는 말없이 바라보았다. 고집불통의 인간인데 뭐가 그렇게 좋아서 좋아했는지 이해가 가지 않았다. 그때는 눈에 뭔가 씌었던 게 분명했다.

'불쌍하다고 생각할 필요도 없어. 쌤통이다.'

테라는 자신도 모르게 혀를 내밀었다.

며칠 고생할 거라는 한의사의 말을 뒤로하고 한의원에서 나오며 도혁은 생각했다.

"전생에 원수였을 거야."

유선득을 생각하며 그는 이를 갈았다.

한의원 옆에는 대형 서점이 있었다. 아무 생각 없이 지나는데 서점에 붙어 있는 테라의 포스터가 눈에 들어왔다. 천재가 말하는 생활 속의 수학이라는 제목으로 책을 출간한 모양이었다. 도혁은 자신도 모르게 책을 구매하고는 직원에게 말을 걸었다.

"예쁜 아가씨, 이 책을 샀는데 저기 포스터 한 장 얻을 수 없나?"

카운터의 직원이 그를 보더니 수줍은 미소를 지으며 테라의 사진이 실린 포스터를 새것으로 주었다.

"다행히 여기 있네요."

그녀는 이렇게 잘생긴 남자가 왜 자기에게 말을 걸지? 라는 표정으로 말했다.

"근데 이게 왜 필요하세요?"

그에게 한마디라도 더 걸고 싶어 안달이 난 직원이 한마디 했다. 그가 잘생긴 얼굴에 미소를 띠자 직원은 얼굴이 홍당무가 되었다. 그가 몸을 기울여 직원에게 가까이 다가갔다.

"이건 비밀인데……."

여직원은 기대에 찬 얼굴로 그를 바라보았다.

"내 여자친구!"

그가 사진 속의 테라를 가리키며 말하고는 실망한 표정이 역력한 여직원에게 윙크를 날리고는 자리를 떴다.

다시 봐도 심장을 뛰게 하는 여인이었다. 아름다운데다가 이렇게 머리까지 좋으니 완벽한 여자였다. 게다가 도혁만이 아는 그 환상의 바다라인은 그의 심장을 타오르게 만들었다.

"요부 같으니라고."

그는 이렇게 말하며 바보처럼 미소를 지었다. 동경에 도착하자 차를 세우고 그는 무의식적으로 다시 포스터를 펼쳤다. 연예인 브로마이드를 보며 좋아하는 십대처럼 그는 웃으며 그녀를 보고 있었다.

그렇게 한참을 포스터에 빠져 있던 그의 얼굴 표정이 점점 굳어지고 있었다. 그리고 볼펜을 꺼내 그녀의 포스터 위에 낙서를 하기 시작했다. 누가 이 모습을 봤다면 광기 어린 사이코패스가 생각이 났을 것이다. 그가 지금 테라의 머리에 빠글빠글한 모양을 정신없이 그리고 있었기 때문이다. 촘촘하게 아줌마 머리를 완성하고는 포스터에 긴 생머리 부분을 잘라내고 이번에는 두꺼운 안경을 그려 넣었다. 그리고 그는 미친 듯이 웃었다.

"유선득~"

갑자기 도혁은 포스터를 찢듯이 구겨서 이로 물어뜯었다. 그의 모습은 진정 사이코패스였다.

한의원에 다녀온 도혁이 눈에 띄었다. 한바탕 후폭풍이 불겠다고 생각했던 테라는 의외로 조용한 그가 더 무서웠다. 튀김에 쓰일 고구마를 깎으며 테라는 곁눈질로 도혁을 살폈지만 그는 평소와 마찬가지로 점심 준비에 여념이 없었다.

"괜찮겠지?"

뭐 별수 있겠는가. 그녀도 실수로 그런 건데 그걸로 시비를 건다면 정말 쪼잔한 인간인데 도혁은 그렇게까지는 아니라 믿고 싶었다. 하지만 잠시 후 테라는 느꼈다. 김도혁은 쪼잔한 인간이 맞았다. 고구마를 다 깎고 나자 이번에는 껍질이 두꺼워서 남자 요리사들이 까는 단호박이 한 박스나 그녀의 앞으로 왔다.

"이게 뭐예요?"

"사장님이 쓰신다고 깎으라고 하시네요."

미안한 듯이 쓱 밀어놓고 가는 황 대리의 모습에 테라는 참고 단호박을 깎았다. 목장갑을 끼고도 손가락에 물집이 잡혔다. 간신히 단호박을 다 까자 이번에는 양파가 담긴 큰 망이 그녀 앞에 놓였다.

"양파 껍질 벗기시고 채 썰어놓으시라네요. 저번에 양파 써는 거 가르쳐 주셨다고 그대로 하시면 된다네요."

"……."

테라는 대답 대신에 도혁을 째려보았다. 이쪽으로는 시선조차 주지 않는 그였지만 일부러 그녀를 엿 먹이기 위한 그의 치사한 방법에 그녀는 울화가 치밀었다. 양파의 껍질을 까고 양파 찹을 하는 그녀의 눈에 눈물이 쉴 새 없이 흐르고 있었다.

"나쁜 놈."

양파의 매운기가 그녀의 1년 치 눈물을 눈에서 빼내고 있었다. 수십 개의 양파들이 그녀의 눈물과 함께 잘게 썰어지고 있었다.

"아~ 짜증나는 인간 같으니라구."

"뭐 잘못했나?"

찬모가 쪼그리고 앉아 눈물을 훌쩍거리며 매운 양파와 씨름을 하고 있는 테라에게 물었다.

"아니요."

"그럼, 와 저카는데?"

"저도 알고 싶다고요."

양파의 매운기에 이제는 콧물도 흐르고 있었다.

"나와바라."

찬모가 울고 있는 그녀를 대신해서 양파를 썰어주었다. 화장지로 코를 풀고는 다시 양파 앞에 앉은 그녀는 이를 악물고 양파 채썰기까지 끝냈다. 그러고 나니 퇴근 시간이 되었다. 허리 한번 못 펴고 하루 종일 궂은일은 다 한 듯했다.

옷을 갈아입고 나오자 모두들 퇴근을 했는지 가게 안이 조용했다. 오늘은 황 대리가 막당이라고 했으니 어딘가 정리 중인 황 대리가 있을 것이라 생각한 그녀는 물집이 심하게 잡힌 손에 약을 바르러 카운터에 있는 약 상자를 꺼냈다. 생각보다 상태가 심각했다. 손을 보자 서러운 생각이 들었다.

"이게 뭐 하는 짓이지."

한숨이 저도 모르게 나왔다. 아빠가 빨리 일을 해결하셔야 하는데, 라는 생각이 들었다. 지금은 미운 생각보다는 서로의 안전이 더 중요한 상황이었다. 오른 손가락에 잡힌 물집을 터트리려고 하니 오른손잡이인 그녀에게는 생각보다 난코스였다. 갑자기 그녀의 뒤에서 인기척이 느껴졌다. 당연히 황 대리인 줄 알고 그녀는 연고와 바늘을 내밀었다.

"제가 오른손잡이라서……."

"뭐 어쩌라구?"

그러게 뭐 어쩌라구 내가 왜 그런 말을 했을까 생각을 하며 도혁을 째려보았다.

"유선득 씨는 집에 안 가나?"

"갑니다."

내가 왜 이런 인간에게 순결을 기꺼이 바쳤는지 지금은 도통 이해가 가질 않았다. 그때 술에 약을 탔거나 정신이 어떻게 됐거나 둘 중에 하나였을 것이다. 그녀가 약과 바늘을 약상자에 넣으려고 하자 그가 갑자기 그녀의 손을 잡았다.

"그깟 일 좀 시켰다고……."

그가 그녀의 물집이 잡힌 손을 보더니 말이 없어졌다. 평생 일이라고는 안 해본 손이었다. 테라는 도혁의 눈빛이 흔들리는 것이 보였다. 그래 자기도 사람이니까 손이 이 지경이 되도록 부려먹은 것을 반성하겠지, 라고 생각할 즈음 그가 갑자기 그녀의 물집을 바늘로 터트렸다.

"그래, 물집은 터트려야 제맛이지."

멍한 눈으로 그의 엽기적인 행각을 보고 있는 테라는 신은 무슨 생각으로 이 동물을 만들었을까, 라는 의문이 들었다.

"앗, 따가워."

"엄살은?"

"엄살 아니거든요."

그가 연고를 바르고 손가락마다 밴드를 붙여주었다. 치료가 다 끝났지만 이상하게 그녀의 손을 놓아주지 않고 계속 잡고 있었다.

"약 발라주신 거 감사해요. 그리고 손을 좀……."

슬쩍 손을 빼려고 하자 그가 손에 힘을 주어 빠져나가지 못하도록 꼭 잡았다. 그리고 그녀의 손을 깍지 끼듯이 잡았다.

"지금 뭐 하시는 거예요?"

놀란 테라가 그를 보자 알 수 없는 묘한 표정의 그가 그녀의 손을 마사지하기 시작했다. 거북했다. 물론 전문가처럼 마디마디를 풀어주는 그가 신기하면서도 좋았지만 이렇게 마사지를 하다가 방심한 틈을 타서 아침의 복수를 하는 것이 아닌가 하는 불안감도 있었다.

그러나 그는 열심히 그녀의 손만을 바라보며 마사지를 하고 있었다. 그의 손이 손가락에서 손등으로 그리고 그녀의 가느다란 팔목으로 이동하고 있었다. 그의 시원한 손놀림에 테라는 상황을 잊고 정신을 놓고 있었다. 하지만 팔목에서 팔꿈치로 올라오는 그의 손의 느낌은 마사지라기보다는 애무에 가까워지고 있었다. 하마터면 테라의 입에서 신음 소리가 나올 뻔했다.

"그만!"

그녀의 목소리가 갈라져 있었다.

"그, 그만요."

도혁이 못생긴 자신에게 그럴 리가 없다는 생각이 들자 그녀는 그를 멈추게 했다. 아쉽지만 그의 손은 더 이상 그녀를 더듬지 않았다.

"감사했습니다."

틀니 사이로 그녀의 어눌한 말이 새어 나왔다. 부끄러웠다. 지금이라도 자신이 테라임을 말하고 싶었지만 지금은 아니었다. 이제는 그가 자신의 편임이 확실하지도 않게 되었다. 모든 여자에게 껄떡거리는 게 아닐까, 라는 생각이 들 정도였다. 가게를 나오면서 유리문에 비치는 자신의 모습을 보며 테라는 생각을 자신도 모르게 중얼거리고 있었다.

"자기가 무슨 한국의 카사노바도 아니고 치마만 두르면 만사 오케이야. 미친, 이 얼굴에도 찝쩍거리는데 예전에는 아주 좋아서 죽었겠어. 내가 바보지. 무슨 첫눈에 반해. 그건 영화에나 나올 얘기지. 정신 차리자, 유테라."

"뭐라고 그렇게 중얼거리지?"

"네?"

"선득 씨가 비켜줘야 문을 잠그고 세콤을 할 텐데."

순간 그녀는 자신이 출입구 중앙에 서 있음을 알게 되었다.

"죄송해요."

그녀가 한 발짝 앞으로 나가자 출입구를 잠근 그가 세콤 카드를 긁으며 마무리를 했다. 테라는 그 틈을 이용해 빠른 걸음으로 가게를 빠져나가고 있었다.

"유선득 씨."

막 주차장을 빠져나가려는데 도혁이 뒤에서 그녀를 불렀다.

"네?"

"숙소까지 태워다 줄 테니 이리 와요."

갑작스러운 부드러운 말투가 오히려 무서운 테라였다.

"아니, 괜찮습니다. 그냥 갈게요."

"빨리 오지."

"네."

그의 벤츠는 주인을 닮아 뺀질거렸다. 어찌나 깔끔하게 세차를 하셨는지 파리가 낙상할 것 같았다. 걸어서 10분 정도의 거리인 숙소는 차로 가면 3분 정도의 거리인데 테라에게는 30년은 걸리는 것 같았다. 체크무늬 남방에 청바지 차림인 그는 너무도 편안해 보였다.

남방을 아무렇지도 않게 접어 올리고 핸들을 잡고 있는 그의 팔뚝에 자꾸만 시선이 가는 테라였다. 훌륭한 팔뚝이었다. 심줄은 어찌나 힘차게 올록볼록하신지 한번 쓰다듬어 보고 싶은 충동이 불끈불끈 솟아올랐다. 그리고 핸들을 잡고 있는 저 손의 거친 감촉이 아까의 마사지의 흥분을 다시 일으키고 있었다. 그녀의 손이 자신도 모르게 그의 손이 스쳤던 팔을 쓰다듬고 있었다.

"다 왔군."

"네?"

너무 놀란 그녀가 딸꾹질을 시작했다.

"딸꾹질을 자주하는군."

그녀는 그의 말뜻을 이해할 수는 없었지만 확실한 건 빨리 이 자리를 피하고 싶다는 것이었다.

"딸꾹, 감사했습니다. 딸꾹."

그의 얼굴에 그녀가 좋아하는 미소가 스쳤다.

"수고했어요."

"네, 딸꾹."

차에서 황급히 내린 그녀는 숙소로 달려들어 갔다. 5층인 숙소까지 단숨에 올라온 테라는 숨이 턱까지 찼다. 아니, 도혁 때문에 그녀의 심장이 주책없이 뛰고 있었다. 못됐고 성질도 더럽다고 생각하며 그를 멀리하려고 하면 할수록 테라는 도혁에게 빠져드는 자신을 발견했다. 현관문에 기대서서 한참을 서 있던 테라는 마음을 진정시키고 숙소로 들어갔다.

"다녀왔습니다."

"선득 씨, 이리 와 빵 먹어."

"네."

숙소의 언니들이 선득을 부르고 있었다.

"이거 완전 유명한 단팥빵집에서 사온 거래요."

"누가?"

"우리 애인."

좋아서 얼굴이 붉어진 영애 씨를 보며 모두들 웃었다.

"애인 자랑질은. 근데 왜 세 개야?"

"주방 김 주임한테 나오는 길에 몇 개 뺏기고 주차 아저씨 드리
고 나니까 이것뿐이네."

"우리 지금 네 명이거든."

"그러네."

이때 테라가 아무런 생각 없이 빵을 나누었다. 먼저 세 개를 반
으로 나누어 하나씩 주고 남는 두 개의 반쪽을 반으로 나누어 주
니 네 명이 똑같은 빵을 갖게 되었다.

방 안에 영애 씨와 최 주임 그리고 찬모가 놀란 눈으로 테라를
쳐다보았다.

"똑같이 나눴네."

"제가 먹을 거에 좀 민감해서."

모두의 놀란 표정에 테라는 아무 일도 아니라는 듯이 얼버무렸
다.

"그래, 공평한 게 좋은 기다. 묵자."

"다이어트 중인데 칼로리가 높은 거 아이가?"

"칼로리가 뭔지나 아나? 그냥 쌔리 무그라."

최 주임이 한마디 했다가 찬모님에게 호되게 야단을 맞았다.

"칼로리는 열량을 나타내는 단위인데 여기서는 조금 더 포괄적인 의미의 에너지 단위죠. 에너지에는 물리적 에너지, 화학적 에너지, 핵에너지, 전기에너지, 중력 에너지, 열에너지가 있는데……."

"니 미쳤나?"

아차 하는 생각이 든 테라였다. 빵을 입에 물고는 씹지도 못하고 최 주임과 영애 그리고 찬모님의 눈이 테라를 향해 있었다.

"하하하, 그러게요. 제가 미쳤나 봐요."

찬모가 테라를 도와 얼렁뚱땅 위기를 넘겼다. 씻고 방으로 돌아온 테라를 찬모가 앉혀놓고 얘기를 했다.

"얼굴도 예쁘고 똑똑한 것 같아 그러려니 했는데 니는 보통이 아니다. 니 뭐 하던 가시나노?"

찬모의 얼굴에 걱정스러운 표정이 스쳤다.

"수학과 교수요."

테라는 한 사람에게라도 진실을 말하고 싶었다. 모두들 좋은 사람들인데 속이고 있는 게 죄송스러웠다.

"뭐라?"

"한국대 수학과 교수요."

"그런데 뭐 한다고 이카노?"

"저도 뭐가 뭔지 모르겠고, 금방 끝날 줄 알았는데 너무 힘들어요."

"빚졌나?"

"아니요."

"그라믄 사기라도 쳤나?"

"아니요, 그런 거 아니에요."

"그라믄 뭐꼬?"

"아빠가 좀 안 좋은 직업이시라 쫓기고 계세요. 제가 잡히면 아빠가 안 좋아져요. 그래서 피해 있는 거예요."

"조폭이가?"

"……."

"아휴~ 우짜노. 견디라. 그라문 풀릴 날도 있겠지."

찬모는 멍하게 앉아 있는 테라를 한참 동안 바라보았다. 처음에는 참 어설픈 사람이 들어왔다고 생각했다. 그리고 그 생각을 하자마자 그녀는 순식간에 수상한 여자가 되어 있었다. 진실이란 것이 없는 머리도 가발에 두꺼운 안경과 틀니를 빼면 연예인 뺨치는 외모에 지금은 수학과 교수란다. 하지만 산전수전 다 겪은 그녀의 눈에는 나쁜 사람은 아닌 것 같았다.

"니도 내 모냥 팔짜가 드러븐가 보다. 쯧쯧쯧."

그녀가 이렇게 말을 해도 넋을 놓고 생각에 잠긴 테라의 귀에는 들리지 않았다.

"안 자나?"

"네? 자요."

"불 꺼라."

"네."

어두운 방 안에 누운 테라는 불안했다. 지금 와서 생각하니 도혁이 아까 딸꾹질을 자주한다고 했다. 그의 앞에서 처음 하는 딸꾹질이었다. 아니, 서울에서는 그가 키스로 멈추게 해주었지만 그가 그녀의 정체를 안 것일까? 아니, 그렇지는 않을 것이다.

"뭐지?"

불안했다.

그 일이 있고 이틀이 지났다. 정말로 아무 일이 없는 평온한 날의 연속이었다. 여전히 그녀는 파를 다듬고 양파를 까고 주방의 설거지를 돕는 주방 보조로 열심히 일을 하고 있었다. 이것도 점점 그녀의 몸에 익숙해지고 있었다. 사람들도 점점 친해져서 이제는 정말 식구 같은 느낌이었다.

"선득 씨, 이거 드세요."

황 대리가 사시미를 가지고 왔다.

"광어예요. 오늘 팔고 남은 거라고 주시네요."

"먹어도 되는 거예요?"

"가끔 기분 좋을 때 나누어 주시죠. 우린 그냥 먹으면 돼요."

"이거 먹으라고 따로 잡아주신 것 같아요. 여기는 장사가 워낙 잘돼서 이렇게 남지 않거든요."

김 주임도 한마디 거들며 끼어들었다. 주방 식구들이 다 몰려들자 금방 회가 없어졌다. 그래도 이렇게 마음 좋은 사람들과 한곳에 있다는 게 테라는 진심으로 좋았다. 공부만 하느라 제대로 된 인간관계는 해주가 전부인 그녀였다.

"마감 안 치지?"

도혁의 소리가 들리자 모두들 일사불란하게 자신의 자리로 돌아가 청소를 시작했다.

"황 대리, 나 잠깐 대한주방에 좀 다녀올게. 도마하고 칼을 좀 더 사야 할 것 같아."

"네, 다녀오십시오."

그가 볼일을 보러 나가기가 무섭게 손님의 마지막 주문이 들어왔다.

"대리님, 손님이 장어가 맛있다며 추가를 원하시는데 어쩌죠?"

"지금 시마이(마감) 다 했는데 뭐 어쩌라구요."

"VIP 손님이라 어떻게요. 사케(일본 술) 더 드시겠다고 달라고 하시는데."

점장의 말에 황 대리는 씩씩거리며 어항으로 가서 장어 한 마리를 꺼내 칼로 머리를 찍어서 죽였다. 매일 보는 일이지만 성질이 난 황 대리의 거친 행동에 테라는 놀랐다.

"아~ 씨발, 지가 잡던가. 청소하고 있는 거 안 보이냐구. 주문을 받지를 말아야지. 이거 잡고 청소 다시 하면 집에 가기는 글렀네. 젠장!"

성격 좋은 황 대리가 성질을 내자 테라는 몸을 움츠렸다.

"선득 씨~"

황 대리가 그녀를 불렀다.

"네."

칼판으로 부리나케 달려간 테라는 끔찍한 현장에 직면하게 되었다.

"저기, 목장갑 끼고 이놈 머리 좀 눌러봐요."

"네?"

"다들 청소하고 있어서 그래요."

황 대리의 목소리가 평소하고는 달랐다. 진짜 짜증이 난 모양이었다. 거절을 할 수 있는 상황이 아니어서 장갑을 끼고는 눈을 질끈 감고 장어의 머리를 눌렀다.

"더 세게요. 이 녀석 죽었는데도 힘이 좋네."

눈을 뜨지 말았어야 했다. 그녀가 누르고 있는 머리가 계속 꿈틀거리며 손바닥 아래에서 움직이고 있었다. 머리로 꼭 손바닥을 밀어내는 듯한 녀석의 몸부림이 처절하게 느껴졌다. 그리고 황 대리는 팔을 감고 있는 녀석의 몸통을 쓸어내리며 등지느러미 쪽을 날카로운 칼로 가르고 뼈를 발라냈다.

"다 됐다. 수고……."

아무것도 기억이 나지 않았다. 그냥 정신줄을 놓아버렸다. 눈을 뜨니 아무도 없는 손님방이었다.

드르륵!

방문이 열리는 소리가 들리자 얼른 눈을 감았다. 너무 창피했다.

"다 갔어."

도혁의 목소리였다.

"장어 하나 때문에 기절씩이나 하고. 유선득 씨, 너무 골고루 하는 거 아니야?"

"뭐라구요?"

얄미웠다. 장어가 손 아래서 꿈틀거리는 기분은 두 번 다시 느끼고 싶지 않았다. 하기야 자기는 직업이니까 그런 것쯤 얼마든지 잡을 수 있겠지만 그녀는 장어를 잡는 게 처음이었다. 다시는 장어는 입에 대지 않을 것이다. 그녀가 일어나려고 하자 그가 테라의 이마를 손가락으로 살짝 눌러 자리에 앉게 했다.

"뭐 하는 거예요?"

"쉬어."

"다 쉬었어요. 가서 청소해야 해요."

"청소 끝났어."

"다른 사람들은요?"

"퇴근했어."

그러고 보니 아까부터 계속 반말이었다.

"사장님, 제가 아무리 직원이지만 말씀을 낮추시지는 말아주셨으면 합니다. 듣기 거북해요."

"싫다면?"

오늘따라 그가 이상했다. 장난을 치는 건지 진심으로 그녀가 싫어서 막 대하는 건지 구분이 가지 않았다.

"제가 싫습니다."

"왜지?"

왜? 라고 물으니까 달리 할 말은 없었지만 자꾸 물고 늘어지는 그가 못마땅한 건 사실이었다.

"여기는 직장이고 최소한의 예의는 지켜주십시오."

"예의라……."

아까부터 이상한 그였다. 아니, 며칠 전부터 이상했다. 그녀를 쳐다보는 눈빛이 마치 모든 것을 알고 있다는 뉘앙스가 풍기는 표정이었다. 그럴 리가 없었다. 그는 분명 자신을 알아보지 못하고 있었다.

"저는 다 쉬었으니 숙소로 가겠습니다."

"언제부터 나에게 다나까를 썼나?"

"사장님이 반말을 하실 때부터요."

이제 테라도 화가 나기 시작했다. 쓰러진 자신을 돌봐준 건 고마웠지만 그게 다였다. 몸을 다시 일으키자 그가 다시 그녀를 자리에 눕게 했다. 이번에는 양쪽 팔을 잡고 두 눈을 마주 보고 있었다.

"고집이 너무 세면 매력 없어?"

"……."

둘의 시선이 얽히고 있었다.

"유테라라고 불러야 하나?"

"네?"

그러고 보니 머리가 시원했다. 안경도 테이블 위에 있었고 틀니도 빼내어져 있었다. 테라가 시선을 도혁에게 옮겼다.

"당신이 했나요?"

"꼭 내 손으로 벗기고 싶었어."

어이가 없었다. 그는 알고 있으면서도 그녀를 놀린 것이다. 테라가 도혁을 밀어내며 자리에 앉았다.

"그랬군요. 언제부터 알았어요?"

"느낌은 첫날부터, 안 건 넘어진 날."

"왜 말하지 않았어요?"

"먼저 말하길 바랐으니까."

"그래서 날 괴롭힌 거군요."

테라가 머리카락을 쓸어 넘기며 도혁을 째려보았다.

"날 속이고 있다는 게 기분이 좋지는 않았으니까."

그의 솔직한 대답이었다.

"왜 그런데 이런 모습을 하고 있는 거지? 나 하나 속이자고 이런 일을 벌인 것 같지는 않고. 왜지?"

망설여졌다. 그가 어떻게 이런 사실을 받아들일지도 모르겠고 처음에 단순하게 이곳에 오면 받아들여 줄까, 라는 생각도 시간이 지나자 자신이 없어졌다. 테라가 고개를 들어 그를 바라보았다. 그의 얼굴이 선명하게는 보이지 않았다. 렌즈를 껴야 보이는데 숙소에 있고 지금은 안경까지 벗고 있기 때문에 장님이나 다를 바가 없었다. 심호흡을 하고는 도혁을 바라봤다. 마음이 더 편해진 테라였다.

"아빠가 조폭이에요. 지금 위험한 상황이고 저도 미끼가 될 수 있기 때문에 피해 있는 거예요."

김 피디가 경고했던 기억이 도혁의 뇌리를 스쳤다. 대충 힘든 아가씨일 거라는 생각은 했지만 변장까지 해서 몸을 지켜야 하는 상황의 거물급 아버지를 둔 아가씨인 줄은 몰랐다.

"왜 하필 이곳이지."

"달리 생각나는 곳이 없었어요."

"그게 단가?"

"당신도 보고 싶었구요."

말을 하고 나니 속이 다 시원했다.

"이 컨셉은 누구의 생각이지?"

"특수 분장 팀?"

"김 피디군."

"그의 와이프죠."

도혁이 테라의 긴 머리를 쓸어 넘겼다. 그리고 도혁의 거친 손이 그녀의 얼굴 라인을 부드럽게 어루만졌다. 테라는 이 느낌이 좋았다.

"보고 싶었어. 많이."

"거짓말."

"난 그런 거 못해."

"알아요."

도혁이 그녀의 얼굴을 감싸고는 입술을 머금었다. 마치 서로의 짝을 찾은 듯 두 입술은 꼭 맞물려졌다. 그녀의 앙증맞은 입술이 열리고 그의 거친 혀가 그녀의 입안을 정복해 갔다.

"하~"

누구의 신음인지도 모르게 둘의 호흡은 가빠져 갔다. 다급해진 그의 손이 그녀의 티 안으로 거침없이 들어와 테라의 가슴을 한 손에 담았다. 브래지어 위의 그의 손길은 화산처럼 뜨거웠다. 그가 갑자기 그녀의 바지를 벗기기 시작했다. 그녀가 놀랄 사이도 없이 그의 손이 속옷까지도 없애고는 그녀의 여성을 어루만졌다.

"오늘은 용서해 줘. 너를 보고 있는 매 순간 너무 참았나 봐. 터져 버릴 것 같아."

그녀가 그의 말을 이해하기도 전에 그가 그녀에게 들어왔다. 그의 커진 남성을 갑자기 받아들여야 하는 테라는 뜨거운 고통을 느꼈다.

"아파."

"미안, 조금만 참아."

"악~"

그녀가 자신의 아랫입술을 물자 그가 인상을 썼다.

"그럼 다쳐."

그러면서 자신의 입술로 강하게 키스를 했다. 도혁은 테라의 몸에 상처가 나는 것이 싫었다. 그녀를 혀로 달래며 그는 부드러운 피스톤 운동을 했다. 고통에서 쾌락의 문턱으로 넘어선 테라가 그의 엉덩이를 잡으며 흐느꼈다.

"도혁 씨, 빨리."

테라의 말을 알아들은 도혁은 힘차게 자신의 욕구를 분출했다. 두 사람의 신음 소리와 살이 부딪치는 소리가 동경 안에 에로틱하게 울려 퍼졌다.

퍽, 퍽, 퍽.

소리가 점점 커졌다. 소리가 커진 만큼이나 도혁의 몸짓이 빠르고 커졌다.

"아~ 도혁 씨."

"테라야~"

점점 더 속도를 내던 그가 마지막 세찬 움직임 후에 테라의 몸 위로 거친 숨을 내쉬며 무너졌다. 그가 몸을 들어 테라의 얼굴에 붙은 머리카락을 넘겨주고는 그녀의 입술에 입을 맞추었다.

"어떻게 이렇게 예쁜 얼굴을 저렇게 만들 수가 있지?"

"그렇게 못생겼어요? 유선득."

도혁이 인상을 찌푸리며 고개를 끄덕였다.

"당신도 예쁜 여자 좋아하는구나?"

테라가 도혁의 얼굴을 손으로 더듬으며 말했다.

"나도 그런 줄 알았는데 유선득도 나름 매력이 있었어."

"내 생각에는 김도혁 씨는 여자면 다 좋아하는 것 같아요."

"빙고!"

그가 웃으며 테라의 입술을 손가락으로 쓸어 라인을 더듬었다.

"유테라, 너무 섹시한 거 아니야."

"후훗! 아부가 지나쳐요."

그가 테라의 귀에 대고 속삭였다.

"테라야, 이 녀석이 다시 살아나고 있는 것 같아."

"어휴~"

그가 테라의 가슴에 얼굴을 묻었다. 다시 거칠어진 그들의 호흡 이 동경 안을 가득 채웠다.

"당분간은 이 상태를 유지하는 게 좋겠어."

도혁의 말에 테라가 고개를 끄덕였다. 그런 테라가 안쓰러운 도혁이 테라의 머리를 끌어당겨 팔베개를 해주었다. 그의 심장 소리가 테라의 귀에 들렸다. 규칙적인 그 소리가 테라의 복잡한 마음을 달래주고 있었다. 언젠가는 이렇게 지내지 않아도 될 날이 있을 것이다. 과거를 회상하며 웃을 수 있는 날이 머지않아 찾아오리라는 희망을 가지며 그녀는 도혁의 품속으로 파고들었다.

　당분간은 테라가 변장한 채로 지내기로 했다. 너무 알려진 얼굴이라 도혁도 불안했다. 그렇다고 집에만 있게 할 수도 없는 노릇이니 지금이 최상의 방법이라는 결론을 내린 두 사람은 여느 때와 마찬가지로 서로의 일에 충실했다. 도혁과 가게에서 낮 뜨거운 정사를 벌이고는 다음날은 얼굴을 제대로 마주 볼 수가 없는 테라는 그를 피해 다니느라 바빴다.

　"선득 씨."

　"네."

　점장의 부름에 테라는 하던 일을 멈추었다.

　"이리 와봐요."

　테라가 가자 점장은 차가운 표정으로 그녀에게 온수 통을 닦으라고 했다.

　"둥굴레를 잘못 샀나 봐. 상했으니까 버리고 깨끗이 씻어요. 그리고 물은 3분의 2 정도 받으면 돼요."

　"네."

　점장이 카운터로 가자 테라는 한숨을 쉬었다. 지금도 물이 가득

한 상태라 여자인 테라가 들 수 있는 무게가 아니었다. 모두들 점심시간이라 정신이 없어서 도와줄 사람도 없었다. 테라는 땀을 뻘뻘 흘리며 젖 먹던 힘을 다해 주방으로 큰 온수 통을 옮겼다. 물을 다 버리고 씻은 온수 통에 다시 물을 받았다. 그래도 이번에는 꾀가 생겨 먼저 온수 통을 옮기고 물을 퍼다 날랐다.

"점장님, 물 받아놨습니다."

"수고했어요. 옥수수 좀 넣어줘요. 그리고 코드 꽂아놓으면 알아서 끓어요."

"네."

"아 참, 그리고 영업부 김 대리 좀 도와서 퇴식기 좀 빼줄래요. 미안해요. 바쁘니까 이해해요."

김 대리가 바쁘게 움직이고 있었다.

"점장님이 도와주라는데요."

"그래요? 그럼 2번방 그릇 좀 빼줘요. 컵은 컵대로 그릇은 그릇대로 따로 분리해요."

"네."

테라가 신발을 벗고 방에 들어가기가 무섭게 김 대리의 폭풍 잔소리가 시작되었다.

"선득 씨, 그건 그쪽이 아니야. 와사비 그릇은 작은 거니까. 컵 쪽이지."

테라가 얼른 김 대리가 시키는 대로 하자 이번에는 또 다른 지적을 했다.

"종이 쓰레기는 따로 분리해야지. 분리수거 안 해봤어."

큰 키에 깐깐하게 생긴 김 대리가 테라가 손을 옮길 때마다 아니라고 잔소리를 했다. 그럼 자기가 치우던가. 속이 부글부글 끓는 테라였다.

"하~ 선득 씨. 진짜 머리가 나쁘네. 몇 번을 말해야 알아듣겠어."

테라가 다 치우자 그때서야 방에 들어온 김 대리가 테이블의 행주질만 했다. 그때 점장이 2번방을 지나갔다.

"선득 씨, 김 대리 도와주라고 했더니 그렇게 가만히 있으면 어떡해?"

"네?"

"사람 부리기가 어디 쉽나요. 다 상전이지."

어이없게도 김 대리가 자기가 다 한 것처럼 점장에게 말을 하고 있었다.

"선득 씨, 저기 캐리어에 실린 퇴식기 주방으로 옮기고 이리 와요."

아무 말 없이 테라는 설거지거리를 옮겨놓고는 점장에게 갔다.

"손님 없는 방 걸레질 좀 해줘요. 오후 손님 받아야 하니까."

"점장님, 저는 주방 사람인데요."

"지금 주방 홀 구분하는 거예요?"

점장의 목소리가 높아졌다.

"아니, 그게 아니고."

다찌(회를 바로 먹을 수 있는 바)에 서 있던 도혁이 소리를 질렀다.

"점장님, 손님들 계십니다."

"아니, 주방에 선득 씨 홀이 바빠서 도와달랬더니 말대꾸가 장난이 아닌데요."

도혁이 아무런 대꾸도 없이 점장의 말만을 듣고 있었다. 테라는 서운한 마음이 들었다. 오늘따라 유난히 테라를 힘들게 하는 점장이었다.

"선득 씨, 자꾸 이러면 같이 일하기 힘들어."

"죄송합니다."

"말귀를 못 알아들으면 착하기라도 해야지."

김 대리가 점장 옆에 붙어서 얄밉게 거들었다.

"선득 씨, 박 점장한테 찍혔나 봐요. 그냥 좀 봐주지. 선득 씨 착한데. 좀 모자라서 그렇지."

"쿡!"

도혁은 자신도 모르게 시혁의 모자라다는 말에 웃음이 나와 버렸다. 천재 유테라가 모자라다, 라는 얘기를 다 듣고. 자다가도 웃을 일이었다.

"왜 웃으십니까?"

"아니야."

"뭔데요?"

도혁은 얼른 말을 돌렸다.

"초밥 안 해?"

"아~ 예. 합니다 해요."

요즘 이것저것 시혁에게 가르치고 있는 도혁이었다. 부산점으로 시혁을 보낼 생각이었다. 그러려면 기초는 가르치고 보내야 사장 동생이라 그렇다는 말은 듣지 않을 것이기 때문이었다.

"읊어봐."

"밥알은 200에서 300알 정도가 적당량이고 밥알은 굴리듯이 번데기 모양으로 만들고 오른손에서 80%의 작업을 하고 나머지 20%는 왼손에서 한다. 밥을 들어서 조명에 비추었을 때 빛이 통과하게 틈이 있어야 한다."

"그래서 연습은?"

"손에 감을 익히라고 하셔서 밥알 300개를 세서 번데기 모양으로 이렇게 랩으로 싸놓았지요. 히히."

랩에 만 밥을 주머니에서 빼서 도혁에게 보여주는 시혁이었다.

"장난하지 말고 계속 만져서 손에 감을 익혀야 해."

"넵!"

"빨리해."

"사장님."

이 과장이 우럭을 들고는 도혁에게 왔다.

"아침에 들어온 녀석들이 다 죽었는데요."

"뭐?"

"점심에 쓸 거는 있는데 저녁에 쓸 게 없어요."

"활어 사장한테 전화해서 이렇게 하면 거래 끊는다고 하고 당장 바꿔달라고 해."

"네."

점심시간이 눈 깜짝할 사이에 지나가고 브레이크 타임(쉬는 시간)이 되었다. 테라는 점장이 일하는 도중에 다른 일을 시키는 바람에 자신이 준비해 주어야 할 재료들을 준비하지 못해 브레이크 타임 없이 저녁에 쓸 송이버섯을 다듬고 있었다. 주방 식구들이 모두 쉬러 들어가는 바람에 주방에는 그녀 혼자였다. 송이 향이 은은하게 그녀의 코를 자극하고 있었다. 앉은뱅이 의자에 앉아 송이 한 박스를 앞에 놓고는 혼자서 바보처럼 중얼거리며 송이 꽁지를 가위로 자르고 있었다.

"꽁지는 가위로 자르고 가늘게 찢는다."

그때 도혁이 그녀 앞에 쭈그리고 앉아 그녀가 잘라놓은 버섯을 찢기 시작했다.

"안 쉬세요?"

"지금 쉬고 있잖아."

"치~"

"왜?"

"그러지 말고 쉬세요."

"얼른 끝내고 테라도 들어가서 조금이라도 쉬어."

그의 배려에 테라는 고마움을 느꼈다. 버섯 한 상자를 눈 깜짝할 사이에 다듬어주고는 뒷정리까지 초고속으로 한 도혁이 테라를 빈방으로 밀어 넣었다.

"쉬어."

"네."

테라는 기분 좋은 미소를 지으며 빈방으로 들어갔다. 이들의 모습을 의아한 눈빛으로 홀의 김 대리가 쳐다보고는 부리나케 점장에게로 달려갔다. 연정은 이해를 할 수가 없었다. 못생겨도 너무 못생긴 선득에게 왜 이렇게 도혁이 관심을 쏟는지 도대체 이해를 할 수가 없었다. 그런데 더 짜증이 나는 건 연정 자신도 선득과 도혁이 이어질까 봐 걱정을 하고 있다는 것이었다.

"말도 안 돼."

그 후로 테라의 일상이 점장의 손에 의해 힘겨워지고 있었다.

4. 모리와 수열

　동경의 바쁜 하루가 시작되고 있었다. 카운터 옆에 있는 창으로 첫 손님의 차가 주차장으로 들어오는 것이 보였다.

　"손님 들어오십니다."

　검은색 슈트가 잘 어울리는 남자 손님이 가게에 들어오자 웨이트리스 언니들이 일제히 인사를 했다. 슈트만 잘 어울리는 것이 아니라 그의 샤프한 생김새가 도시적인 냄새를 물씬 풍기고 있었다.

　"어서 오십시오. 예약하셨나요?"

　"아니요."

　"몇 분이신가요?"

　"저 혼잔데……."

예약을 하지 않으면 음식을 먹을 수 없는 곳이기에 당황한 웨이트리스가 급하게 점장을 찾았다.

"잠시만 기다려 주십시오. 점장님~"

주방에서 예약지를 돌리고 있던 점장은 첫 손님으로 온 손님이 예약도 안 하고 온 손님에 그것도 혼자 왔다는 웨이트리스의 얘기를 듣고는 인상을 찡그렸다.

"뭐야? 재수 없게."

점장은 얼른 홀로 발걸음을 옮겼다. 남자는 주변을 열심히 살피고 있었다. 남자의 얼굴을 보자마자 점장이 달려가 남자를 안았다.

"민혁아~"

점장의 얼굴에 환하게 미소가 피어올랐다.

"우리 검사님께서 어찌 이런 누추한 곳까지?"

"형 들으면 난리나, 누나."

"그렇지?"

"형은?"

"지금 칼판에 있을 거야. 시혁이 고기 잡는 거 가르치거든."

"아~"

"너는 잘 지내지?"

"그럼."

"그런데 바쁘신 분이 어쩐 일이야?"

"잠깐 출장 왔어. 당분간 있을 예정이야."

"짐은?"

"차에."

"밥 안 먹었지? 5번방에 들어가 있어. 오늘은 내가 쏠게. 같이 밥 먹자."

"아니, 내가 살 테니까 다들 같이 먹자."

"공무원이 무슨 돈이 있어. 자리에 가서 앉아 있어. 오빠 데리고 나올게. 좋아하겠다."

"그래."

"영애 씨, 5번방으로 손님 안내해 줘요."

"네."

모두들 이 잘생긴 손님과 점장의 관계가 몹시도 궁금했다.

"멍청아! 광어 껍질을 그렇게 두껍게 벗기면 뭘 먹냐?"

"죄송해요."

"다시."

"네."

"야! 한 번에 밀어내야지 그렇게 하면 너덜너덜 걸레가 되지."

도혁의 목소리가 주방을 울리고 있었다.

"저기, 사장님!"

"왜요."

"혈압으로 쓰러지시기 전에 저 좀 잠깐 보시죠?"

"안 돼요. 지금은."

"손님이 오셨는데요."

"점장님이 알아서 해요. 김시혁, 너 그만둬라. 소질이 없어."

점장에게는 눈길도 주지 않은 도혁은 잡아먹을 듯한 시선으로 시혁을 보며 폭풍 잔소리를 쏟아내고 있었다.

"사장님, 다시 할게요."

혼나는 시혁을 보고 있던 점장이 시혁의 팔을 붙잡더니 밖으로 끌어내며 말했다.

"김 주임, 그만둬. 맨날 그렇게 혼나면서 여기 있으려고 그래. 민혁이 왔으니까 따라서 서울 가."

두 사람이 동시에 연정을 쳐다봤다.

"누구?"

동시에 말하는 그들이 너무 웃긴 연정은 고개를 흔들었다.

"민혁이요. 5번방에 있어요."

"빨리 얘기를 해야지."

서로 앞치마를 벗어 던지고 누가 먼저 가나 시합을 하는 사람들처럼 앞 다투어 주방을 빠져나갔다. 주방 식구들이 모두 놀라 그들을 쳐다보고 있자 점장이 진화에 나섰다.

"아무것도 아니에요. 일들 하세요."

"김민혁!"

1년 만에 보는 동생의 얼굴이었다. 지난번 서울에 올라갔을 때 테라와 만나느라고 동생 녀석 얼굴도 못 보고 내려와서 너무나 미안했던 도혁이었다.

"형!"

삼 형제가 보기 좋게 서로 얼싸안고 반가워하는 모습을 연정은 흐뭇한 시선으로 바라보았다.

"손님들, 자리에 앉으셔서 주문하세요."

"동경 스페셜 VIP."

도혁의 눈에서 불이 뿜어져 나왔다.

"미친놈, 그게 얼마짜린 줄이나 알아?"

"여기 온 지 1년이 넘었는데 한 번도 못 먹어봤습니다, 사장님."

시혁이 눈을 초롱초롱하게 뜨며 민혁을 쳐다봤다.

"형, 그거 먹자. 내가 쏠게."

"역시 검사라 달라."

삼 형제의 보기 좋은 모습에 잠시 넋을 놓고 있던 연정이 말을 했다.

"오늘은 이 점장이 쏠 테니 마음껏 드시도록 하세요."

"다들 짜증나게 굴지 말고 오늘 도미가 좋으니까 이 과장한테 도미 회 좀 부탁한다고 해."

"역쉬 사장이 나서야 한다니까. 아야!"

도혁에게 뒤통수를 맞은 시혁은 그래도 뭐가 좋은지 연신 싱글벙글이었다.

"잘 지내고?"

"그럼, 나야 잘 지내지. 형이랑 시혁이도 좋아 보여."

"난 안 좋아, 형!"

"왜?"

"어찌나 대차게 부려먹으시는지 요즘 안 아픈 데가 없어."

"형, 얘는 형한테 법적으로도 갚을 게 많으니까 평생 부려먹어도 돼."

"들었냐?"

"민혁이 형이 더 나빠."

"그런데 연락도 없이 어쩐 일로?"

"사건 때문에."

"큰일이야?"

"뭐, 그렇지."

"무슨 일인데?"

"유테라 알지? 예쁘게 생긴 수학 천재."

순간 도혁의 얼굴이 굳어졌다.

"알지. 연예인을 했어도 인기 꽤나 있었을걸."

"난 별로던데."

민혁과 시혁의 칭찬이 듣기 싫은 연정이 옆에서 볼멘소리를 했다.

"실종됐어. 그 여자 아버지도."

시혁이 궁금한지 고개를 앞으로 내밀었다.

"그런데?"

"서울의 조폭계의 지각변동이라고 해야 하나? 김 회장이 죽고 최필성이 그 자리에 올랐는데 그의 최고의 걸림돌이 유현우, 유테라의 아버지야. 유현우는 마카오에서 종적이 묘연해졌고 유테라는 갑자기 사라졌어. 유현우를 확실히 제거를 해야 최필성이 넘버원이 될 수 있으니 조직에서 혈안이 돼서 부녀를 찾고 있지."

"근데, 유현우만 잡으면 되지 왜 유테라까지 찾는 건데?"

"유현우가 안 잡히니까. 미끼로 딸을 잡으려는 거지. 그리고 지금 유현우의 조직이 최 사장을 몰아내기 위해 다른 조직들과 힘을 합하고 있는 중인 것 같아. 최 사장 입장에서는 유테라가 절실히 필요한 거지."

"근데 왜 니가 울산에 온 건데?"

도혁은 불안했지만 궁금한 마음에 민혁에게 물었다.

"울산으로 최 사장의 조직원들이 몰려들고 있어. 유테라가 울산에 있다는 첩보가 있었나 봐."

도혁의 심장이 쿵 하고 떨어졌다.

"확실한 거야?"

"아마도."

"그렇게 예쁜 여자가 울산에 떴다는 말이지? 크크크."

시혁의 장난기 어린 소리가 도혁은 듣기가 싫었다.

"이 과장한테 도미회 얘기하러 안 가?"

"치~ 형이 이렇게 나를 부려먹는다니까."

시혁이 구시렁거리며 나가자 도혁이 사건에 대해 더 물었다.

"유테라를 검찰이 보호해 주면 되잖아."

"그게 쉽지가 않아. 지금 검사장과 최 사장과의 관계가 좀 심상치가 않아. 찾아도 문제기는 해."

"그럼 민혁이 너는 왜 온 건데? 유테라를 잡아서 검사장에게 주려고?"

"뭔 소리야, 형! 서울에 있으면 너무 터치가 심해서 이쪽으로 내려온 거야. 최필성보다는 유현우가 질이 덜 나쁘지. 최필성은 마약에까지 연루되어 있어서 질이 더 안 좋아."

"여기 오래 있을 거야?"

연정이 물었다.

"잘 모르지만 며칠이 될 수도 있고 그것보다 오래 있을 수도 있고."

"유테라를 찾으면 어떻게 할 건데?"

"일단 우리도 유테라보다도 유현우를 잡아야 하니까 미끼로 쓰게 되겠지."

"그런데 왜 그렇게 유테라한테 관심이 많아요?"

연정의 질문에 도혁은 당황했다.

"음음, 그게 촬영을 같이하기로 했었잖아. 내가 저번에 말했는데."

"아~ 맞다. 유테라가 실종 상태인데 촬영은?"

"다른 수학 교수로 바꾼다나 봐."

"우리 형, 너무 유명해지는 거 아냐?"

도혁은 미소를 짓고 있었지만 생각은 테라에게 가 있었다.

"도미 대령입니다."

시혁이 도미를 가지고 들어와 그들의 대화가 멈추었다.

"형, 여자 없어? 이제 우리도 형수님 좀 보자."

"그래, 이제 나도 늙어서 등 긁어줄 여자가 필요하다."

"형이 가야, 우리도 가지."

"알았다."

"수상해. 도혁이 형 여자 있는 거 같은데?"

눈치 빠른 민혁이 눈을 가늘게 뜨며 도혁을 쳐다봤다.

"오빠, 나 말고 다른 여자 있어?"

"또, 또. 우리 연정이 누나는 다 매력이 있는데 도혁이 형한테는 너무 들이대서 매력이 떨어지는 경향이 있어."

시혁의 지적에 맘이 상한 연정이었다.

"야!"

"형, 여자 없거든. 여자가 있는 사람이 허구한 날 집에 일찍 들어와서 스포츠 채널만 볼까."

"그래?"

"그래. 누나가 좀 꼬시던가?"

"안 넘어와."

"시끄러워, 밥들 먹자."

도혁의 한마디에 모두들 조용히 밥을 먹었다. 오랜만에 모두가 모인 자리였다.

"민혁아, 니 방은 청소해 둘 테니까 집에서 지내."

"알았어."

아버지 같은 형이었다. 시혁과 민혁은 형이 그들을 위해서 많은 것을 희생했다는 것을 알았다. 민혁과 시혁은 성공을 이루기까지 형에게 자신의 삶은 거의 없었다는 것을 누구보다 잘 알고 있었다. 민혁과 시혁은 이제 형이 안정된 가정을 갖고 즐겁게 살았으면 좋겠다는 마음뿐이었다. 식사를 하는 동안 그들에게서 웃음이 끊이지 않았다.

황 대리가 데이트가 있다며 막당을 시혁에게 맡기고는 사라졌다. 애인이 없는 것도 서러운데 이렇게 대타 막당은 정말로 짜증이 나는 일이었다.

"복도 지지리도 없지. 여복도 없는 놈이 무슨 상사복은 있겠어."

화장실 변기에 앉아 한참을 구시렁거리며 큰일을 보고 있었다.

"이놈의 변비는 아주 사람을 미치게 하네."

요즘 한참 변비로 고생 중인 시혁이었다. 이건 악덕 업주 때문이었다. 어찌나 사람을 알차게 부려먹으시는지 화장실 갈 틈도 없어 결국 변비까지 걸리고야 말았다.

"윽~ 이건 산재야. 산업재해라구. 노동부에 신고를 하던지 해야지."

벌써 20분째 씨름 중이었다. 볼일을 본 시혁은 주방에 가스를 점검하고 2층에 전원을 끄려는데 누가 먼저 껐는지 2층의 불이 꺼져 있었다.

"이상하다. 난 안 껐는데⋯⋯."

그런데 그때 주방 쪽에서 이상한 소리가 들렸다. 시혁은 조용히 주방 쪽으로 몸을 돌렸다. 자세를 낮추고 혹시나 모를 상황에 대비해서 빗자루를 손에 들고 주방으로 향했다. 코너를 돌자 주방 앞에 도혁이 보였다. 형이었구나 하고 안심을 할 찰나 시혁은 두 눈을 의심할 수밖에 없었다. 형이 빠글이 유선득 씨를 사랑스럽게 쳐다보고 있었다. 뭐라고 말을 하는지는 들리지 않았지만 형이 유선득의 얼굴을 만지고 있었다. 그것도 다정하게.

시혁은 너무 놀라 입이 벌어진 줄도 모르고 있었다. 다음 광경을 목격한 시혁은 비명을 지르는 걸 막기 위해 자기 손으로 자신의 입을 틀어막았다. 까칠하기로 유명하며 눈이 하늘 높은 줄 모르는 그 김도혁이 촌스럽고 모자란 유선득에게 잡아먹을 듯이 키스를 하고 있었다.

'오~ 마이 갓!'

정말 키스 하나는 잘하는 것 같은 모습이었다. 아니, 모습만 봐도 형이 얼마나 화려한 기교로 여자를 압도하는지 힘이 풀린 유선득의 다리만 봐도 알 것 같았다. 형이 비위가 원래 좋았나, 아니면 요즘 여자가 너무 궁한가.

도무지 알 수가 없는 이 신기한 현상을 입을 가리고 보고 있는데 이들의 기가 막힌 애정 행각이 진해지는 모드로 넘어가자 시혁은 뒷걸음질 치며 가게를 빠져나왔다. 출입구를 나오자 시원한 바람이 시혁의 얼굴에 부딪쳤다.

"악! 이건 꿈이야."

고개를 흔들었다. 얼마나 세차게 흔들었는지 골이 다 흔들렸다.

"아니야!"

유선득 씨가 싫지는 않았다.

"마음씨만 착하지 얼굴은 아니고 몸매도 아니고 스타일도 아니고 많이 배운 것 같지도 않고 돈이 많은 것 같지도 않고. 뭐냐 너의 정체는?"

버스 정류장에 같이 서 있던 사람이 옆으로 도망갔다. 너무 큰

소리로 중얼거리는 시혁이 이상한 것이다.

"약을 타서 먹였나?"

맞다, 형은 제정신이 아니었던 것이다. 약에 취한 도혁을 구하러 가야 하는데 아까 형은 약에 취한 눈빛이 아니라 사랑에 취한 눈빛이었다.

"아~ 악~"

시혁이 머리를 잡아 뜯자 옆에 있던 사람들이 모두 사라졌다. 버스가 도착했는데도 시혁은 한참을 정거장에 앉아 있었다. 어떻게 버스를 타고 집으로 들어왔는지 기억이 나지 않았다. 눈을 들어보니 어느덧 집 앞이었다. 큰형이 울산의 외곽에 지은 집은 한 폭의 그림 같았다. 그들의 집은 이층이었다. 도혁이 우긴 결과였지만 나쁘지 않았다.

그 옆으로 민혁의 집과 시혁의 집이 지어질 예정이었다. 모두가 모여 사는 게 형의 소원이었다. 지금은 넓은 정원으로 꾸며져 있어서 가끔 친구들을 데리고 올 때면 모두들 시혁을 부러워했다. 무거운 발걸음으로 집에 들어서자 민혁이 시혁을 맞이했다.

"왔니? 오늘 수고했다. 형은?"

"몰라."

"피곤하지? 쉬어라."

민혁이 방으로 들어가려고 하자 시혁이 뜬금없는 질문을 했다.

"못생긴 형수는 어떻게 생각해?"

"글쎄, 그건 형의 취향이니까. 존중해 줘야지."

"못생겼는데 모자라면."

"야 인마, 너는 못생기고 모자란 형수가 들어왔으면 좋겠냐?"

"그렇지, 막아야겠지?"

"형이 어떤 여자를 만나는데?"

"아니, 그냥 물어본 거야."

"미친놈. 씻고 자. 생선 비린내 나."

시혁이 자신의 팔의 냄새를 맡았다.

"뭐 안 나는구만."

"씻어."

"알았어. 형은 화이트 칼라라 이 3D 업종의 고충을 몰라."

시혁이 씻고 나오자 나사 빠진 표정의 도혁이 집으로 들어왔다.

"왜 이렇게 늦었어."

시혁이 퉁하게 얘기를 했다.

"형, 왔어?"

민혁이 방에서 나와 형을 맞이했다.

"형, 맥주 한잔할까?"

"좋지."

"난 들어갈래."

"왜?"

도혁이 시혁에게 말하자 민혁이 도혁을 말렸다.

"피곤한가 봐. 들어오자마자 헛소리나 하고."

"뭔 일 있어?"

"아니. 내가 준비할게. 씻어."

"그럼, 그럴까."

도혁이 씻으러 들어가자 민혁이 콧노래를 부르며 안줏거리를 준비하고 있었다. 방에 있는 시혁은 침대에 누워 내일부터 형을 어떻게 사수해야 할지 고민을 하고 있었다.

"불쌍한 김도혁."

시혁의 눈에 눈물이 고였다.

다음날 가게에 도착하자마자 도혁을 지키기 위한 시혁의 몸부림이 처절하게 시작되었다. 도혁의 옆에 달라붙어 유선득 쪽에는 아예 얼씬도 못하게 했다.

"어디 가시게요?"

"파 가지러."

빈 재료 통을 보여주며 그가 파를 다듬고 있는 유선득 쪽으로 움직이려고 하자 재료 통을 잽싸게 뺏었다.

"제가 다녀오겠습니다."

"아니야. 넌 샐러드나 만들고 있어."

그의 말이 끝나기도 전에 시혁은 벌써 유선득 쪽에 가 있었다. 파를 다듬고 있는 선득을 눈을 가늘게 뜨고 스캔 중인 시혁이었다.

'예쁜 데라고는 눈을 씻고 찾아봐도 없어. 어디가 마음에 드는 거지. 형은 미쳤어.'

"시혁 씨, 왜요?"

뒤를 돌아본 선득의 삐뚤어진 이를 보며 다시 한 번 놀란 시혁은 아무 소리 없이 재료 통을 내밀었다.

"이만큼이면 돼요?"

"네."

퉁명스럽게 말을 내뱉고는 파를 도혁에게 가져다주었다.

"다시 봐도 아니야."

"뭐가?"

"아닙니다."

"미친놈."

미친 건 내가 아니라 형이야, 소리가 입안에서 뱅뱅 돌았다.

"사장님, 김 회장님께서 임원 회의 때 드신다며 스페셜 특 초밥 세트 20개 주문하셨어요."

홀에서 급하게 주문을 넣었다. 단골이라 안 해줄 수도 없는 노릇이었다.

"몇 시에?"

"오시는 게 아니고 지금 포장이요. 기사분이 오셨어요."

"내가 무슨 자판기인 줄 알아?"

"죄송해요."

솔직히 홀에서 죄송할 필요는 없지만 특선 초밥은 초밥 명장인 도혁만이 만드는 메뉴였다. 부장이나 과장이 있어도 격이 다른 맛 때문에 모두들 도혁의 초밥만을 원했다.

시혁이 초밥을 말고 있는 도혁에게 다가왔다.

"형~"

"왜?"

시혁을 쳐다보지도 않고 초밥을 정신없이 만들고 있는 도혁은 흡사 초밥 기계 같았다.

"있잖아~ 연애가 무슨 사회 사업도 아니고…….."

도혁은 듣고 있기나 한지 다 만든 초밥을 포장 용기에 담고 있었다.

"락교 20개 따로 담아."

갑자기 포장 주문이 들어와서 정신이 없었다.

"장국도 담고."

"이 비싼 모듬 초밥을 20개씩이나. 이 사람 돈이 많은가 봐요."

동경 로고가 새겨진 쇼핑백을 정리하며 눈치 없이 황 대리가 수다를 떨기 시작했다.

"5만 원짜리 20개면 100만 원인데 점심식사에 100만 원을 쓰면 완전 대박 아니에요? 뭐 물론 우리야 좋지만."

"대리님, 장국 20개 담으래요."

"옙!"

황 대리를 다른 곳으로 보내고 다시 시혁이 도혁에게 얘기를 했다.

"형, 그게 연애는 적선이나 동정이 아니야. 그래도 상대가 남들이 봤을 때 괜찮아야 하지 않겠어?"

아무 대꾸 없이 도혁은 나무로 된 일회용 도시락에 광어 도미 참치 초밥을 보기 좋게 담고는 파슬리와 당근으로 카빙(조각)을 한 나비를 장식했다.

"형? 내 말 들어? 형이 민혁이 형이랑 나를 키우면서 박애 정신으로 중무장했다는 건 내가 알고는 있지만 이건 오버야.

심각한."

　도혁이 일하는데 자꾸 방해를 하는 시혁이 귀찮은지 앞의 조리
대를 쾅 하고 쳤다.

　"형, 나도 할 말은 해야겠어. 여자가 꼭 예뻐야 하는 건 아니지
만……."

　도혁이 더 이상은 못 듣겠는지 한 손을 허리에 올리고는 시혁
쪽으로 돌아섰다.

　"이 포장 내고 얘기합시다, 김시혁 주임님."

　"네."

　더 이상 말을 할 수 없게 된 시혁은 꼬리를 내리고 열심히 포장
을 도왔다.

　한바탕 전쟁을 치르고 난 후에 도혁이 시혁을 따로 불렀다.

　"그래, 말을 해."

　커피를 앞에 두고 화가 난 도혁이 큰소리로 얘기를 했다. 시혁
은 지금 딜레마에 빠져 있었다. 어제 본 광경을 얘기하자니 몰래
훔쳐봤다고 혼날 것 같고 가만히 있자니 형의 인생이 불쌍했다.

　"꿀 먹었어."

　"아니."

　"그럼?"

　"나는 형이 행복했으면 좋겠어."

　"자다가 봉창 두드려?"

　"그리고 나는 예쁘고 똑똑한 여자가 형수님으로 들어왔으면
해."

"점점."

"유테라 정도는 돼야 우리 잘난 형하고 레벨이 맞지."

"야!"

"난 그렇게 예쁘고 똑똑한 사람이 좋아."

"유테라 좋지."

갑자기 도혁의 얼굴이 부드러워지자 용기를 얻은 시혁이 계속 말을 했다.

"형, 내가 형수님감을 좀 찾아볼까? 내 친구들 중에 진짜 괜찮은 누나들 있는 녀석들이 좀 있거든."

"형이 그렇게 궁하진 않다."

"그럼, 연정이 누나는 어때? 누나가 형 좋아하잖아."

"미친놈. 커피나 마시고 나와."

도혁이 자리에서 일어났다.

"형~"

애가 타는 건 시혁뿐인 것 같았다. 극약 처방이 필요했다.

"아직도 도진희 못 잊는 거야?"

도혁이 가던 걸음을 멈추었다.

"……."

"아직도 그 여자 못 잊어서 될 대로 되라 뭐 그런 거야?"

"그만해, 그 이름 다시는 입 밖으로 내지 마."

도혁의 한마디에 꼬리를 내린 시혁이었다.

"형, 화났으면 미안해. 그렇지만 너무 걱정돼서 그래."

도혁이 방문을 세게 닫고는 나가 버렸다.

"아무리 그래도 유선득은 아니야."

시혁이 문에 대고 조용히 말을 했다.

장어를 잡고 기절을 한 이후에 황 대리는 선득에게 아무런 일을
시키지 않았다. 미안한 마음도 있었지만 괜히 사장의 눈 밖에 나
고 싶지 않은 그였다. 그날 일을 생각하면 아직도 오금이 저리는
그였다.

선득이 쓰러진 직후에 외출했던 사장이 돌아왔다. 손에 한 아름
가지고 들어온 주방 기구를 던져 버리고 무슨 슈퍼맨이 된 듯한
속도로 유선득을 안아 든 그는 빈 객실에 선득을 눕히고는 아무도
그 방에 들어가지 못하게 했다. 열받은 점장의 말도 아랑곳하지
않고 사장은 선득이 누워 있는 방을 사수했다.

"둘이 아는 사이인가?"

주방 끝에서 고구마를 깎고 있는 선득을 황 대리는 유심히 쳐다
봤다. 못생겼다 못생겼다 해도 유선득만 못했다. 그녀는 못생긴
걸로는 최고니까. 요즘 세상이 어떤 세상인데 성형 수술도 있고
또 틀어진 이빨은 교정을 하면 되고 두꺼운 안경은 라식 수술만
하면 벗을 수 있는데 그런 노력조차 하지 않는 선득이 황 대리는
이해가 가지 않았다.

"어, 또 가셨네."

사장이 고구마를 까는 선득 옆에 가서 고구마를 까고 있었다.

"이상해, 친척인가?"

"뭐가?"

지나가던 이 과장이 끼어들었다.

"저기."

"뭐?"

이 과장의 시선이 선득이 있는 쪽으로 향했다.

"둘은 친척일까요?"

"왜?"

"이상하잖아요. 여자한테, 아니, 사람한테 관심이라고는 없는 사장이 유일하게 끼고도는 사람은 동생 김 주임, 점장밖에 더 있어요? 냉정한 사람인데 저렇게 돕고 있는 게 이상하잖아요, 안 그래요?"

"그러게, 요즘은 전복죽도 끓여서 집에 갈 때마다 가지고 가. 그런데 김 주임한테 속 안 좋냐고 물으니까 아니래. 사장님이 전복죽 드시냐고 물으니까 고개를 젓더라구."

"뭘까요? 둘의 관계는?"

"글쎄, 나도 미스터리다."

"설마 유선득을 좋아하는?"

"너 같으면 유선득하고 사귀겠니?"

"아니요?"

"나도 마찬가지다."

"그러네요."

"근데, 그 소문은 진짜예요?"

"뭐가?"

"예전에 지금 재벌가에 시집간 영화배우 도진희랑 사귀었다는?

사장님하고 오래 일하셨으니까 알지 않아요?"

"그래서 떠들썩하기는 했는데 모르겠어. 본 적도 없고. 사귀었으면 가게에 한 번이라도 오지 않았을까?"

"그건 또 그러네. 근데 이 과장님 수상해요."

"뭐가?"

황 대리가 눈을 가늘게 뜨며 말했다.

"오늘 왜 자꾸 사장 편을 든다는 생각이 들까?"

"내가?"

여전히 눈을 가늘게 뜨고 이 과장을 쳐다보는 황 대리의 머리통을 사정없이 내려친 이 과장이었다.

"아야, 아파요."

"내가 니 말에 대꾸해 준 게 잘못이지. 그리고 쓸데없는 데 신경 쓰지 말고 장어나 잡아. 추가 주문 들어왔다."

"아~ 짜증나. 장어 잡는 게 제일 싫은데 이것들은 배를 갈라도 움직여요."

"그래서 눈에 불을 켜고 신랑들 먹이는 거 아니냐."

"아~ 씨~."

투덜거리며 장어가 들어 있는 어항 쪽으로 황 대리가 움직였다.

"앗, 깜짝이야."

놀란 이 과장이 시혁을 쳐다봤다. 아마도 자신과 황 대리가 도진희에 대해 얘기하는 것을 들은 것 같았다. 이래서 친인척들이 같이 일하는 게 불편한 것이다.

"뒤에 있으면 있다고 기척을 해야지."

"죄송합니다."

시혁의 표정이 굳어 있자 눈치 백단인 이 과장이 냉큼 자리를 피했다. 시혁은 그 자리에 서서 도혁을 째려보고 있었다.

고구마를 두 박스째 까고 있으려니 허리가 아파왔다. 동경은 그녀가 생각했던 것 이상으로 장사가 잘되는 곳이었다. 단체석은 예약을 6개월 전부터 해야 하고 손님들도 한두 달 전에는 예약을 해야 도혁의 음식을 맛볼 수 있는 곳이었다. 가끔씩 단골손님들이 도혁의 초밥을 맛보고 싶다며 도시락을 주문하는데 그것도 가격이 비싼 건 둘째 치고 단골이 아니면 주문조차 받지 않는 곳이었다.

한마디로 도혁은 돈을 쓸어 담고 있었다. 부산점도 오픈한 지 얼마 되지 않았지만 맛있는 집으로 소문이 나서 장사가 잘된다고 했다. 그러니 주방의 일은 날이 갈수록 늘어가고 육체노동이 처음인 테라에게는 힘든 나날이었다.

"후~"

고구마를 깎는 그녀의 손이 바쁘게 움직이고 있었다. 야채 깎는 칼로 열심히 깎아 물이 담긴 통에 휙 하고 던지기를 반복하다 보니 머리가 멍해지는 것 같았다. 요즘은 요령이 조금 생겨서 머릿속에는 수학의 난제들을 열심히 풀고 있었다. 멍해짐을 막기 위해서였다.

지금은 쉴 새 없이 나오는 고구마를 보며 아르키메데스를 생각했다. 그는 모래알의 개수를 수학으로 정의를 했다. 지구상의 모래알의 개수에 관심을 가졌던 유일한 사람이었을 것이다. 지금 그녀는 앞으로 그녀가 까야 할 고구마의 개수를 계산을 하고 있었다. 어이없는 수학이라고 생각할지는 모르겠지만 지금 그녀에게 시간을 때우기에는 더없이 좋은 문제였다. 그녀가 깔 고구마는 아르키메데스의 모래알과는 개수에서 분명 차이가 있으니까 말이다.

정신없이 손으로는 고구마를 까며 머리로는 수식을 만들고 있는 그녀 앞에 도혁이 슬쩍 쭈그리고 앉았다. 요즘 그는 그녀를 돕기 위해 자주 시간을 내서 오곤 했다. 고마운 일이었지만 직원들의 눈치가 보이는 건 어쩔 수 없는 일이었다.

도혁이 최고의 요리사란 걸 인정할 수밖에 없는 이유는 그는 작은 것 하나하나까지도 다른 사람들보다 월등하게 잘했다. 파를 다듬거나 고구마를 까거나 설거지를 해도 그가 하면 확실히 달랐다. 지금도 그녀가 깐 고구마는 갈색을 띠는 선들이 있는데 그가 깐 고구마는 완전 깨끗했다. 물에 담글 필요도 없이. 그녀의 머릿속 수식에 도혁이라는 변수가 등장했다. 복잡한 수식이 완성되어 가고 있었다.

"변수는 싫은데…….."

"뭐라고 구시렁거립니까, 유선득 씨."

"아닙니다."

"아닌데…….."

그가 이렇게 말을 걸어오는 게 테라는 부담스러웠다.

"안 도와주셔도 됩니다."

"그래?"

"네."

그러나 말과는 다르게 그는 끝까지 그녀의 고구마를 다듬어주었다. 주변에 지나다니는 사람들이 없자 도혁이 그녀에게 조용히 말했다.

"이따가 끝나고 숙소 앞에서 기다릴게."

"네."

그가 자리에서 일어났다. 모두의 시선이 그들에게 쏠려 있는 것은 알았지만 테라는 무시하기로 했다. 차갑기 그지없는 도혁이 그녀에게게만은 솜사탕처럼 부드러우니 모두들 이상하게 생각을 하는 것 같았다. 그도 그럴 것이 못 잡아먹어서 안달인 만큼 그녀를 괴롭히던 그가 갑자기 순한 양처럼 그녀 곁에서 일을 도와주니 모두들 의아할 것이다.

"또 왔다 갔나?"

"네."

"너무 티나게 구는 거 아이가?"

"그러게요. 그래도 이렇게 못생긴 저에게 흑심을 품는다고는 생각 안 할 거예요."

"그래도 꼬리가 길면 잡힌다 안 카나."

"조심할게요."

찬모님의 걱정 어린 말이 테라의 머리를 더 복잡하게 만들었다. 아빠의 일이 빨리 해결되어야 이 상황에서 벗어날 수 있는데 머리가 아팠다.

테라가 기절을 했던 그날 이후에 그는 매일 그녀에게 죽을 끓여다 주었다. 장염이나 위가 안 좋은 게 아닌데 그의 극진한 죽 대접에 그녀는 매일 밤 그의 차에서 죽을 먹었다. 그녀는 그가 끓여주는 죽의 정성보다 숙소에 들어가기 전에 그와의 키스가 너무나 좋았다. 그녀의 입술이 포물선을 그리고 있었다. 영업을 마치고 집으로 가려는데 점장과 김 대리의 눈빛이 좋지가 않았 다.

"유선득 씨, 주방에 설거지 끝내고 가야 해요. 10시에 칼퇴근을 하면 내일까지 벌레들이 꼬여서 주방 위생상 안 좋으니까. 알았 죠?"

"네."

점장 대신에 김 대리가 마치 계모의 못된 딸처럼 그녀에게 말했 다.

"오늘은 옷 갈아입었으니까 내일부터 끝내고 가도록 하세요."

"네."

참 신경에 거슬리는 사람들이었다. 자신보다 못한 사람들을 너 무 함부로 대하는 느낌의 못된 사람들이었다. 테라는 대답을 건성 으로 하고는 도혁이 기다리고 있는 숙소 앞 편의점으로 향했다.

"오래 기다렸어요?"

"아니."

그가 차를 출발시켜 대왕암이 있는 울산의 동구로 향했다. 바닷 가 모래사장에 차를 가지고 들어갈 수 있어서 밤늦게 데이트 코스 로는 제격인 곳이었다. 차 문을 열자 파도 소리가 들렸다.

"이거 먹어."

그가 죽을 꺼내 그녀에게 건넸다. 매일 다른 종류의 죽을 정성껏 끓여 그녀에게 가져다주었다.

"이건 무슨 죽이에요?"

"어죽."

한술 떠서 입에 넣자 따뜻함과 고소함이 입안에 가득했다.

"맛있어요."

그가 웃음을 지었다. 아무에게도 보여주지 않는 그녀만이 아는 섹시한 미소였다.

"다 먹었어?"

"네."

그녀가 맛있게 죽 한 그릇을 다 먹자 그가 흐뭇한 미소를 지었다. 죽을 치우자마자 그가 그녀의 안경을 얼굴에서 벗겨냈다.

"이렇게만 해도 예쁜데……."

테라가 고개를 돌려 틀니를 빼서 케이스에 담았다.

"이렇게 하면 더 예쁘고."

그리고 가발을 머리에서 벗어서 가방에 넣고는 그를 바라보았다.

"이렇게 하면 완벽하게 예쁘죠. 안 그래요?"

도혁의 눈에 감탄사가 찍혀 있었다.

"예뻐."

"치~"

"진짜 내가 본 그 어떤 여자보다도 아름다워."

"우리 도혁 씨 립서비스가 장난이 아니네요."

"내가 표현력이 좋지."

테라의 긴 머리를 손으로 쓸어 넘기던 그가 그녀의 얼굴을 끌어당겼다. 그리고 감칠맛 나는 키스를 했다. 베이비 키스도 아닌 것이 어른들의 키스도 아닌 것이 아주 애를 태우고 있었다.

"도혁 씨~"

"응."

그가 정열적으로 키스를 해오지 않자 안달이 난 테라가 그의 얼굴을 끌어당겼다.

"당신 정말 못됐어."

테라는 강하게 그의 단단한 입술을 빨아 당겼다. 그의 입을 열고 혀로 그의 혀를 강하게 터치를 했다. 여전히 그의 반응이 미지근하자 그녀가 그를 쳐다보며 그의 아랫입술을 빨아 당겼다.

"어어? 이러기예요?"

"뭐가?"

점점 더 승부욕이 불타게 하는 남자였다. 갑자기 테라가 운전석에 앉아 있는 그를 타고 올라가서 마주 보고 앉았다. 핸들이 그녀의 허리를 누르자 그가 의자를 뒤로 빼서 그녀가 조금은 편안하게 앉을 수 있게 해주었다. 그의 체취가 그녀의 코를 자극했다. 다음에 그녀가 할 발칙한 짓을 본인이 상상을 해도 아랫배가 찌릿했다.

그녀는 도혁의 얼굴을 마주 보며 앉아 있었다. 서로의 눈만 잡아먹을 듯이 마주 보고 있을 뿐 둘은 한참을 그렇게 앉아 있었다. 먼저 선제공격을 한 것은 테라였다. 몸을 슬쩍 움직이는 척하면서 그녀는 힙으로 그의 남성을 자극했다. 서로의 성기가 마주 닿도록 그녀가 몸을 조금 더 움직였다. 그리고는 얄밉게 그의 발기한 페니스를 꾹 눌러주는 과감함을 보였다.

"으흑~"

그의 입에서 신음 소리가 새어 나왔지만 그는 약간의 인상만을 썼을 뿐 더 이상은 반응하지 않았다. 그렇다고 굴할 그녀가 아니었다. 그녀의 긴 머리를 뒤로 쓸어 넘기며 그녀는 자신의 가슴을 그의 눈에 가득 차게 만들었다. 그리고 그 촌스러운 남방의 단추를 하나씩 풀고 있었다. 여전히 그녀의 엉덩이는 그의 페니스를 자극하고 있었다.

그녀의 탐스러운 젖가슴의 골이 그의 눈에 드러나고 있었다. 그녀가 단추 하나를 더 풀자 그녀의 레이스 브래지어가 그의 눈에 핏줄을 서게 만들었다. 촌스러움과 대조되는 감각적인 디자인의 속옷이었다. 그녀가 그를 보며 브래지어를 아래로 살짝 내리자 그녀의 핑크색 유두가 그를 함락시켰다.

"젠장! 유테라."

그가 그녀의 허리를 거칠게 당겨 그녀의 가슴에 얼굴을 묻었다. 그리고 브래지어 위로 그녀의 가슴을 덥석 물었다. 짐승의 포효를 내지른 도혁은 그녀의 브래지어를 위로 올리고는 그를 함락시켰던 그녀의 유두를 거칠게 빨았다.

"아~ 아파요."

"니가 자초한 일이야."

"아~ 그래도 아픈 건 싫어요."

"안 돼."

말은 그렇게 하면서도 그의 입놀림은 한없이 부드러웠다. 그녀의 귓가에 들리던 파도 소리가 사라졌다. 그가 차의 창문을 올렸다. 정신이 든 테라였다.

"내가 미쳤나 봐."

테라가 그의 몸에서 내려오려고 하자 그가 그녀의 허리를 잡았다.

"유테라, 도망가지 마."

"사람들이 보면 어떻게요."

"안 보여."

"그래도 불안해요."

"불을 질렀으면 수습은 해야지."

그녀가 무슨 생각을 하기도 전에 그가 그녀의 바지를 빠른 속도로 벗겨내고는 자신의 바지도 내렸다.

"도혁 씨!"

테라의 당황한 얼굴이 그의 눈에 가득했다. 그리고 찢어지는 소리와 동시에 그녀의 속옷이 사라졌다. 그의 발기한 페니스가 그녀의 맨살에 닿았다.

"너만 보면 서버리는 이 녀석 때문에 미치겠다."

"도혁 씨."

"니가 책임져."

그가 한 번의 동작으로 그녀의 속으로 들어왔다. 테라는 그 황홀한 고통을 견디려 그의 목에 팔을 감았다. 그가 엉덩이를 쳐올리며 그녀의 몸속 깊이 들어오고 있었다. 그녀도 질세라 허리를 움직여 그의 움직임에 화답하고 있었다.

"테라야~"

"아~"

서로의 입에서 열락의 소리가 새어 나와 밀폐된 차 안에 울리고 있었다. 얼마나 둘의 열기가 강했는지 차 안의 유리에 뽀얗게 김이 서리고 있었다. 그의 몸 위로 늘어져 있던 테라가 웃음을 터트렸다.

"도혁 씨, 타이타닉 봤어요?"

"응."

몸이 흔들릴 정도로 낄낄거리는 테라였다.

"왜?"

"거기 보면 남녀 주인공이 차 안에서 사랑을 나누는데 차 유리에 김이 서리거든요. 진짜네요."

그녀의 말에 그가 자신의 차 유리를 쳐다보았다.

"우리는 죽지 않으니까 걱정 마."

"사람은 죽어요."

"그래도 배가 가라앉지는 않을 거야."

"지금 이렇게 계속 있으면 창피해서 죽을 것 같아요."

그의 몸 위에 테라를 도혁이 꼭 안았다.

"내가 지켜줄게."

"······."

테라는 답 대신에 그를 꼭 끌어안아 고마움을 표했다. 이런 행복이 언제까지 갈지 테라는 불안했다.

좁은 사무실에 앉아 있는 민혁은 답답함을 느껴 기지개를 켜고
있었다.

"아~"

민혁의 작은 행동에도 울산의 직원들은 눈치를 살피고 있었다.
아마도 서울에서 온 머리에 피도 안 마른 검사가 무슨 일을 하겠
냐는 생각들일 것이다. 계장은 울산에 올라온 직후부터 그의 동태
를 윗선에 보고하고 있는 것 같았다. 내일이면 서울의 직원들이
내려오기로 했다. 이런 분위기에서는 그가 하려는 업무가 처리가
안 될 것 같아 그의 팀들이 합세하기로 한 것이다.

민혁은 서울의 동태를 살피고 있었다. 울산에서 유테라를 찾는
것이 급선무기는 했지만 그의 또 다른 임무는 서울 본청의 부패한
검사장과 그의 일당들을 뿌리째 뽑아버리라는 총장의 은밀한 지
시 때문이기도 했다. 그것을 모를 리가 없는 사람들이기에 그의
움직임 하나하나가 모두 보고되고 있는 실정이었다.

"김 검사님? 유테라 차량이 시외버스 터미널 뒤에서 발견됐다
고 하는데요."

"그래요?"

오버 액션을 일부러 취한 민혁이었다. 그 차 때문에 서울의 조
폭들이 울산으로 내려온 걸 그가 모를 리가 없었다. 하지만 이들
은 그에게 약간의 먹이를 던져 주며 슬슬 약을 올리고 있었다.

"나가봐야겠네요."

"뭐 그러실 것까지야. 가면 뭐 하는교. 번호만 알면 되지."

"아~ 그러네요. 그래도 할 일도 없는데 다녀오겠습니다."

민혁이 사무실을 나가자 계장이 어디론가 전화를 걸었다.

"내다, 우리 검사님 나가신다. 잘 모시라."

민혁은 의심을 덜 받기 위해 테라의 차가 있는 울산 시외버스 터미널의 한 주차장으로 갔다.

민혁은 핸드폰을 꺼내 서울의 자신의 사무실로 전화를 걸었다.

"이 계장님, 박 검사장 쪽의 반응은?"

[정신이 없어요.]

"왜요?"

[검사님이 울산에 내려가시자마자 우리 사무실에 급습해서 서류들 몽땅 가져갔어요.]

"중요한 서류는 제 지시대로 하셨죠?"

[네, 물류 센터에 잘 보관했습니다.]

"잘하셨어요."

[그래도 참 대단하세요. 그걸 어떻게 아시고.]

"뭔가 구린 데가 있으니까 저를 이쪽으로 보낸 거겠죠. 언제 오시나요?"

[내일 오 계장이랑 3시쯤 도착할 겁니다.]

"내일 뵙겠습니다."

[네.]

전화를 끊고 민혁은 담배를 입에 물었다. 아까부터 그의 뒤에 붙은 녀석도 답답했는지 담배를 입에 물었다.

"불쌍한 놈."

민혁이 담배를 입에 문 채 중얼거렸다.

Rrrrrrr.

그의 핸드폰이 울렸다.

"어, 형!"

[뭐 하나 물어볼 게 있는데.]

"응."

[너 위험한 일 하는 거 아니냐?]

"아니, 지금은 숨바꼭질하고 노는 중."

[민혁아, 형이 지금 심각하게 묻는 거야.]

"그런 일 아니야."

[유테라가 그 사람들에게 잡히면 어떻게 되니?]

"아마도 몹쓸 짓을 당하겠지. 그래야 유현우가 올 테니까."

[그럼 검찰에 가면?]

"최소한 몹쓸 짓은 안 당하겠지. 다만 이래 잡히나 저래 잡히나 유현우가 돌아오게 하는 도구가 되겠지."

[그래도 검찰이 유테라의 안전을 위해 나을 수 있다는 얘기지?]

"아마도. 그런데 왜 형은 그렇게 유테라에 대해 관심이 많아? 친해?"

[아니, 그냥 촬영을 같이할 뻔한 사인데 신경이 쓰여서.]

"알았어. 유테라를 저쪽보다 빨리 찾을게."

[그래, 수고해라.]

형의 전화가 신경이 쓰이는 민혁이었다. 분명 형은 유테라에 대해 뭔가를 알고 있는 것 같았다. 담배꽁초를 던지자 그를 미행하던 녀석도 담배를 던졌다.

"따라 하기는."

민혁이 혼잣말을 하며 테라의 차를 유심히 살폈다. 형식적인 일이었지만 유테라의 차 안을 살피던 그의 눈에 낯익은 명함이 눈에 띄었다. 동경. 형의 명함이었다.

"젠장!"

그만이 저 명함을 보지는 않았으리라. 형이 위험했다.

"둘이 무슨 사이인 거야?"

열쇠 업자를 불러 차를 열게 한 민혁은 그 안의 물건을 본다며 모든 물건을 챙겼다. 검사의 지시에 주차장 사장도 열쇠 업자도 아무 말을 할 수가 없었다. 이럴 때는 대한민국 검사라는 직업이 매우 좋았다.

몇 장의 명함은 모두 출판사 쪽이었다. 그리고 울산이 주소로 되어 있는 것은 동경뿐이었다. 답답한 민혁은 울산 지검으로 몸을 돌렸다. 오늘 저녁에 형에게 자세한 사항을 물어봐야 할 것 같다. 지금 곧장 동경으로 가고 싶었지만 그러면 형도 위험해질 수 있었다.

노래를 흥얼거리며 테라는 주방 기구들을 닦고 있었다. 주현미의 짝사랑을 부르는 그녀를 신기한 듯이 김 주임이 쳐다봤다.

"왜요?"

"아뇨. 노래도 트로트를 좋아하시나 봐요?"

"네, 재미있잖아요. 즐겁고."

"트로트도 요즘 거 많은데."

"난 주현미가 좋아요."

그러면서 아무 일 없다는 듯이 탄 프라이팬을 박박 문지르고 있었다. 시혁의 속도 프라이팬처럼 새카맣게 타 있는데 누가 좀 속 시원하게 문질러 좋으면 좋겠다고 생각하는 시혁이었다. 눈치가 있는지 없는지 다찌에서 계속 유선득만 쳐다보고 있는 도혁을 시혁의 머리로는 도저히 납득 불가였다. 그때 홀 쪽에서 웅성거리는 소리가 들렸다.

"뭐지?"

시혁이 홀로 나갔다. 이층을 넋 놓고 보고 있는 영애 씨가 눈에 띄었다.

"영애 씨, 무슨 일이에요?"

"도진희가 왔어요. 완전 죽이게 예뻐요."

"정말요?"

시혁의 심장이 쿵 하고 떨어졌다. 시혁이 고개를 돌려 도혁을 쳐다봤다. 도혁은 회만 썰 뿐 전혀 동요가 없는 눈치였다.

"예약자 명단에 없었는데?"

예약자 명단에 도진희가 있었다면 형은 분명 그녀를 받지 않았을 것이다. 말이 씨가 된다고 그의 입에서 도진희란 이름이 나온 지 얼마 되지 않아 그녀가 동경에 왔으니 이제 시혁은 도혁에게 죽을 일만 남은 것이다.

진희가 왔다. 도혁은 그녀가 문에 들어서는 순간 칼을 놓칠 뻔했다. 그녀는 뱀처럼 슬며시 그의 가게에 기어들어 왔다. 온몸에 소름이 끼쳤다. 싫었다. 그녀는 여자라는 단어를 몸서리치게 만들기도 했지만 그가 온 마음을 다해 사랑했던 여자이기도 했다. 여자, 그래 도진희는 그에게 여자였다. 남자들이 한번쯤은 품어보길 원하는 이브 같은 여자였다. 나른한 몸짓은 고양이처럼 사내들의 가슴을 설레게 했고 뱀처럼 교활한 혀는 남자들의 주머니에서 돈을 뜯어냈다. 왜 왔을까?

"아얏."

머리가 복잡하다 보니 헛손질을 해서 칼끝이 그의 팔목을 그었다.

"사장님, 피가 많이 나는데요."

길게 그어진 상처에서 피가 배어 나오고 있었다. 행주로 아무렇지 않게 감싸고는 그는 하던 일을 마저 하고는 구급상자가 있는 카운터로 갔다.

"오빠!"

연정의 얼굴이 하얗게 질려 있었다.

"병원 가야 하는 거 아니야?"

"호들갑 떨 필요 없어."

그는 감싸고 왔던 행주를 풀고 알코올로 닦아낸 다음 지혈제를 뿌렸다. 그리고 상처에 붙이는 밴드를 붙였다. 피가 밴드 위로 스며 나오고 있었다.

"병원 가자."

"일해야 해."

"도진희 때문은 아니고."

"신경 긁지 마."

도혁은 아무런 표정 없이 무덤덤하게 말했다.

"저 여자는 여기가 어디라고 온 거야?"

연정의 얼굴이 붉게 상기되어 있었다.

"밥 먹으러 온 거야. 의미는 두지 마라."

"밥 먹으러 혼자 와? 이런 일식집에?"

"……."

"이번에는 나도 오빠 저 여자한테 안 보내."

돌아서서 주방으로 가는 도혁의 뒤에 대고 연정이 속삭였다. 이번에는 절대로 도혁을 도진희에게 빼앗기지 않을 것이다. 연정이 비장한 마음을 먹고 도진희의 방에 다음 음식을 들고 직접 들어갔다. 방문을 열자 여자가 보기에도 숨이 막히게 아름다운 여자가 앉아 있었다. 검은색 원피스에 흰색 재킷을 걸친 그녀는 고급스러움 그 자체였다. 재벌가의 며느리다웠다.

우리나라 3대 그룹인 대성그룹의 며느리인 그녀는 재벌가로 시집을 가기 위해 도혁을 헌신짝 버리듯이 버렸다. 그런 그녀가 무슨 이유로 이곳까지 왔는지 알 수가 없었다. 사람들의 시선도 의식을 해야 할 텐데 이해가 되질 않았다. 하지만 지금은 도혁을 지키는 것이 더 중요한 연정이었다.

"손님, 회 나왔습니다."

일식집 방 안에 혼자 앉아 있는 손님은 연정이 입사한 이후 처음 보는 장면이었다. 그것도 혼자서 2인분을 시켜놓고 먹고 있으니 그것 또한 의아했다. 먹은 접시를 빼면서 그녀가 넌지시 여자에게 물었다.

"일행분이 많이 늦으시나 봐요."

"……."

"어떻게 식사는 나중에 일행분이 오시면 올릴까요?"

"아니요, 그냥 순서대로 올려주시면 돼요."

"네."

"그리고 여기 사장님 좀 불러주세요."

"사장님은 손님 주문 관계로 자리를 비우실 수 없습니다."

"도진희가 왔다고 하시면 오실 거예요."

"아니요, 안 오실 겁니다."

회를 한 점 집어 올리다가 젓가락을 논 진희가 연정을 보며 우아한 미소를 띠며 말했다.

"박연정 씨가 관여할 문제는 아닌 것 같군요."

그녀의 이름표를 보고 차갑게 말하는 진희에게 기선을 빼앗기고 싶지 않은 연정이었다.

"손님, 여기는 업장입니다. 개인적으로 친분이 있으시다거나 도진희 손님이 반가우셨다면 아까 다찌에서 버선발로 뛰어나와 반기셨겠지요. 반갑지 않으시니까 피하시는 게 아닐까요."

최대한 예의를 갖추어 연정은 뼈 있는 말을 했다.

"그래서 못 부르겠다?"

"못 부르는 게 아니라 안 오실 겁니다."

도진희의 입가에 비웃음이 스쳤다.

"내가 누군 줄 알죠? 그리고 도혁 씨와 오래전에 스캔들이 났었던 것도. 그 사람 만나러 내가 사람들이 많은 주방으로 가면 일이 복잡해져요. 알아요? 설마 그렇게 되는 걸 원하지는 않죠?"

"……."

"난 여기서 그 사람이 올 때까지 기다릴 거예요. 연정 씨가 말을 안 들어준다면 내가 직접 내려가서 사람들에게 기삿거리 하나 제공해 주지 뭐."

젓가락을 다시 든 그녀는 얄밉게 식사를 다시 하기 시작했다. 방문을 열고 나온 연정은 그녀가 만만한 상대가 아님을 알았다. 사람들 앞에 또 한 번 도혁이 상처를 받는다면 그녀는 너무나 싫을 것 같았다. 연정이 도혁이 있는 다찌로 향했다.

"사장님?"

"……."

"저 좀 잠깐 봬요."

"바빠."

그는 화가 난 사람처럼 고개조차 들지 않고 그녀에게 말했다.

"급해요."

그가 다찌에서 나와 연정이 있는 카운터로 갔다.

"도진희 씨가 오빠 안 불러주면 직접 내려와서 기삿거리 하나 만들어주겠다는데 어쩌죠?"

"……."

"올라가 보는 게 나을 것 같아서요. 얄밉지만 오빠를 위해서 그게 나을 것 같아요."

"……."

"내 말 듣기는 하는 거예요?"

"몇 번 방이야?"

"22번요."

그가 주방에서 입는 앞치마를 풀고는 2층의 손님 룸으로 향했다. 칸칸이 막혀 있는 다다미방은 손님들의 프라이버시를 철저히 보호해 주고 있었다. 문을 열고 도혁이 들어가자 눈부시게 아름다운 미소를 지으며 진희가 그를 맞이했다.

"오랜만이에요."

"……."

도혁이 그녀의 맞은편에 앉았다.

"잘 지낸 것 같군요. 여전히 멋있고."

"용건이 뭐야?"

"성질이 급한 건 여전하네요."

그녀가 초밥 하나를 입에 넣었다.

"음~ 맛있어. 여전히 맛있어요. 당신 음식."

"용건만 말해."

"배고픈데 먹고 얘기할게요."

"할 말이 없으면 먹고 가."

그가 자리에서 일어서려고 하자 진희가 그를 붙잡는 말을 했다.

"나 이혼했어요."

그가 자리에 다시 앉아 그녀를 쳐다봤다.

"놀랄 줄 알았어요. 어떻게 한 결혼인데……."

"……."

"아이는 시댁에서 키우기로 했어요. 그게 아이의 앞날을 위해 좋을 것 같아 그렇게 하기로 했고 상상 이상의 위자료를 받았어요. 아마 이혼 발표는 서류가 완벽히 정리되는 수일 내로 날 거예요."

"그게 나한테 온 이유인가?"

"단도직입적으로 말할게요. 난 다시 시작하고 싶어요."

도혁의 입에 비릿한 미소가 스쳤다.

"웃기는군. 못 들은 걸로 하지."

"쉽지 않을 거라고 예상은 했지만 면전에서 퇴짜를 맞으니 기분은 안 좋군요."

"다 먹었으면 그만 일어나."

"생각할 시간을 줄게요. 나 지금 일어나면 일본에 가요. 다녀와서 봐요. 내가 치사한 방법을 쓰지 않게 당신에게서 좋은 답이 나오길 기다릴게요."

"지금 대답하지. 싫어."

"아뇨, 이틀 후까지 잘 생각해요. 당신의 답은 무조건 예스일 거예요. 원하든 원하지 않든. 그래도 스스로 원해서 나한테 오는 게 모양이 좋으니까."

"먹고 가. 다시는 보지 말자."

"아뇨, 이틀 후에 다시 올게요."

도혁은 진희의 말이 끝나기 전에 방을 나왔다. 뭔지 모를 불안감이 그를 사로잡았지만 이제 도진희는 그의 인생에서 사라진 존재였다. 도혁은 주방으로 들어오는 입구에서 인상을 쓰고 파를 다듬고 있는 테라를 봤다. 다시 봐도 훌륭한 분장 솜씨였다. 그의 입에 절로 미소가 걸렸다. 그는 자신도 모르게 테라의 옆으로 갔다.

"힘들지."

입을 움직이지도 않고 그가 복화술을 하고 있었다.

"이따 저녁에 봐."

이 한마디를 남기고 그는 그녀를 스쳐 지나갔다. 테라의 입에도 그의 입과 같은 포물선이 그려지고 있었다. 모두가 하루 종일 도진희 얘기를 했다. 왜 도혁을 도진희가 불렀는지 테라는 몹시 궁금했지만 꾹 참고 있었다. 그때 그녀의 옆으로 김 주임이 슬쩍 오더니 같이 파를 다듬기 시작했다.

"안 도와주셔도 돼요."

요즘 부쩍 테라를 경계하고 있는 김 주임이었다. 테라는 그가 왜 그렇게 자신을 싫어하는지 알 수는 없었지만 그는 형과는 너무나 다르게 그녀를 은근히 힘들게 하고 있었다.

"그냥 도와주고 싶어서요."

그냥 도와주러 올 그가 아니었다.

"고마워요."

그녀가 싱크대에서 조금 비켜 그의 자리를 만들어주었다.

"도진희 보셨어요? 실물이 더 환상적이지 않아요?"

김 주임이 도진희의 외모를 칭찬하기 시작했다. 얄미운 게 더 얄미운 짓을 하고 있었다.

"예쁘더라구요."

영혼 없는 대답을 한 테라는 파를 다듬는 데만 신경을 쏟았다.

"예쁜 정도가 아니죠, 환상적이죠."

"도진희 팬이세요?"

테라의 목소리가 날카로워졌다.

"아니요, 안티죠."

"왜요? 예쁘다면서요."

"예쁜 건 인정하지만 우리 형을 아프게 했거든요."

"네? 사장님을요?"

테라는 김 주임의 말을 잘 이해하질 못했다. 하지만 왠지 오늘 도진희와 도혁이 왜 만났는지는 들을 수 있을 것 같았다.

"선득 씨, 우리나라 사람 아니에요?"

"무슨 말인지 잘 이해가 안 돼서요."

테라의 진심 어린 눈빛에 김 주임이 고개를 갸우뚱하며 말을 했다.

"물론, 증권가의 찌라시로 마무리되기는 했지만 형이랑 도진희 사귀었어요. 죽고 못 살 만큼 사랑하는 사이였는데 도진희가 배신을 한 거죠. 여기까지만 얘기할게요. 나머지는 형의 프라이버시니까."

"……."

테라의 표정이 보기에도 드러날 정도로 어두워졌다. 이에 굴하지 않고 시혁은 쐐기를 박았다.

"우리 형은 미인들만을 상대하죠. 카사노바도 그런 카사노바가 없어요. 소문은 빙산의 일각이죠. 못생기거나 머리가 나쁜 여자들은 동정은 하지만 여자로 생각하지도 않아요. 여자들은 조금만 잘해주면 마치 남자가 자기를 좋아해서 그러는 줄 알고 착각을 하는데 남자는 그렇게 단순하지 않아요. 알죠?"

"……."

"왜 제 말이 틀리나요?"

"글쎄요, 사람마다 다르겠죠."

"형은 어쨌든 예쁘고 똑똑한 여자만 좋아해요."

"그런데 왜 나한테 이런 말을 하는 거예요?"

"그러게요. 제가 왜 그럴까요?"

테라가 관심이 없다는 듯이 어깨를 으쓱여 보였다.

"그런데 도진희가 왜 사장님을 불렀을까요? 재벌가 며느리가 옛사랑을 찾아 추억을 얘기하지는 않았을 텐데……."

그건 시혁도 궁금하기는 마찬가지였다.

"모르죠 뭐."

"파 다 깠어요."

"그러네요."

"고마웠어요. 그런데 주임님이 비켜줘야 정리를 하는데."

"죄송해요."

김 주임이 자리를 뜨고 나자 테라는 파를 잡고 멍하게 있었다. 도진희는 여자가 봐도 아름다운 여자였다. 그런 여자와 도혁이 사랑하는 사이였다니. 테라는 질투가 났다. 물론 지금은 아무 사이도 아니겠지만 그녀와 도혁이 잠깐이나마 같은 공간에 있었다는 것만으로도 테라는 어쩔 줄을 모르고 있었다. 저녁에 도혁을 만나면 분명히 짚고 넘어가야겠다. 테라는 지금은 그가 자신만을 봐주길 바랐다.

5. 덴뿌라[튀김]와 도형

　퇴근 후에 테라는 그가 매일 기다리고 있는 숙소 앞에 편의점으로 향했다. 검은색 벤츠는 주인을 닮아 주차된 다른 차들을 압도하며 그녀를 기다리고 있었다. 피식 웃음이 나는 테라였다.

　"뭐든 세단 말야."

　차 문을 열자 피곤했는지 눈을 감고 있던 그가 테라를 맞이했다.

　"오늘 수고했어."

　"도혁 씨도 수고했어요."

　"오늘 외박을 하면 숙소에 눈치가 보일까?"

　"안 돼요. 들어간 지 얼마 되지도 않았는데 찍히고 싶지는 않아요."

"그럼, 조금 늦게 보낸다."

"그건 상관없을 것 같아요. 그런데 우리 멀리 가요?"

"아니."

"그럼요?"

"오늘 널 몇 번은 가져야 될 것 같아서."

운전대를 잡고 앞만 보고 운전을 하는 그의 입에서 테라를 당황하게 만드는 소리가 나왔다.

"도혁 씨!"

"널 보고 있으면 하루 종일 그런 생각만 하게 돼."

도혁이 테라의 손을 잡아 스틱을 같이 쥐었다.

"짐승!"

"내가 정상이 아닌 건 사실이야. 누구 때문에?"

"나?"

"노코멘트."

"치~"

도혁이 스틱과 그녀의 손을 같이 잡고 운전을 하고 있었다. 그의 남성적인 체취가 차 안의 냄새와 묘하게 섞여 그녀를 자극하고 있었다. 그가 아무것도 하지 않고 운전만을 하고 있는데 그녀의 아랫배가 찌릿찌릿했다. 그리고 유두의 끝도 단단해지고 있었다. 자신이 이렇게 밝히는 여자인지 몰랐다.

"왜 이렇게 조용하지?"

그의 말에 놀란 그녀는 또 딸꾹질을 시작했다. 자신의 몸의 반응을 그에게 꼭 들킨 것 같았다.

"유테라, 수상해. 야한 상상한 거 아니야."

"딸꾹, 아니에요."

"더 수상한데."

"딸꾹, 정말 아니에요."

그가 키스 대신 옆에 있던 생수통을 주었다.

"내가 지금 너에게 키스를 하면 멈추기 힘들어."

그녀가 생수통 한 병을 단숨에 마셨다. 도혁의 웃음소리가 차 안에 기분 좋게 울리고 있었다.

그들이 도착한 곳은 바닷가의 한 펜션이었다. 창밖으로는 바다가 보였고 뒤로는 작은 산이 울타리를 치듯이 펜션을 감싸고 있었다.

"여긴 어디예요?"

"머리가 복잡할 때 와서 쉬는 곳."

"별장?"

"뭐 그렇지. 여름에는 이 밑으로 가면 수영도 할 수 있지."

"좋은데요."

그가 난간을 잡고 있는 그녀를 뒤에서 안았다.

"테라야, 오늘은 아무 생각 말고 우리만 생각하자."

"네."

테라의 머릿속이 도진희로 꽉 차 있었지만 차마 지금은 물어볼 수 없어서 기회를 엿보고 있었다. 그가 테라의 손을 잡고 안으로 들어갔다. 모던한 디자인의 실내는 주인의 취향을 말해주고 있었다. 테라가 주변을 둘러보는 동안 도혁이 테라에게 줄 상자를 가지고 왔다.

"이게 뭐예요?"

"날 위해 입어줘."

테라가 상자를 열려고 하자 그가 그녀를 욕실 쪽으로 안내했다.

"완벽한 준비를 원해."

그녀는 그의 강요에 못 이겨 욕실로 향했다.

"뭐야, 뭔데 그러는데."

상자를 열어본 그녀의 얼굴이 핑크빛으로 물들었다.

"밝히기는……."

테라는 거울에 비친 자신의 모습을 보고는 한숨이 나왔다. 빠글 거리는 가발을 벗고 안경을 차례로 벗었다. 그리고 입안의 틀니도 빼놓으니 온몸이 자유로운 느낌이었다. 입고 온 옷을 모두 벗고 테라는 다시 한 번 거울 앞에 섰다. 한 번도 부모님께 아름답게 태어나게 해주셔서 감사하다는 말을 하지 않았음을 후회했다.

거울 속의 그녀는 테라 자신도 놀랄 만큼 아름다운 모습이었다. 자그마한 얼굴에 긴 웨이브 머리, 늘씬한 몸은 호리병을 연상시켰고 봉긋한 그녀의 가슴은 조금 있으면 일어날 일을 기대하듯이 부풀어 있었다. 기다리는 도혁을 생각하며 그녀는 서둘러 샤워를 했다.

머리를 드라이어로 말리고 그녀는 상자 속의 옷을 꺼냈다. 어떻게 입을까 고민을 하던 그녀는 몇 번이고 망설이다 겨우 옷을 입었다. 하얀색 실크로 된 잠옷 세트였다. 짧은 슬립은 그녀의 엉덩이를 겨우 덮는 길이에 속이 훤히 다 보였다. 그리고 가운도 속이 훤히 비치기는 마찬가지였다. 팬티와 브래지어 세트도 흰색이었다. 테라는 한참을 망설이다가 슬립과 가운만을 입었다. 이왕 그가 원하는 일이라면 확실히 해주고 싶었다. 그녀가 머리를 빗고 최종 점검을 한 후에 욕실을 나왔다. 그는 그녀가 온 줄도 모르고 열심히 와인을 준비하고 있었다.

"도혁 씨~"

그가 와인 잔을 테이블에 놓다가 그대로 얼어붙었다.

"어때요? 난 마음에 드는데."

그가 잔을 테이블에 놓더니 큰 걸음으로 그녀에게 다가와 허리를 강하게 끌어당겼다.

"이렇게 못된 건 누구한테 배웠지?"

도혁이 그녀를 안은 채로 그녀를 이리저리 보았다.

"날 아주 죽일 셈이군. 유테라."

"당신이 사줬잖아요."

"……."

그가 대답을 하지 않고 테라의 가운을 어깨 너머로 살짝 넘기자 실크 가운이 사르르 바닥에 떨어졌다.

"내가 오기 전에 말했지, 오늘은 널 몇 번이나 탐할 거라고."

그가 테라의 입술을 강하게 머금었다. 입술 자체를 통째로 먹어 치울 것처럼 그는 거칠게 그녀의 입술을 차지하고 있었다. 이빨에 부딪쳤는지 그녀의 입에서 피 맛이 났다. 하지만 지금은 테라도 욕망의 도화선에 이미 불이 지펴진 상황이었다. 올 때부터 그녀의 몸은 그를 열렬히 원하고 있었다. 서로의 입술 부딪치는 소리가 색스럽게 거실을 울리고 있었다. 그가 그녀의 가슴을 한 손 가득 담았다. 그의 손에서도 차고도 넘치는 가슴이었다.

유테라는 도혁에게 뭐 하나 부족한 것이 없는 여자였다. 김 피디가 깐깐하니까 미리 친해지라며 보낸 자리에 그는 처음에는 가고 싶지 않았지만 술 한잔이 생각나서 겸사겸사 갔었다. 수학과 교수에 천재라는 소리를 듣고 그는 무심코 남자일 거라 생각했었다. 하지만 그는 아름다운 여자를 만났다. 첫눈에 반했다. 담배 연기 자욱한 바에서 마티니를 마시던 조금 타락해 보였던 여자에게 그는 그의 닫힌 마음을 모조리 열어버렸다. 태어나서 처음 원나잇을 했다. 그만큼 유테라는 그를 흔들고 있었다.

"으음~"

테라의 입에서 기분 좋은 신음 소리가 났다.

"널 마음껏 먹고 싶다."

그가 그녀의 슬립을 벗겨내자 그녀의 아름다운 나신이 그의 눈 안을 가득 채웠다. 그녀를 안아 든 그는 침실로 향했다.

"오늘은 날 마음껏 먹어도 좋아요."

"유테라."

"하지만 나도 당신을 마음껏 먹을 거예요."

그녀가 그의 옷 위로 그의 유두를 찾아내 건드리고 있었다. 그의 유두가 차돌처럼 딱딱해지고 있었다. 그가 방문을 걷어차고는 그녀를 침대에 살며시 놓았다. 그의 거친 호흡에 비해 그의 행동은 더없이 부드러웠다. 그가 그녀의 앞에서 옷을 거칠게 벗고 있었다. 강한 그의 몸이 그녀의 눈을 사로잡고 있었다. 테라가 침대에서 일어나 나체가 된 그에게 다가가 그의 단단한 가슴에 손을 얹었다.

"당신은 단단한 것 같아요."

그리고 그의 가슴에 잔잔한 키스를 했다. 그가 갑자기 그녀의 뒷머리를 움켜잡아 뒤로 조금 아프게 잡아당기자 그녀의 목이 뒤로 젖혀졌다. 그리고 강한 그의 입술이 그녀를 집어삼켰다. 그녀의 장난을 받아줄 만큼의 여유가 지금 도혁에게는 없었다. 그가 그녀의 가슴을 움켜잡더니 이내 그의 손은 그녀의 터럭으로 가 있었다. 그녀의 터럭을 쓸어내리며 그는 거친 키스와는 대조적으로 부드럽게 그녀의 여성을 찾아 손가락을 넣었다. 갑작스러운 이물감에 그녀의 인상이 찌그러졌다. 그가 그녀의 혀를 빨아 당기며 손가락으로 그녀의 질을 긁어내리고 있었다.

"아하~"

그는 그녀의 여성이 굵고 강한 그의 페니스를 받아들일 준비를 시키고 있었다. 그녀가 준비가 되자 도혁은 한 번의 동작으로 그녀 안으로 들어왔다. 그녀의 문은 그의 페니스를 감당하기에는 너무나 작았다.

"아파~"

그녀가 환희에 찬 고통을 느끼는 게 그의 눈에 보였다. 테라가 아랫입술을 물자 그가 테라의 입술을 다시 삼켜 그녀의 고통을 그의 입으로 위로하고 있었다. 그가 허리를 움직일 때마다 테라는 고통이 아닌 쾌감을 느끼고 있었다. 그녀의 질에서 나오는 액으로 그들의 행위의 소리가 끈적하게 들렸다. 그리고 그의 페니스가 주는 느낌도 그녀를 전율시키고 있었다.

"조금 더 빨리."

절정으로 치닫는 그가 허리를 더욱더 빨리 움직이고 있었다.

"헉, 헉헉. 테라야~"

그가 그의 분신들을 그녀의 안에 쏟아냈다. 그리고 그녀의 몸 위로 무너졌다. 그의 분신은 여전히 그녀의 안에 있었다.

"빼지 마요."

쿡쿡 웃는 그의 움직임이 그녀의 몸 위로 느껴졌다.

"왜 웃어요?"

"테라가 이렇게 밝히는 여자였나 해서."

"누가 이렇게 만들었는데."

그가 몸을 굴려 그녀에게서 빠져나왔다.

"안 좋았어요?"

"아니, 좋았어."

"그런데 두 번째 하려면 콘돔을 가져와야 하니까."

"변태."

그가 다시 그녀의 옆에 누웠다. 이번에는 그녀가 그의 위에 올라가서 앉았다. 그리고는 그의 몸에 키스를 하기 시작했다.

"당신은 다 단단한 것 같아요. 여기도."

그녀가 그의 목에 키스를 했다.

"그리고 여기도."

그의 목을 지나 이번에는 그의 가슴에 키스를 했다.

"당신, 잠깐 돌아봐요."

"왜?"

"그냥요."

그가 돌아눕자 그녀의 눈에 그의 떡 벌어진 어깨가 한눈에 들어왔다. 그녀가 그의 어깨에도 키스를 했다.

"나는 당신 몸 중에서 어깨하고 힘줄이 멋진 당신 팔뚝이 좋아요."

"하하하, 그래?"

그가 기분 좋게 웃었다. 그녀가 그의 척추를 따라 키스를 하며 내려가자 그의 호흡이 거칠어지기 시작했다. 그러다 그녀는 문득 상처 하나를 발견했다. 그의 왼쪽 등에 난 상처는 왠지 그녀의 신경을 자극했다. 그녀가 입술을 상처에 대자 그의 몸이 갑자기 굳어지더니 그가 몸을 돌렸다.

"그 상처는 뭐예요?"

"다쳤어."

"왜요?"

그가 대답 대신 그녀에게 키스를 하려고 하자 테라가 얼굴을 돌렸다.

"알고 싶어요."

"나중에."

"나 도진희와 당신의 관계도 알고 싶어요."

드디어 말했다. 오늘 하루 종일 그의 입을 통해서 확인하고 싶은 일이었다. 얄미운 김 주임이 뭐라고 말해도 그건 중요하지 않았다. 도혁이 말해주는 것만이 사실일 테니까. 그가 그녀에게서 떨어져 천장을 바라보고 누웠다.

"분위기 망친다는 거 알지만 그래도 알고 싶어요."

"오래전에 사랑했던 사람."

도혁이 담담하게 말했다.

"지금은 당신 추억이에요?"

"아니, 아무것도 아닌 사람."

"……."

"아무것도 느껴지지가 않았어. 그게 지금 그 사람에 대한 나의 생각이야."

그가 도진희가 아무것도 아니라고 말했다. 그게 진실인 것이다. 테라가 그의 품에 파고들었다.

"당신 믿을게요."

"테라야, 지금 내 머릿속에는 너뿐이다."

그가 테라에게 깊은 키스를 했다.

밤새 그녀를 너무나 몰아붙였는지 그녀는 아직도 그의 품 안에서 새끼 고양이처럼 자고 있었다. 도혁은 테라의 볼을 가만히 쓸어내렸다. 그가 여자와 같은 침대에 이렇게 오랫동안 누워 있는 것은 도진희 이후에 두 번째의 일이었다.

도. 진. 희.

다시는 그의 입에 오르내리게 하고 싶지 않은 이름이었다. 십년 전, 동경을 오픈했을 때 그는 요리로 승승장구를 하고 있었다. 일본에서 유학을 하고 온 덕분에 방송 출연 제의도 많았고 그 때문에 유명해져서 장사는 호떡집에 불이 난 듯 잘되었다. 말 그대로 돈을 쓸어 담기에도 모자랐다.

웰빙이 붐을 이루면서 요리에 대한 사람들의 관심이 높아졌고 그의 방송 출연도 잦아졌다. 잘생긴 외모와 요리에 대한 해박한 지식은 시청자들을 사로잡았고 그는 바쁜 나날을 보내고 있었다.

그러다 신인 배우인 도진희와 같은 프로를 하게 되었고 그는 예쁘고 밝은 그녀에게 마음을 빼앗겼다. 도진희가 그를 사랑했었는지 지금은 그것조차 생각하고 싶지 않았다. 그가 받은 상처는 치유하기에는 너무나 힘든 것이었다. 결혼까지 약속을 한 그들은 서로를 아끼며 그렇게 행복한 나날을 보냈었다.

그러던 어느 날 진희로부터 일방적인 이별 통보를 받은 도혁은 큰 상처를 받았다. 그 이유를 알고 싶었던 그는 도진희의 아파트로 찾아갔지만 그녀의 얼굴을 볼 수가 없었다. 그렇게 몇 날 며칠을 그녀를 찾아다니던 그에게 거짓말처럼 그녀로부터 만나자는 연락이 왔다. 이별 통보 후에 일주일이 지난 후였다. 그녀는 평소와 마찬가지로 그를 맞이했다. 도혁이 현관에 들어오자 키스를 퍼붓는 그녀를 도혁이 밀어냈다.

"나 안 보고 싶었어요?"

"진희야, 니가 나한테 한 말 장난이었어?"

"오빠, 난 오빨 사랑해요."

"……."

"그것만은 믿어줘요. 내가 생각이 짧았어요. 미안해요."

마음이 놓인 그가 그녀에게 키스를 했다. 키스가 깊어지자 그는 그녀의 옷을 올려 가슴을 입안 가득 물었다. 그때 갑자기 초인종 소리가 들렸다. 그녀의 몸이 굳었다.

"나가봐야 해요."

"가지 마. 올 사람도 없잖아."

"잠깐이면 돼요."

"내가 나갈게."

그가 일어서려고 하자 그녀가 그를 붙잡았다.

"나가지 마요."

그녀가 불안해하고 있었다. 마치 도혁과 있는 것을 들키면 안 되는 것처럼. 수상한 느낌에 그가 벌떡 일어나 현관으로 향했다. 그때 그는 갑자기 등에서 타는 듯한 고통을 느끼고 쓰러졌다. 바닥에 쓰러진 그는 진희가 분주하게 옷을 찢고 머리를 흐트러뜨리는 것을 흐릿해지는 눈으로 보고 있었다. 너무나 고통스러워 말이 나오지 않았다. 어떤 남자가 들어오는 것이 보였다. 분명 그녀의 매니저였다.

"진희야, 무슨 일이야?"

"이 사람이 날 덮쳐서 어쩔 수 없었어. 오빠도 알잖아. 스토커처럼 쫓아다니던 거."

눈이 감기면서도 그는 그녀의 말을 믿을 수가 없었다.

"어떻게. 구 회장님이 아시면 큰일일 텐데……."

"회장님이 막아주실 거야. 뱃속에 자기 자식이 있는데."

"전화는 했어?"

매니저의 음성이 떨리고 있었다.

"응, 오고 계실 거야."

의식이 희미해져 갔다. 자신은 사랑한 죄밖에 없는데 진희에게 도혁은 커다란 짐이었던 것이다. 말했다면 그는 분명 그녀를 놔주었을 것이다. 나중에 안 사실이었지만 도혁과 진희의 비밀스러운 만남을 대성의 구 회장이 알았고 그녀와의 관계를 정리시킬 생각이었던 것 같았다.

그때 그녀는 임신 중이었고 그 아이는 구 회장의 손자였다. 하나뿐인 아들이 개망나니라 이 여자 저 여자들과 스캔들을 일으켰지만 문제를 일으키지는 않았다. 첫 번째 결혼을 실패한 그는 많은 나이임에도 아이가 없었다. 그러던 중 도진희의 임신은 대성으로서는 경사스러운 일이었다.

그러던 차에 뱃속의 아이가 아들의 아이인지 의심받을 상황에 놓인 진희의 특단의 선택이었다. 그와의 스캔들을 대성의 후계자에게 감추기 위해 그를 강간범처럼 몰아갔다. 그가 덮쳐서 어쩔 수 없이 찔렀다고 구 회장에게 말했고 스캔들은 그룹에서 철저히 막아 소문 없이 조용히 마무리가 되었다.

사랑했던 여인이 돈에 눈이 멀어 자신을 과도로 찔렀는데 어떻게 여자를 믿을 수 있겠는가. 그는 그 후로 여자에게 마음을 주지 않았다. 지금 그의 옆에 누워 있는 테라만은 그를 상처받게 하지 않을 것이라는 확신이 도혁에게는 있었다.

이틀의 시간이 흘렀다. 도혁은 도진희의 말이 거슬리기는 했지만 신경을 쓰지 않기로 했다. 지금 그에게는 더없이 소중한 테라가 있었다. 웃음이 났다. 언제부터 이렇게 여자를 훔쳐보는 버릇이 생겼는지 그도 알 수는 없었지만 요즘 그의 눈은 가자미눈이 되어가고 있었다. 초밥을 만들며 그의 눈은 테라의 일거수일투족을 보기에 바빴다. 지금은 양파를 까며 눈물이 나는지 천장을 보고 있었다. 그녀 곁으로 황 대리가 지나가며 화장지를 건넸다. 그러자 그녀가 환하게 웃으며 황 대리에게 감사의 인사를 했다.

"사장님, 그 초밥 먹는 손님은 죽겠는데요."

옆에 이 과장이 도혁의 손에 초밥을 보며 말했다. 도혁은 자신이 초밥 전체에 와사비를 계속 찍어 바르고 있었음을 알았다. 얼마나 많이 찍어 발랐는지 밥이 초록색이 되어 있었다.

"무슨 일 있으세요?"

걱정스러운 듯이 이 과장이 물었다.

"여자 생각 좀 했다."

"유선득 씨를 보면서요?"

"뭐?"

당황한 도혁이 초밥을 쥔 손에 힘을 주어 초밥이 찌그러졌다.

"사장님, 오늘 정말 이상하시네."

"그러게 말이다. 생각이 많아서 그러니까 신경 끄고 일이나 해."

"넵."

초밥을 열심히 쥐고 있는데 가게 안이 어수선해졌다.

"도진희가 왔네요. 진짜 예쁜 것 같아요. 설마 도진희를 생각하시느라 오늘 이러신 거 아니에요? 지난번에 도진희하고 만나셨잖아요."

이 과장이 증거를 잡은 듯이 눈에 힘을 주며 도혁에게 말하고 있었다.

"그래, 마음대로 생각하고 제자리에만 가져다 놓으세요."

도혁이 앞치마를 풀고는 다찌에서 나왔다.

"어디 가시게요? 도진희 씨 방에요?"

도혁이 가운뎃손가락을 치켜들었다.

"수상하지 않냐?"

모두들 그의 뒷모습을 보며 수군댔다.

그녀가 방으로 안내가 되자 도혁은 기다리지 않고 바로 그녀의 뒤를 따랐다.

손님방에 어색하게 마주 보고 앉은 그들 사이에 무거운 침묵이 흐르고 있었다.

"생각해 봤어요?"

"내 대답은 같아."

"내가 그랬죠, 당신은 예스를 할 거라고."

"난 이제 너를 여자로 보지 않아. 아무런 감정이 없어."

"내가 당신이 필요해요."

"할 말이 이런 거라면 가."

도혁이 진희에게 차갑게 쏘아붙였다.

"이런 방법은 별로 쓰고 싶지는 않았지만 내가 흥미로운 사진을 가져왔어요. 보여줄까요?"

"……."

보기에도 고급스러운 백에서 그녀는 사진을 꺼내 그에게 내밀며 말했다.

"차에 들어갈 때는 빠글거리는 짧은 곱슬머리였는데 나올 때는 긴 머리더라구요. 흥미롭지 않아요?"

그가 사진을 획 하고 잡아챘다. 그 속에는 분명 테라와 자신의 모습이 있었다.

"왜, 이 여자는 변장을 하고 당신을 만났을까요? 그래서 좀 더 조사할 시간이 필요했죠."

"……."

"그리고 놀라운 사실을 알았어요. 그 사진 속의 여자가 요즘 한창 뜨는 천재 교수 유테라라는 사실을요."

"그래서 내가 이 여자를 만나지 말라는 법이라도 있나?"

도혁은 최대한 침착한 어조로 말을 했다.

"뭐, 상관이야 없죠. 처녀 총각이 만나는 게 문제는 아니니까."

"그럼 됐군."

"아니요, 아니지. 나를 너무 물로 보지 마요. 당신이 다른 여자를 만난 건 내가 결혼한 걸로 퉁 치죠."

"도진희!"

그의 언성이 높아졌다.

"나쁜 거래는 아닐 거예요. 당신도 알고 있겠지만 지금 서울 조폭들이 유테라를 찾느라 거짓말 좀 보태서 울산에 다 내려와 있다는 얘기도 있고 검찰에서도 유테라 찾아 삼만 리라는 것도 알고."

"그래서 유테라를 둘 중 하나에 넘기시겠다?"

"빙고."

도진희가 물을 따라 한 모금 마셨다.

"서울 조직에 가면 시집가기는 틀린 상황이 되지 않겠어요? 검찰에 가면 그나마 덜 다치려나? 아비를 잘못 만난 죄지 뭐."

빨갛게 칠한 그녀의 입술이 움직일 때마다 도혁은 혐오스럽다고 생각했다. 싫었다. 앞에 앉은 여자가.

"유테라가 아무리 뽀글거리는 가발을 쓰고 있어도 그 반반한 얼굴을 가리기는 힘들 거예요. 사람이 느낌이라는 게 있는데."

"어떻게 할 거지."

"유테라가 어디에 있는지도 아니까. 도혁 씨는 유테라를 어디에 넘기면 좋겠어요? 조폭? 검찰? 아~ 검사 동생이 있었지. 그럼 검찰에 넘길게요. 동생 실적도 올려줄 겸."

"뭘 원하나?"

"당신."

"왜?"

"내가 사랑한 유일한 남자니까."

"그건 착각이야. 그때 니가 나에게 말만 제대로 해줬다면 헤어져 줬을 거야. 그렇게 찌르지 않았어도."

"화가 많이 났었구나. 내가 앞으로 잘할게요."

"도진희, 많이 망가졌구나."

"당신이 나와 있으면 예전의 밝았던 나로 돌아갈 것 같아요. 제발."

그녀는 아름다움 뒤에 사악함을 숨기고 있는 마녀 같았다.

"지금 서울의 최 사장에게 전화를 할 수도 있어요."

"누구?"

"최 사장. 최 사장 얘기는 못 들었나 봐요? 그 사람이 애가 타게 유테라를 찾는 서울의 보슨데. 아마도 고문하는 영상 하나 만들어서 유 사장이 숨을 만한 곳에 뿌릴걸요. 유테라가 체력이 좋아야 견딜 텐데."

"……."

"당신도 그 여자 다치는 거 싫죠? 나도 싫어요."

도혁은 앞의 도진희를 보며 끓어오르는 분노를 느꼈다. 왜 이 여자를 사랑했었는지 그는 지금 이해를 할 수가 없었다.

"생각할 시간을 줘."

"오래는 못 줘요. 다만 깨끗이 잊어요. 그리고 나랑 다시 시작하는 거예요."

"……."

"내가 그 답답한 곳에서 몇 년 동안 찍소리도 안 하고 지낸 이유가 위자료 때문이었어요. 그 남자에게 새로운 장난감이 생겼으니 물러나 줘야죠."

탐욕에 눈이 먼 여자의 모습을 하고 있는 진희와 테라의 얼굴이 오버랩되었다. 지금은 이 끔찍한 여자가 갑인 것이다. 테라를 위해서 그는 결단을 내려야 했다.

"이제 그렇게 번 돈을 쓸 때도 된 것 같고, 당신이 원하는 거 하면서 우리 둘이 행복하게 살아요."

도혁은 머리를 써야 했다. 이 상황이 꿈이었으면 좋겠지만 상 아래로 쥔 주먹이 저려오는 것을 보면 분명 꿈은 아니었다.

"당신도 같이 식사할래요? 지난번에 혼자 먹으니까 기분이 별로더라."

"……."

"당신 바쁜 시간이니까 내가 양보하죠."

도혁의 머리가 점점 복잡해지고 있었다. 도혁은 자신이 어떻게 주방까지 왔는지 기억이 나지 않았다. 도진희가 가고 연정이 도혁에게 왔다.

"오빠, 오늘 시간 좀 내줘. 할 말이 있으니까"

"연정아, 미안한데 오늘은 일이 있어서 안 될 것 같다."

"오빠, 중요한 일이야."

"그만."

도혁의 얼굴이 굳어졌다. 이럴 땐 말을 안 거는 것이 현명한 일이었다. 하지만 연정은 마음이 급했다.

"이따 오빠 집으로 갈게."

도혁의 대답도 듣지 않고 연정이 돌아서서 카운터로 갔다. 동생 같은 연정까지 신경 쓰기엔 그의 머리가 너무나 복잡했다.

이틀째 형의 얼굴이 보이지 않아 애가 타는 민혁이었다. 물어보고 얘기해야 할 건 많은데 이놈의 인간이 안 하던 외박을 하지를 않나, 민혁의 걱정이 이만저만이 아니었다. 창문으로 자동차의 전조등 빛이 들어오고 있었다. 민혁은 반바지만 입은 채로 현관문을 열었다.

"형, 외박하면……."

그의 앞에 연정이 서 있었다. 울었는지 눈동자가 촉촉이 젖어 있는 그녀가 놀란 눈으로 민혁을 보고 있었다.

"순진한 척은. 남자 벗은 거 처음 봐?"

"아니, 훌륭한 몸매라 놀랐다."

연정과는 어려서부터 허물없이 자란 사이라 민혁도 자신의 옷차림에 별로 신경이 쓰이지 않았다.

"근데 웬일이야? 이 시간에?"

"오빠 좀 만나려구. 시혁이는 주방 남자들끼리 술 한잔한다고 갔으니까 늦을 거야."

"그래?"

"도혁이 오빠는?"

"아직. 술 마신다며?"

"오빠는 안 갔어."

"그럼 오겠지 뭐. 안 들어올 거야?"

"어? 어."

그녀가 집으로 들어오자 민혁이 티셔츠를 집어 팔을 끼우며 말했다.

"커피 줄까?"

"고마워."

민혁이 커피 두 잔을 가지고 와서 그녀 앞에 잔을 놓았다.

"커피 맛이 깐깐할 거야?"

"어?"

"우리나라 검사가 끓였으니까."

한 모금을 마신 연정이 놀라는 표정을 지었다.

"깐깐한 게 아니구 훌륭한데."

"그럼, 난 뭐든지 잘하니까."

"요즘 검찰에서는 근자감도 가르치나 보지?"

"근자감?"

"근거 없는 자신감."

"아니지. 난 근거 있는 자신감만 있으니까."

"어휴~ 내가 졌다."

"어디 검사를 말싸움으로 이기려고?"

"그러네, 하하하."

민혁의 잘생긴 얼굴을 한번 보고는 연정은 민혁이 이렇게 잘생겼었나 하는 생각을 했다.

"여자친구는 있어?"

"아니, 만나고 싶어도 시간이 없어요. 그래서 검사들은 다 중매 결혼을 하나 봐."

"너도 선보고 결혼하게? 마담뚜들이 소개시켜 주는 여자랑?"

"뭐 어때. 돈 많고 예쁜 여자들을 알아서 만나게 해주는데."

"그래도 결혼은 사랑하는 사람이랑 해야 해."

"네, 네."

연정이 옆눈으로 살짝 흘겨보았다.

"근데 무슨 일이야?"

"오늘 도진희가 왔어."

"뭐?"

민혁의 표정이 안 좋아지고 있었다.

"벌써 두 번째야."

"형은?"

"두 번 다 그 여자를 만났어."

"형이 미쳤군. 그런 인간을 만나다니. 자기를 죽일 뻔한 여자를……."

"뭐?"

"아니야."

"나는 오빠가 상처를 다시 받는 게 싫어. 그 여자는 돈 때문에 한 번 배신한 여자고 또 그런 기회가 생기면 또 돈을 택할 여자야."

"지금은 형도 돈은 많아. 물론 재벌은 아니지만."

"뭐 아는 거 없어?"

"뭘?"

"도진희를 오빠가 아직 그리워한다거나 뭐 그런 거."

"아니, 절대로 그럴 리는 없을 거야. 내가 아는 한은."

"그럴까. 과연 오빠가 도진희를 잊었을까?"

"100%."

연정의 얼굴에 안심하는 표정이 지어지는 걸 민혁은 놓치지 않았다.

"누나, 형 좋아해?"

"······."

"어려서부터 좋아하는 건 알았지만 이 정도인 줄은 몰랐네."

"좋아해. 하지만 오빠가 날 여자로 안 봐."

"오올~ 우리 형 미인들에게 인기가 좋아."

"농담하지 마."

"농담 아닌데. 누나 예뻐."

"그래, 고맙다."

"형에게 말해보지 그래?"

"거절하면 이렇게 가까이에도 못 있으니까. 바라보기만 해도 좋은걸."

"중증이네. 기다리기 지루한데 술이나 한잔할까? 나도 형이 오면 할 말이 있거든."

"좋지."

"대신 나는 요리사가 아니니까 라면에 소주 어때?"

"콜!"

늦은 밤 잘생긴 남자가 끓여주는 라면에 소주는 구미가 당기는 메뉴였다.

"내가 도울 건 없어?"

"공주님은 앉아만 계세요."

"립서비스도 훌륭하고. 오늘 기분이 최악이었는데 이런 보너스가 있었네."

"하하하, 좋아하니 다행."

민혁이 라면을 끓이는 모습을 보며 그녀는 식탁에 앉아 있었다.

"집이 예뻐."

"형의 성공의 상징이지. 우리 형이라서 하는 말이 아니라 대단한 사람이야."

"맞아."

"이 집에 우리 삼 형제가 모여 살 거야. 결혼하면."

"집이 넓어서 가능하겠네."

"아니, 내 여자친구가 생기면 옆에 새집이 지어질 거야. 그리고 시혁이도 다른 집을 지어줄 거고. 여긴 본채고 별채가 두 개 생기는 거지."

"시집오는 여자들은 좋겠다."

"당근이지. 자~ 다 됐습니다. 특별식."

"잘 먹겠습니다."

연정은 도혁을 만나러 왔다는 사실도 잊은 채 민혁과의 대화를 자기도 모르게 즐기고 있었다. 라면을 냄비째 놓고 김치 하나에 소주잔을 기울이니 친밀한 느낌이 들었다. 그리고 그의 너른 가슴이 그녀의 눈에 자꾸 들어왔다. 시선을 자꾸 돌려보았지만 자꾸 신경이 쓰이는 연정이었다.

"우리 건배할까. 오랜만에 만난 기념으로."

어색한 분위기를 바꾸기 위해 연정이 건배를 제안했다.

"좋지. 우리의 새로운 만남을 위하여."

낮은 저음의 목소리가 그녀의 마음을 건드리고 있었다. 애써 마음을 추스르고 그녀는 최대한 담담하게 말을 했다.

"반갑다."

둘의 대화가 즐겁게 이어지고 있었다. 벌써 소주가 두 병째 비워졌다. 연정이 생각보다 술이 센지 얼굴색 하나 변하지 않고 그와 대작을 하고 있었다.

"한 병 더?"

"콜."

그가 냉장고로 가서 소주를 한 병 더 가져오는 사이에 연정은 식탁에 머리를 대고 자고 있었다.

"티 안 나게 술에 약하군. 이럼 재미없는데."

그가 다시 소주를 집어넣고는 연정을 흔들어보았다.

"누나, 일어나. 집에 가야지. 대리 불러줄게."

연정은 아무런 반응이 없이 잠에 곯아떨어졌다.

"낭팬데."

그는 할 수 없이 연정을 안아 들어 자신의 침실로 향했다.

"으짜, 생각보다는 가벼운데. 볼륨감도 있고."

민혁은 그녀를 자신의 침대에 뉘고는 그녀가 입고 있는 재킷을 벗겨주었다. 검은색 나시만을 입고 있어서 그녀의 풍만한 가슴을 여과 없이 볼 수 있었다. 사과같이 탐스러운 그녀의 가슴은 솔로인 민혁의 가슴을 뛰게 만들었다.

"김민혁, 넌 이렇게 늑대 같은 놈들을 잡는 검사라구."

연정을 단 한 번도 여자라고 생각해 본 적이 없는 민혁이었다. 그런데 지금 그는 연정의 자는 모습에 두근거리는 설레임을 느끼고 있었다.

"미친놈, 취한 여자야."

민혁은 새근거리고 자고 있는 연정을 눈에 담고는 정말로 어렵게 발걸음을 떼서 거실로 나왔다. 주방 정리를 하고 있는데 도혁이 들어왔다.

"형, 왜 이렇게 늦었어. 하루 종일 형 기다리느라 내가 10년은 늙은 것 같아."

"왜?"

"유테라가 타고 다니는 차가 발견돼서 현장 검식을 나갔는데 거기서 형 명함이 발견됐어."

당황을 했지만 도혁은 아무렇지 않게 대꾸했다.

"방송 때문에 만났을 때 그때 줬던 명함이야."

"근데 문제는 유테라 차에 있던 모든 명함은 서울에 있는 사람들 것인데 유일하게 형 명함만이 울산 거야."

"……"

"그러면 동경으로 그 새끼들이 갈 수도 있고 형이 테러를 당할 수도 있어."

"그래? 설마 아무 관계도 없는 나에게 해코지야 하겠어?"

"정말 우리 형 무사태평이야."

분명 민혁이 검찰에 가도 테라가 이용당할 거라고 했다. 그런데 테라를 맡길 수는 없었다. 당분간 그의 곁에 꽁꽁 숨겨두어야 했다.

"혹시 연락이라도 오면 너에게 제일 먼저 알려줄게. 자라."

"형, 연정이 누나 집에 있어."

"어디?"

도혁이 인상을 쓰며 말했다. 그렇게 알아듣게 말하고 행동으로 동생 이상이 아니라고 했으면 알아들었어야 하는데 고집은 어렸을 때나 지금이나 쇠심줄 같은 아이였다.

"지금 내 방에서 자."

"뭐?"

"둘이 술 한잔했는데 멀쩡해 보여서 계속 주거니 받거니 하다 보니 취해서 자."

"하~"

한숨이 절로 나왔다.

"자라."

"연정이 누나는?"

"몰라. 깨면 창피해서라도 사라지겠지."

도혁이 자기 방으로 들어갔다. 형의 뒷모습을 보며 민혁은 검사의 촉을 세우고 있었다.

"뭔가 수상해."

민혁이 고개를 갸우뚱거렸다.

찬모님의 따가운 시선을 받으며 조용히 뭔가를 적고 있는 테라였다. 집으로 돌아오면 할 일이 없어서 그녀는 무료한 시간을 달래기 위해 수학책을 쓰고 있었다. 지난번의 책보다도 더욱더 흥미로운 소재를 다룰 생각이었다.

그래서 요즘은 우리 주변에서 흔히 볼 수 있는 도형들에 관해 생각이 나는 대로 연습장에 적고 있었다. 지금 적고 있는 것은 육각형이었다. 그 예로 벌집을 들어 공간을 효율적으로 활용하는 벌들에 대해 적고 있었다. 숨 막히는 정적이 싫어서 테라가 은근히 찬모에게 말을 걸었다.

"벌들이 왜 집을 육각형으로 만드는 줄 아세요?"

"……."

"처음에는 원형으로 만들어서 체온으로 육각형을 만들어요. 원형으로 만들면 여러 개의 원형이 모였을 때 공간이 생겨서 집이 튼튼하지 못하기 때문에 육각형으로 만든대요. 신기하죠?"

"……."

하지만 찬모는 그녀를 쳐다볼 뿐 아무런 말이 없었다.

"무슨 일이라도?"

"몰라 묻나?"

"네."

기어들어 가는 목소리로 테라가 말을 했다.

"가시나야, 왜 안 들어오고 지랄이고."

드디어 찬모님의 잔소리가 시작되었다.

"죄송해요."

"여기 눈이 몇 개 있는 줄 아나? 모르나?"

"……."

"꿀 먹었나?"

"어쩔 수 없었어요."

"처녀가 임신을 해도 할 말은 있다더니 그게 답이가? 니 사장이랑 있었나?"

테라가 가만히 앉아만 있자 화가 난 찬모였다.

"니 쓰러졌을 때 사장이 니 사정 다 안다고 하더라. 그래 내가 비켜줬다. 둘이 사귀나?"

테라가 고개를 끄덕였다.

"세상에 못 믿을 게 남잔기라. 너무 덤벼들지는 마라. 다 지 꺼 되믄 가뿐다."

"알아요."

"알긴 뭘 아나, 가시나야. 아는 기 그 카고 다니나?"

"사장님 만나고 다니는 거 싫으세요?"

"아니다."

"그럼요?"

"니가 지금 누구랑 연애질할 때가? 몸까지 숨기는 기 나는 그게 걱정이다."

찬모의 말에는 일리가 있었다. 그녀는 지금 사랑놀음이나 하고 있을 때가 아니었다. 그렇지만 아빠의 소식도 모르는 지금 그녀가 의지할 상대는 도혁뿐이었다.

"그 사람이 잘 도와줄 거예요."

"지 몸은 지가 지키는 기다."

"알았어요."

어려운 이때에 마음으로 의지가 되는 사람이 찬모 이모였다. 큰 덩치에 걸은 입을 가진 그녀였지만 테라를 생각해 주는 마음은 엄마 같았다. 아마도 그녀 자신이 남편으로부터 받은 상처 때문에 다른 사람의 상처도 감싸주는 것이리라.

"우리 자요."

"글은 다 썼나?"

"천천히 써도 돼요. 왠지 이곳에 오래 있을 것 같아요."

"그래야 쓰나. 금방 해결될 끼다."

자신이 테라에게 모진 소리를 하지 않았나 하는 마음이 든 찬모는 풀이 죽은 테라를 위로해 주었다.

"……."

불을 끄고 자리에 누운 테라는 천장을 쳐다보며 소리 죽여 울었다. 아빠가 너무나 보고 싶었다. 어디서 뭘 하고 계시는지, 혹시나 몹쓸 짓을 당하신 건 아닌지 그녀는 마음이 편하질 않았다. 도혁과의 꿈같은 시간 때문에 아빠를 잠시나마 잊은 자신이 너무나 한심스러운 테라였다.

"아빠~"

테라는 자신이 도혁에게 너무나 안주하고 있다는 생각을 처음으로 했다. 이렇게 넋을 놓고 있을 때가 아니었다. 천장 위로 아빠의 웃는 모습이 비쳐졌다.

"아빠, 무사하셔야 해요. 그래야 제가 버틸 수 있어요."

테라의 타들어가는 마음을 아는지 모르는지 세상은 온통 검은색으로 물들어가고 있었다.

"후~"

깊은 한숨이 테라의 입에서 흘러나왔다. 엄마의 일기가 사실이라고 해도 지금 아빠의 안전이 테라에게는 가장 큰 걱정이었다. 따지고 화낼 곳도 없는데 무턱대고 실망만 하고 있을 수는 없는 것 아닌가. 피는 물보다 진하다고 했다. 아빠가 무사하시길 지금 테라는 누구보다 바랐다.

6. 스시[초밥]와 큐브

"찾았어?"

"아니, 아직입니다."

부하는 안절부절못하며 겨우 대답을 했다.

"앗!"

최 사장이 부하에게 컵을 집어 던졌다. 둔탁한 소리와 함께 컵이 바닥에 부딪쳐 산산조각이 났다. 부하의 이마에서 피가 흐르고 있었다.

"벌써 얼마의 시간이 흘렀는데 아직이라는 말이 나와?"

"죄송합니다."

부하의 눈 위로 피가 흘러내렸고 그가 그것을 손으로 닦자 얼굴전체가 피투성이가 되었다.

"영태 쪽은?"

"겉보기에는 조용합니다. 하지만 정보에 의하면 다른 조직의 보스들을 은밀히 만나고 있다고 합니다."

"넘어간 쪽은?"

"현재는 아무도 영태의 말에 동조를 하는 것 같지는 않았습니다."

최 사장은 담배를 하나 물고는 깊게 빨아들였다. 담배 연기가 그의 폐까지 점령하고 있었다. 가끔 너무나 신경이 예민해지면 그는 대마를 피우곤 했다. 그러면 마음이 가라앉았다.

"영태 잡아들여."

"그게 좀 어렵습니다."

"왜?"

"다른 쪽의 시선이 별로 좋지 않습니다. 안 건드리는 게 나을 듯합니다."

"뭐 이 새끼야, 보스도 아니고 부하 하나도 못 잡아들여?"

"유 사장을 먼저 해결하셔야 나머지가 조용해집니다."

"내가 알아서 할 테니까 당장 잡아와."

"……"

"이 새끼가!"

"회장님, 참으십시오. 기순이가 회장님을 생각하는 마음에서 섣불리 움직이고 싶지 않은 모양입니다. 우리 쪽 이미지가 많이 안 좋습니다. 김 회장의 죽음에 대해서도 말이 나오고 있구요."

옆에서 이를 지켜보고 있던 정 부장이 그를 말렸다.

"기순아, 일단 영태 쪽을 주시하고 있어. 특별한 일이 있으면 보고하고."

"네."

자신의 손수건을 기순에게 주며 그는 나가보라고 손짓을 했다.

"회장님, 자중을 하셔야 합니다. 요즘 애들은 영웅을 원해요. 그래서 주먹 출신이 아닌 회장님의 기반이 없으신 겁니다. 돈이 다가 아니거든요. 신중하셔야 합니다. 안 그러면 유 사장이나 미아리 박 사장에게 주도권을 뺏기십니다."

"……."

자신의 오른팔인 정 부장의 말이 옳았다. 주먹 출신인 그는 머리까지 좋아서 한번도 최 사장을 실망시킨 적이 없었다.

"유테라를 빨리 찾아야 모든 게 빨리 풀릴 텐데. 쥐새끼 같은 년. 지 애비랑 똑같군."

자리에 앉아 흥분했던 마음을 가라앉히며 최 사장이 말했다.

Rrrrrrrr.

박 검사장이었다. 그는 심호흡을 하고 전화를 받았다.

"안녕하십니까? 각하!"

[각하는 무슨.]

박 검사장은 대선을 노리는 인물이었다. 연예인 검사라고 할 만큼 그는 매스컴의 찬사를 받는 인물이었다. 언론 플레이의 달인인 그는 젊은 시절부터 큰 사건을 잘 처리하기로 유명한 인물이었다. 그의 말, 말, 말은 매일 언론에서 보도했고 이미지도 어떤 정치인보다 좋았다.

난세에 영웅이 난다고 했던가. 그는 한 가정의 훌륭한 아버지이자 범인들에게는 무서운 검사였다. 그는 첫 발판으로 국회의원 선거에 나갈 인물이었다. 물론 여당의 공천이 확실시되는 인물이었다. 그에게는 돈이 필요했고 그는 우리나라의 사채 시장과 마약 시장을 쥐고 흔드는 김 회장과 인연을 맺었다.

그는 말 그대로 소리 소문 없이 쓸 돈이 필요했고 정치자금은 실로 막대한 양이었다. 그래서 최 사장을 만나게 되었고 최 사장은 그를 처음 만난 날부터 각하라고 불렀다. 모든 일은 김 회장의 오른팔인 최 사장이 처리를 했다. 각하라고 부르는 최 사장이 그는 싫지 않은지 한번도 최 사장에게 싫은 내색을 하지 않았다.

"무슨 일이 십니까?"

[유테라는 찾았나?]

"아직 못 찾았습니다."

[빨리 움직여야겠어.]

"무슨 문제라도?"

[검찰청장과 사이가 안 좋은 거 알잖아? 그 인간이 피라미 검사 하나를 울산으로 보내서 나를 자네와 연관시키려고 하고 있지.]

"네? 절대로 저희 사이는 모를 겁니다. 증거란 게 없습니다."

[나야 자네를 믿지만 뭐든 확실한 게 좋으니까.]

"검사를 처리할까요?"

[놔둬, 건드려서 좋을 건 없으니까. 그래도 검산데.]

"제가 어떻게 하면 좋을까요?"

[일단은 유테라고 뭐고 서울로 애들 불러들여.]

"지금은 좀 곤란합니다. 이쪽에서 절 새로운 회장으로 받아들여 주지 않으면 제가 각하를 도울 수가 없습니다."

[지금 회장이면서 무슨?]

"저는 이름만 회장이 된 겁니다."

[참 자네도 딱하구만.]

"저 좀 도와주십시오."

[그럼 며칠만 더 두고 보기로 하지. 그 이상은 나도 위험해.]

"네, 감사합니다."

전화를 끊고 최 사장은 소파에 머리를 묻고 한숨을 쉬었다. 김 회장이 있을 때는 자신은 뒷일만 봐주면 됐는데 지금은 너무 일이 복잡해졌다. 그냥 살려두고 설득을 할 걸 그랬나, 라는 생각이 들자 웃음이 났다. 그의 손 아래에서 파닥거리던 꼴이라니. 지금 생각해도 별거 아닌 존재였다.

'주먹 출신은 무슨. 어차피 내 손 아래서 죽음을 맞은 것을……'

최 사장은 속으로 혀를 찼다. 주먹이라고 으스대는 그들의 꼴이 그의 눈에는 한없이 우스웠다.

"뭐라고 하십니까?"

"유현우 빨리 처리하라고."

"서두르셔야 합니다. 유 사장을 빨리 처리하시는 게 그분과의 관계를 더욱더 돈독히 하실 수 있는 기회가 되실 겁니다. 그분은 절대로 놓치시면 안 되는 끈이십니다."

"알아."

정 부장의 말에 짜증이 난 최 사장이 대마를 깊이 빨아들였다. 머리가 복잡해지고 있었다.

나무 도마 위에 탱탱한 도미살이 올려져 있었다. 날카로운 칼을 옆으로 뉘어 얇게 사시미(회)를 뜨고 있던 도혁의 손이 잠시 멈추었다. 자신도 모르게 테라가 있는 주방 쪽을 쳐다보고 있었다. 그러다 테라와 눈이 마주쳤다. 파를 다듬는 뽀글이 아줌마가 이렇게 자신을 설레게 할 줄 그 누가 알았겠는가.

도혁은 테라의 눈길을 서둘러 피해 사시미를 떴다. 지금 그의 마음을 알 리가 없는 테라는 슬며시 미소를 지으며 파를 까고 있었다. 그녀를 보지 않겠다며 눈을 돌렸는데 어느새 눈동자는 가자미가 되어 그녀를 보고 있었다.

이틀 전에 불같은 밤을 보내고 그녀에게 고백을 할 생각이었다. 하지만 무언가 도혁을 막았다. 도진희의 협박을 미리 알아차리기라도 한 것처럼 그는 끝내 그녀에게 마음을 말하지 못했다. 테라도 말은 안 했지만 그의 모든 행동에서 그녀를 얼마나 아끼는지 알 것이다.

"사장님, 무슨 생각을 그렇게 하세요?"

도미를 도마에 올려놓고는 계속 쳐다만 보고 있었는지 초밥을 쥐던 이 과장이 그에게 말을 걸었다.

"생각은 무슨, 니 일이나 해."

"아니, 도미를 떠주셔야 초밥을 쥐죠."

하루 종일 머리가 터질 것 같았다.

"어서 오십시오."

연정의 나긋나긋한 목소리가 홀에 퍼졌다.

"예약을 안 하시면 지금은 자리가 없습니다."

동경에 예약을 안 하고 들어왔다가 허탕을 치고 가는 손님들이 많았다. 그러면 직원들이 고객들에게 명함을 주며 꼭 예약을 하고 오시라고 친절하게 방법을 설명하며 따뜻한 차를 따라주어 손님들이 다시 동경을 찾게 만드는 영업 노하우를 가지고 있었다. 도혁은 직원들을 믿었다. 그녀들의 프로페셔널함이 지금의 동경을 있게 했으니까 말이다. 그의 마음에 뿌듯함이 느껴졌다.

"어? 손님, 그쪽은 출구가 아닌데요."

연정이 길의 방향을 알려주는 모양이었다.

"손님, 자꾸 안으로 들어가시면 곤란합니다."

시간을 보니 11시였다. 오늘의 예약 첫 손님이 11시 50분이어서 지금은 예약 손님의 일행일 리도 만무했다.

"황 대리~"

"네."

"나가봐."

시끄러운 소리에 궁금한 게 많은 황 대리가 말이 떨어지기가 무섭게 홀로 나갔다.

"손님, 무슨 일이십니까?"

황 대리의 목소리가 기어들어 가고 있었다.

"무슨 일이시냐구요?"

이번에는 점장의 충신 김 대리가 큰소리를 내며 대들었다. 처음에는 남자 하나였는데 그의 뒤에 양복을 입은 남자들이 수도 없이 들어오고 있었다. 안쪽에서 일을 하고 있던 도혁과 주방의 남자 요리사들도 홀로 뛰어나갔다.

"무슨 일이십니까?"

도혁의 목소리가 소란한 틈을 뚫고 홀에 크게 울렸다. 따지듯이 건장한 남자의 턱밑에 있던 김 대리도 도혁의 등장에 뒤로 물러섰다.

"영업집입니다. 보아하니 식사 때문에 오신 것 같지는 않은데……."

도혁의 굳은 얼굴에 살기가 느껴지자 무리 중에 대장으로 보이는 사내가 도혁 앞으로 나왔다.

"당신이 김도혁인가?"

"……."

도혁의 뒤로 40명의 직원들이 숨죽이고 있었다. 조폭들로 보이는 깍두기 부대들이 동경을 감싸고 있었다. 지금 도혁의 앞에 있는 남자도 도혁과 같이 건장한 체격을 자랑하고 있었다.

"유테라 어디에 있지?"

"내가 알아야 하나?"

남자를 손님으로 대하던 친절함은 사라지고 도혁의 목소리에서 차가운 냉기가 흐르고 있었다.

"유테라의 차에서 여기 명함이 발견됐어."

"명함만 있으면 이런 식으로 협박을 해도 되는 건가?"

"아니지, 니가 유테라를 숨겨줄 이유야 얼마든지 있지. 너희들이 서울의 호텔에 들어가는 사진을 우리가 입수했지."

"개인적인 일이고 당신들이 관여할 일은 아니지만 우린 아무 사이도 아니야. 다시 만난다면 내가 따귀 한 대를 맞을 사이지."

"이러다가 유테라가 나오면 재미없어."

"이러다가 아무것도 안 나오면 그땐 내가 가만히 안 있어."

"형!"

뒤에 있던 시혁이 도혁을 급하게 불렀다.

"형, 세콤에서 집에 경보가 울려서 지금 집으로 가는 중이라고 연락이 왔어."

"우리 집에도 갔나?"

"우리 애들이 유테라가 집에 있는지 확인을 하러 갔지."

"유테라는 없으니 조용히 가면 경찰에 알리는 번거로운 짓은 하지 않겠지만 계속해서 이렇게 버티겠다면 경찰의 도움을 받는 수밖에."

"뒤져."

"잠깐."

도혁이 앞에 오는 덩치를 막았다.

"내가 분명히 경고했을 텐데."

덩치의 주먹이 도혁을 향해 날아오자 도혁이 몸을 숙여 덩치를 피하면서 동시에 그의 배를 가격했다. 도혁의 주먹이 덩치의 비곗덩어리 배에 박히듯이 들어가자 덩치는 윽 소리도 내지 못하고 그 자리에 주저앉았다. 순식간에 아수라장이 되었다. 무협 영화를 보는듯한 상황에 여직원들은 주방 쪽으로 도망가기 바빴고 남직원들은 사장만을 두고 갈 수는 없는 상황이신지라 앞의 주먹들의 쪽수를 세기에 바빴다.

시혁이 형의 옆에 섰다. 다음에 그를 상대하기 위해 덤벼든 녀석 역시 바닥에 쓰러졌다. 테라는 자신을 찾으러 온 조직의 사람들을 남자 요리사들 사이로 멍하게 바라보고 있었다. 이제는 도혁에게 피해를 주는 상황을 막아야 한다는 생각에 그녀는 앞으로 한 발짝 다가갔다. 걸음이 떨어지지는 않았지만 도혁이 다치는 건 싫었다.

한 걸음을 떼는 순간 그녀의 발걸음이 다시 제자리에 놓였다. 그럼 아빠가 위험해진다. 테라의 눈에서 눈물이 흘렀다. 차라리 그녀 하나만으로 끝나는 싸움이라면 여기서 끝내고 싶었다. 도혁과 시혁이 동시에 덤벼드는 조직 사이에 갇히자 테라가 그 자리에 주저앉았다. 뒤에 있던 남자 요리사들도 모두 달려들어 홀이 순식간에 싸움터가 되었다.

"선득아, 거기 그 카고 있으면 위험하데이."

찬모와 점장이 그녀를 주방 쪽으로 끌고 들어왔다.

"112에 신고했어?"

점장의 다급한 목소리가 들렸다.

"네."

웨이트리스 중에 누군가 대답을 했지만 지금 테라의 눈과 귀는 도혁에게 가 있었다. 테라의 눈은 계속해서 도혁을 찾고 있었다. 가슴 한쪽이 무너져 내리는 아픔이 느껴졌다. 순간, 홀에 장식 중인 도자기 화병이 깨지는 소리가 요란하게 났다. 그리고 정적이 흘렸다.

"어이, 뺑기통~ 서울에서 잠잠하더니 지방으로 밀려났나?"

"……."

"야, 그 앞에 똘마니들. 그 사람들한테서 떨어지지. 좋게 말할
때."

민혁이었다. 영화의 주인공처럼 그의 등장에 삽시간에 싸움이
중단이 되었다. 똘마니들의 고개가 옆으로 돌아갔다.

"아~ 저 돌아이, 김 검사가 여긴 왜 온 거야."

도혁과 엉켜 있던 녀석이 중얼거리자 도혁은 터져 나오는 웃음
을 꾹 참았다.

얼굴이 하얗게 질린 남자가 민혁의 앞에 서서 구십 도로 인사를
했다.

"검사님, 여긴 어떻게?"

"내가 너희 같은 조무래기 잡으러 여기까지 내려와야겠냐?"

평소의 민혁 같지 않게 건들거리며 말을 하는 그를 모두들 멍하
게 보고 있었다.

"일단은 우리 경찰서로 가자. 니들 태우려면 버스는 와야 되겠
네. 알아서 니들이 타고 왔던 차 타고 가자."

순간적으로 등장한 민혁이 덕분에 엉켜서 싸우고 있던 요리사
들과 조직들이 얼떨결에 정리가 되었다.

"못 본 척해주십시오."

"미친놈, 그래서 유테라는 찾았고?"

순간 대장의 얼굴이 굳어졌다.

"이놈 되게 웃기네. 너도 알고 나도 알고. 우리가 서로 유테라 찾고 있는 거. 근데 번지수 잘못 짚었다. 여긴 우리 형 가게다. 형이 알면 나한테 얘기하지 않았겠어. 그러니 그만해라."

"친형은 아니시잖습니까?"

"친형이다. 왜 내가 너한테 가족 관계 증명서라도 보여야 하냐?"

그때, 바깥에서 사이렌 소리가 들렸다.

"자자, 일단 너희들은 경찰서로 간다. 그리고 우리 집에 간 애들도 경찰서에서 만날 거야. 억세게 운도 없는 것들. 현직 검사 집에 무단 침입이나 하고."

"검사님, 괜찮으십니까?"

경찰과 같이 서울에서 온 계장이 들어왔다. 도혁과 안면이 있는 계장이 입가에 피가 묻어 있는 도혁을 보며 놀란 눈으로 다가왔다.

"형님분이 안 괜찮으시네. 어떻게 앰뷸런스라도 부를까요?"

"아니요, 괜찮습니다. 여기는 다 싸움닭들만 모였는지 다들 괜찮아 보이네요."

"예, 그러네요. 하하하."

"먼저 서에 가서 기다리세요. 그리로 곧 갈게요."

"남부서로 갑니다."

"네."

계장과 경찰들이 조직원들을 데리고 나가자 민혁이 도혁의 상태를 살폈다.

"아이고, 그래도 왕년의 솜씨는 죽지 않았어?"

"미친놈."

그때 연정이 차가운 물수건을 가지고 와서 도혁의 상태를 호들갑스럽게 살폈다.

"괜찮아요? 얼마나 놀랐는지 알아요? 다 큰 어른이 싸우기는⋯⋯."

연정의 눈에서 눈물이 흘러나왔다. 그러면서 은근히 도혁에게 기대자 민혁이 연정의 어깨를 잡아 자연스럽게 도혁에게서 떼어 놓았다.

"박 점장님, 직원들에게도 물수건 좀 주시죠?"

"아, 내 정신 좀 봐."

연정이 서둘러 냉장고의 물수건을 직원들에게 나누어 주고 있었다. 연정을 눈으로 좇는 민혁을 도혁이 말없이 바라보고 있었다. 도혁의 시선을 느낀 민혁이 얼른 화제를 돌렸다.

"정말 유테라에 대해서 몰라?"

"응."

단호한 말투였다. 그래서 더 숨기고 있다는 느낌이 강했다.

"그런데 김 검사님, 검사님께서 던지신 화병이 얼마짜린 줄 아십니까?"

"목숨을 구해준 은인한테 너무한 거 아닙니까?"

"아니요, 청구서 보내겠습니다."

"형!"

"한번 봐주세요. 일부러 그런 것도 아닌데⋯⋯."

연정의 말에 기분이 풀어진 민혁이 도혁에게 애교를 부렸다.

"형~"

"징그러, 인마."

민혁이 몸을 배배 꼬자 도혁이 어이가 없다는 듯이 웃었다.

"검사 월급이 그렇게 많지는 않아."

"미친놈."

그때 민혁의 핸드폰이 울렸다.

"형, 일단은 경찰서에 가보고 나중에 얘기 좀 해."

"알았어."

도혁의 눈에 난장판이 된 홀이 보였다.

"황 대리, 이 과장, 괜찮아?"

"그럼요, 그깟 것들쯤이야 트럭으로 와도 뭐 한 방에 끝이죠."

황 대리의 너스레에 이 과장이 한마디 했다.

"그래서 구석으로 피했냐?"

"제가 언제요?"

"봐라, 너만 멀쩡해. 비겁한 놈."

"뭐, 그걸로 비겁씩이나."

"야, 나이 많은 나도 싸웠는데. 나쁜 놈."

부장이 옆에 있다가 한마디를 했다. 여론의 화살이 자신에게로 쏠리자 황 대리가 급하게 도혁의 앞으로 갔다.

"뭐, 시키실 일이라도?"

"대리님, 간신 같습니다."

도혁의 뒤에서 물수건으로 피를 닦던 시혁도 한마디를 했다.

"다들 고만해. 황 대리가 제일 멀쩡하니까. 점장님 도와서 홀 좀 빨리 치워. 손님 들어올 시간이 넘었다. 11시 50분이 첫 팀 아니야?"

"네, 제가 전화해 보겠습니다."

"12시야. 빨리들 움직여."

"김 주임도 홀 청소 좀 해."

"넵."

얼굴이 맞아서 퉁퉁 부은 시혁이 빗자루와 쓰레기봉투를 잽싸게 들고 나와서 청소를 하기 시작했다. 모두들 아무 일 없었다는 듯이 각자의 자리로 돌아갔다. 도혁이 직원들이 정리를 하는 모습을 확인한 후에 주방으로 들어가다가 입구에 있는 테라와 마주쳤다. 얼마나 울었는지 안경알에 눈물자국이 얼룩이 져 있었다. 불안한 듯 그녀가 그를 쳐다보며 양팔로 자신의 몸을 감싸고 있었다.

당장 그녀를 안아주고 싶었지만 도혁은 그렇게 할 수가 없는 상황이 마음에 들지 않았다. 그녀를 스쳐 지나가며 그는 아무런 말을 할 수가 없었다. 그녀 또한 그를 바라보고 있을 뿐 아무런 말이 없었다. 그가 테라의 어깨를 툭툭 치며 괜찮다는 신호만을 보내고 다찌로 들어갔다.

"어서 오십시오."

점장의 인사 소리가 들렸다.

"저희가 대청소를 하느라구요. 좀 어수선해도 이해해 주세요, 김 사장님."

점장의 말이 많아졌다. 아마도 어수선한 분위기를 손님이 이해해 주기 바라는 마음일 것이다.

"유선득 씨, 뭐 해? 바트(통) 좀 닦아줘, 쓸 게 없어요."

"네."

이럴 때일수록 정신을 차려야 했다. 테라는 서둘러 싱크대로 갔다. 오늘 저녁에는 꼭 영태 아저씨와 통화를 해야겠다고 테라는 생각을 했다. 도혁까지 위험에 처하게 할 수는 없었다. 방법이 필요했다. 모두가 안전할 수 있는.

오전에 조폭들이 가게를 급습한 걸 보니 테라의 상태가 생각보다 위험한 것 같았다. 이대로 그녀를 두고 볼 수는 없는 노릇이었다. 지금 그가 테라를 도울 수 있는 방법은 그녀의 아버지가 조용히 돌아올 동안 그녀를 꽁꽁 숨겨두는 일이었다.

영업시간이 끝나기 전에 그는 도진희에게 만나자고 전화를 했다. 사람들의 시선을 피해 그가 선택한 곳은 시외의 한적한 호텔이었다. 늦은 밤 산속에 있는 조그만 호텔은 음산한 마음까지 들었다. 주차장에는 몇 대의 차뿐이었다. 너무 외진 곳이라 손님이 없는지 더욱더 음산한 느낌이었다. 하지만 이곳이 손님이 없어서 이렇게 한적하지는 않을 것이다. 도진희가 그와 그녀만을 위해 이곳을 통째로 빌린 느낌이었다. 가진 게 정말 그녀는 이제 돈뿐인 불쌍한 여자였다.

차에서 내려 도혁은 숲의 냄새를 머금으며 심호흡을 했다. 답답한 그의 마음을 청량한 밤공기가 위로해 주는 것 같았다. 그가 호텔 안으로 들어가자 직원이 그를 한 객실의 키를 주었다. 엘리베이터에 몸을 실은 그는 7층에 버튼을 눌렀다.

윙~

그때 그의 핸드폰이 주머니 속에서 울리고 있었다. 무심코 핸드폰을 꺼내서 화면을 보자 내 여자라고 떴다. 테라였다. 그는 울리는 전화를 받지도 못하고 그냥 바라만 보고 있었다. 그는 지금 자신의 여자를 지키기 위해 지옥행을 선택했다. 그가 핸드폰을 길게 눌러 전원을 껐다. 전화를 받으면 그의 결심이 무너질 것 같았다.

띵!

엘리베이터가 7층에 도착했음을 알리고 있었다. 그의 발이 긴 복도를 따라 움직이고 있었다. 그리고 문제의 방에 도착했다. 그는 문 앞에서 한참을 서 있었다. 마음이 무거웠다. 이 방에 들어가면 테라와는 끝인 것이다. 이게 잘하는 짓일까, 라고 수만 번을 생각해도 그의 머리에 답은 없었다. 고민을 하고 또 고민을 했다. 주방에서 테라의 얼굴을 볼 때마다 그냥 같이 도망을 가버릴까 하다가도 그녀를 위한 일은 아니라는 생각이 드는 도혁이었다.

그래, 너무나 아끼기에 그녀의 안전이 지금은 무엇보다도 소중한 도혁이었다. 그러나 그들의 걸림돌은 테라의 아버지였다. 민혁에게 잘 부탁하면 테라는 안전할 수 있겠지만 테라 때문에 그녀의 아버지가 붙잡히게 된다. 그러면 그녀가 괴로워할 것이고 그렇게 만든 그를 용서하지 않을 것이다. 이렇게 미움을 받나 저렇게 미움을 받나 똑같은 일이었다.

도혁의 가슴이 무너지고 있었다. 지금 그는 테라를 살리기 위해 그녀를 놓으러 가고 있었다. 오전의 무리들을 봤을 때 그녀가 조폭들에게 잡힌다면 그는 상상하기도 싫었다. 그리고 그녀의 아버지도 걱정이 되었다.

띠딕!

카드 키를 대자 문이 바로 열렸다. 그가 문을 열고 그 안에 들어가자 호텔의 룸 안에는 장미꽃이 화사하게 장식이 되어 그의 눈길을 사로잡았다.

"도혁 씨, 일찍 왔네."

빨강색의 실크 나이트가운을 걸친 도진희가 요염하게 다리를 꼬고 소파에 앉아 그를 맞이했다. 빨간 나이트가운 사이로 그녀의 가슴골이 보였다. 아름다웠다. 도진희는 다시 봐도 아름다운 여자였다. 하지만 지금 그를 매혹시키지는 못했다. 그의 남성은 아무런 감흥을 느끼지 못하고 있었다.

"그렇게 서 있지만 말고 앉아요."

그는 말 잘 듣는 로봇처럼 그녀가 시키는 대로 그녀의 맞은편에 앉았다.

"오늘 가게에 큰일이 있었다면서요?"

도혁의 얼굴이 굳어졌다.

"놀라긴, 내가 그랬잖아요. 당신에 관한 일은 다 안다고. 많이 다치진 않았죠?"

"응."

"역시 내 남자는 뭐든 잘한다니까. 싸움도."

도진희가 은근한 눈빛으로 그를 훑어보았다.

"당신, 너무 멋있는 거 같아."

진희가 고양이처럼 몸을 일으키자 깊게 파인 나이트가운 사이로 그녀의 탐스러운 가슴이 실체를 드러냈다. 그녀가 붉은 와인이 담긴 와인 잔을 그에게 내밀었다.

"마셔요."

"……."

그의 뒤로 온 도진희가 도혁의 목을 감아 안았다. 그리고 그의 귀에 속삭였다.

"내가 이날을 얼마나 기다렸는 줄 알아요?"

"……."

그리고 그의 귀를 살짝 물었다.

"여전히 당신이란 남자 갖고 싶어."

도혁의 목에 입술을 대고 그녀가 말했다. 그녀의 손이 그의 단단한 가슴을 쓸어내리고 있었다. 그녀의 유혹의 몸짓에도 그는 아무런 느낌이 없었다. 그가 피식 웃었다. 이제 그의 몸도 유테라의 것이었다.

"나한테 할 말 없어요?"

"있어."

"뭔데요?"

도진희가 와인 잔을 옆에 놓고는 다시 그의 맞은편에 앉았다. 그리고 미소 띤 얼굴로 그를 바라보았다.

"니가 알고 있는 유테라에 관한 모든 사실은 비밀로 해줘."

"콜."

"그리고 유테라가 숨어 있을 장소가 필요해."

"그것도 콜."

"그리고 내가 마음의 준비가 될 때까지 너무 들이대지 마."

"실망인데, 도혁 씨."

"너무 모든 게 갑작스러워. 이해해 줘."

도혁은 시간을 벌고 싶었다. 테라의 아버지만 온다면 어느 정도 테라의 안전은 보장이 되니까 그때까지만이라도 도진희와의 관계를 멀리하고 싶었다. 그만큼 그는 도진희가 싫었다.

도진희의 인상이 굳어졌다.

"말로만 나한테 오고 유테라랑 다시 만나는 거 아니야?"

"아니, 난 약속은 지켜."

"좋아. 근데 오래 기다리진 않을 거야."

그가 자리에서 일어났다.

"나 자기 사랑해."

그의 뒤에 대고 도진희가 다급하게 말했다. 마치 사랑을 구걸하듯이.

"······."

"나 참을성이 없는 거 알지요? 빨리 정리해요."

호텔을 빠져나오면서 도혁은 도진희의 존재가 더더욱 싫어졌다. 한때나마 마음에 품었던 여자였지만 자기가 원하는 것을 가질 수만 있다면 앞뒤 안 가리고 덤비는 모습이 너무나도 싫었다. 오로지 자기만족만을 바라는 진희는 자기를 위해 남들을 희생시켜 왔다. 자식까지 돈 때문에 버리고 나온 여자였다. 그녀의 말을 어디까지 믿어야 될지는 모르겠지만 그가 그녀의 손에 완벽하게 들어가기 전까지는 약속은 지킬 여자였다.

"하~"

핸들을 잡고 있는 그의 손에 힘이 들어갔다. 그는 자신도 모르게 여자숙소 앞에 차를 댔다. 그의 차 앞 빌라의 5층에 여자 숙소가 있었다. 갑자기 베란다에 불이 들어왔다. 그의 눈에 낯익은 실루엣이 보였다. 테라가 늦은 밤 빨래를 널고 있었다. 여전히 숙소 사람들도 모르는지 뽀글이 가발을 그대로 쓰고 있었다.

담배를 입에 물고 그녀를 눈에 가득 담았다. 이제는 바라볼 수도 없는 여자였다. 그는 도진희와의 약속을 지킬 것이다. 테라를 위해서. 역광을 받아 그녀의 잠옷 속의 몸매가 고스란히 비치고 있었다. 다른 놈이 그녀를 보면 어쩌나, 라는 생각이 들자 그는 화가 머리끝까지 났다.

빵~

그는 길게 클랙슨을 누르며 차를 출발시켰다. 놀란 테라가 주저앉는 모습이 거울로 보였다.

"제길."

과연 그녀를 잊을 수 있을지 그는 의문이었다.

"어떤 미친놈이 야밤에 빵빵거리고 지랄이가."

테라가 빨래를 너는 동안 찬모는 베란다 구석에 쭈그리고 앉아 담배를 피우고 있었다. 빨래를 널다가 날벼락을 맞은 테라는 아직도 쭈그리고 앉아 있었다.

"미친놈 아이가?"

"진짜 간 떨어질 뻔했어요. 오늘은 진짜로 여러 번 놀라네요."

"아까, 아는 놈들이가?"

찬모의 갑작스러운 물음에 테라는 당황했다. 여태까지 살아오면서 누구에게 쉽게 고민을 털어놓지 않는 그녀였다. 하지만 오늘은 답답한 마음을 누구하고라도 나누고 싶었다. 전화를 해도 받지않는 도혁에게 야속한 마음도 들었지만 그는 바쁜 사람이었다.

"잘은 모르지만 아마 절 찾으러 왔을 거예요."

"진짜가?"

"아마도."

"와?"

"지난번에 아빠가 안 좋은 일을 하신다고 말씀드렸잖아요?"

"그래."

"아빠가 서울의 유명한 조폭이세요."

"그란데 와 니를 잡으러 왔나?"

"서울의 최고 보스가 갑자기 죽었는데 두 번째로 아빠하고 최필성이라는 사람이 다음 보스의 이름을 올렸는데 아빠가 해외에나간 사이의 일이라 매우 복잡하게 됐나 봐요. 지금은 그 사람이보스가 됐는데 모두들 인정을 다 안 해줘서 아빠를 제거하려고 해요."

"이상타 안 카나, 지금은 지가 보스가 됐는데 뭐가 문제고?"

"그 사람이 원래 사채업자 출신이라 주먹 출신이 아니라서요."

"지랄한데이. 정통을 찾는 기가?"

"뭐 그렇죠."

"근데 니는 와?"

"아빠가 안 잡히니까 제가 미끼로 필요한 거죠. 절 너무 아끼셨 거든요."

"……."

"제가 잡히면 아빠가 위험해져요."

"큰일이데이. 우야노."

테라가 바닥에 쭈그리고 앉아 있자 찬모 이모가 다가와 어깨를 어루만지며 위로해 주었다.

"무슨 방법이 있을 끼다."

"그렇겠죠."

"그 대신 어디 싸돌아다니지 말고 가게하고 집에만 붙어 있으 라. 알았나?"

"네."

조금 망설이다 테라가 찬모에게 부탁을 했다.

"그런데 저, 전화기 한 번만 빌려주시면 안 돼요?"

"와?"

"물어볼 사람이 있는데 전화번호가 알려지면 안 돼서요."

"갖다 써라. 내사 전화 올 때도 음따."

"감사해요."

테라는 찬모의 전화로 영태 아저씨에게 전화를 걸었다. 처음에 는 받지 않더니 두 번째에는 전화를 받는 아저씨였다.

"저 테라예요."

[무사했구나.]

"오늘 하마터면 잡힐 뻔했어요."

[뭐?]

"아빠의 일은 언제쯤 해결이 될까요?"

[조금만 더 참아주겠니? 이쪽 일은 거의 해결이 된 것 같아.]

"그게 언제냐구요. 불안해서 죽을 것 같아요."

[테라야, 미안하구나. 널 볼 면목이 없다. 한 달 정도면 대충 마무리가 될 것 같지만 정확한 날짜까지는 자신이 없구나.]

"그럼 정말 해결되는 건가요?"

[그래, 대신 경찰이나 검찰의 눈에 띄어도 안 돼. 그쪽으로도 최사장이 손을 쓴 모양이니까.]

"하~ 알았어요."

[아빠를 위한 길이고 서울이 마약 천국이 되는 걸 막는 길이기도 해.]

"무슨 소리신지?"

[지금은 말할 수 없고 여하튼 최 사장이 서울을 먹게 놔둬서는 안 돼. 큰일이 날 거야.]

"네. 아빠하고 아저씨만 믿을게요."

옆에 어느새 왔는지 찬모가 귀를 쫑긋 세우고 있었다.

"뭐라드노?"

"한 달만 참으래요."

"한 달은 금방 간다. 잘 참그래이. 알았나?"

"네."

"늦었다. 자자."

찬모가 방으로 들어가자 테라는 다시 한 번 도혁의 휴대폰에 전화를 걸었다. 여전히 받지 않는 도혁이 테라는 자꾸만 불안했다.

"무슨 일이 있는 건 아니겠지?"

씩씩거리며 집으로 돌아온 도혁을 맞이한 건 민혁이었다.

"왔어?"

"응."

"밥은?"

"생각 없어. 안 먹었으면 먹어. 시혁이가 김치볶음밥 해."

"형, 왔어."

주방에서 열심히 음식을 하고 있던 시혁이 인사를 했다.

"민혁이 형이 너무 귀찮게 해. 밥해달라 안주 해달라."

"그럼, 요리사인 네가 해야지 내가 하리."

"가게에서는 큰형이 괴롭혀 집에서는 둘째 형이 괴롭혀. 왜 나는 동생이 없냐고."

투덜거리며 다시 주방으로 들어가는 시혁을 뒤로하고 굳은 표정의 민혁이 도혁에게 말을 했다.

"생각보다 서울의 최필성의 움직임이 빨라지고 있어. 유테라가 위험해지고 있어."

"⋯⋯."

"유현우의 행방이 아직도 묘연한 상태라 유테라가 더욱더 필요한 거겠지."

"난 정말 몰라."

"형, 그 여자가 있어야 박 검사장을 잡을 수가 있어."

"왜 유 사장이 아니라 또 박 검사장이야?"

"내가 이곳에 온 진짜 이유는 박 검사장의 비리를 내사하고 있어서야. 검찰총장의 지시야."

"박 검사장이라면 박기호 대검사장 얘기야?"

"응."

"그렇게 청렴하고 멋진 사람이 왜?"

"그건 언론 플레이고, 원래 그 사람은 구린 곳이 많아. 완벽하게 가렸을 뿐이지."

"그래도 니 윗사람인데 넌 괜찮은 거야?"

"못 잡으면 울산 내려와서 변호사 사무실이나 하나 차리지 뭐."

"미친놈. 못하겠다고 그래."

"형이 좀 도와줘."

"넌 그 여자가 다치는 건 생각을 안 하는구나. 그 여자가 검찰에 가도 아버지를 잡기 위한 도구가 되는데 그게 가능하다고 보는 거야. 난 전혀 모르지만 알아도 얘기 안 할 것 같다."

"유테라 좋아해?"

"……."

"그 여자를 그렇게 감싸는 이유가 뭐야?"

"몰라서 대답을 못할 뿐이야."

"형!"

도혁이 뒤도 돌아보지 않고 자신의 방으로 들어갔다.

"민혁이 형, 도혁이 형이 모른다잖아. 그만 괴롭히고 밥이나 먹어."

방에 들어온 도혁은 넥타이를 거칠게 풀었다. 그리고 침대 위에 풀썩 앉았다.

윙~

또 전화가 왔다. 벌써 다섯 번째였다. 내 여자…….

도혁이 두 손으로 머리를 감싸고 팔꿈치를 무릎 위에 세웠다. 테라의 눈물 가득한 모습이 그의 머릿속을 점령하고 있었다. 어떻게 한번에 자신의 마음이 유테라를 향해 질주를 하고 있는지 도혁 자신도 이해를 할 수가 없었다.

자신의 몸 아래서 꿈틀거리며 신음 소리를 내던 테라의 나신이 지금 그를 괴롭히고 있었다. 도진희가 남자들의 로망인 섹시함으로 중무장을 하고 그에게 다가왔어도 끄떡도 안 하던 그의 분신이 유테라를 생각만 해도 고개를 쳐들고 있었다.

그가 침대에서 벌떡 일어나 옷을 하나씩 벗었다. 찬물 샤워가 절실히 필요했다. 테라의 기억들을 하나씩 지우지 않으면 그는 이제 견딜 수가 없을 것 같았다.

"이게 잘하는 짓이겠지?"

왜 이렇게 가슴이 아픈 짓을 스스로 하고 있는지 그는 분명한 이유가 있었다. 유테라, 내 여자를 위한 일이었다.

큐브를 손에 쥐고 테라가 불안스럽게 움직이기 시작했다. 뒷짐을 지고 있는 그녀의 손에서 큐브가 돌아가고 있었다. 브레이크 타임인데 그녀는 쉬러 들어가지 않았다. 오전 내내 도혁이 그녀에게 눈길조차 주지 않고 있었다. 물론 어제 수없이 전화를 해서 그가 짜증이 났을 거라는 생각이 들자 자신이 한없이 초라하게 느껴지는 테라였다.

"하지 말 걸 그랬나?"

후회가 몰려들었다. 무슨 일이 있는지 알 수만 있다면 좋으련만 그는 그냥 무반응이었다. 그게 더 테라를 안달이 나게 만들었다. 어제 그렇게 난리가 났는데 화가 난 것은 당연하겠지만 그래도 차라리 화를 낸다면 받아줄 수 있는데 그는 그녀를 피하고 있었다. 아마 테라가 어떤 사람의 딸인지를 몸소 경험한 그가 테라가 싫어서 피하는 것일 수도 있었다. 테라가 말한 것과 실제로 경험하는 것은 분명한 차이가 있을 테니까.

오늘 출근을 늦게 한 그의 입가에 멍이 들어 있었다. 어제 맞은 자국일 것이다. 괜찮냐고 한마디만 물어보고 싶은데 그는 그녀 쪽으로 고개조차 돌리지 않고 있었다. 테라의 손놀림이 점점 더 빨라지고 있었다.

"와~ 큐브 잘 맞추네요. 달인 같아."

어느새 왔는지 황 대리가 그녀의 뒤에서 말을 했다.

"안 보고도 맞추는 거예요?"

"아니, 우연히 그렇게 된 거예요."

"아닌데. 뒤로 맞추던데."

"황 대리님, 잘못 봤어요. 앞으로는 잘 맞춰요."

"한번 해봐요."

스시[초밥]와 큐브 267

한번 보여주고 말자는 생각에 귀찮았지만 테라는 큐브를 돌렸다.

"와~ 어떻게 하는 거예요?"

"쉬워요. 공식이 있어요. 그것만 알면 누구나 할 수 있어요."

"우와~ 다시 봤어요."

"별거 아니에요."

"선득 씨에게 새로운 면이 있었네요."

"고마워요."

테라가 미소를 지었다. 그리고 무심결에 주방 입구를 본 테라의 표정이 굳어졌다. 도혁이 그들을 무서운 얼굴로 쳐다보고 있었다.

"사장님, 선득 씨 큐브의 달인이에요. 와서 한번 보세요."

눈치 없는 황 대리가 큰소리로 말하자 도혁은 찬바람을 날리며 다찌로 들어가 버렸다.

"찬바람이 쌩쌩 부네요. 일하러 가야겠다."

황 대리가 자리를 뜨자 테라는 다찌가 잘 보이는 위치인 간데기(뜨거운 음식을 만드는 곳)로 갔다. 이 과장이 선득이 옆으로 오자 우동 정식에 들어갈 쑥갓을 다듬어달라고 했다. 테라는 모든 곳을 돌며 잔일을 해주었다.

일식의 주방은 각 섹션이 나누어져 있었다. 튀김다이, 야다이, 간데기, 칼판, 모리, 구이다이로 나뉘어 각자의 일들을 하고 있었다. 특히 뜨거운 요리가 나가는 간데기의 잔일이 제일 많았다. 왜냐면 나가는 종류가 제일 많았기 때문이었다. 그래서 테라가 제일 많이 가서 일을 돕는 곳이기도 했다. 그리고 다찌에서 사시미를 썰고 있는 도혁이 제일 잘 보이는 위치이기도 했다.

"우리의 천사 선득 씨가 은혜를 베풀러 오셨으니 이렇게 기쁠 줄이야."

이 과장의 너스레에도 테라의 굳은 얼굴이 펴지지가 않았다.

"선득 씨, 뭐 안 좋은 일이라도 있어?"

이 과장이 걱정스럽게 묻는데 테라는 뭐라 말할 수가 없었다.

"마음이 아프구나."

뜨끔한 선득이 쑥갓을 다듬던 손을 멈추자 이 과장이 얼굴을 들이밀었다.

"어제 17대 1로 싸웠더니 영광의 상처가 남았어. 선득 씨가 호 해주면 괜찮을 것 같아."

이 과장의 얼굴에 멍 자국이 주먹만 하게 나 있었다. 테라는 엉뚱한 이 과장의 장난에 웃음이 났다.

"선득 씨, 한번 호 해줘."

옆에서 기가 막히다는 듯이 쳐다보고 있던 찬모가 한마디 했다. 주변에서 일하던 요리사들이 낄낄거렸다.

"이 과장!"

갑자기 도혁의 고함 소리가 주방과 홀 전체를 울리고 있었다. 당황한 이 과장이 서둘러 다찌로 달려갔다. 뭘 그렇게 혼을 내는지 이 과장이 찍소리도 못하고 도혁에게 당하고 있었다. 풀이 죽은 이 과장이 간데기로 돌아왔다.

"왜 그래요?"

튀김다이에 있던 황 대리가 물었다.

"짜증난다. 날치알 유통기한 확인 안 했나?"

"네?"

"날짜가 오늘까지다."

"그럼 됐네."

"뭐가 되긴 돼. 빨리 날치알 날짜 여유 있는 걸로 바꿔서 다찌에 주고 와라."

"넵."

"아, 뭐가 또 문제야. 완전 저기압이네."

날치알을 재빠르게 가져다주고 온 황 대리가 이 과장을 붙들고 얘기를 했다.

"오늘 몸 사려야겠는데요."

"그런 것 같다."

"그날인가 봐요."

황 대리가 고개를 흔들며 몸을 부르르 떨었다.

"거기다 노총각 히스테리까지. 난 오늘 여기만 있을래요."

"동감이다."

자꾸 고개가 돌아가는 테라였다. 도혁의 얼굴을 한 번 더 살피고 싶고 왜 그러느냐고 묻고 싶었지만 그럴 수 없는 현실이 싫었다.

"선득 씨, 알밥 좀 담아줘요."

"네."

알밥 그릇에 참기름을 칠하고 밥을 담고 다진 김치와 달걀 스크램블을 넣고 날치알을 담았다. 쟁반 한 판에 열한 개의 알밥을 담았다. 그 위에 또 열한 개를 담고 쌓기를 여러 번 반복했다.

"선득 씨, 바벨탑 싸?"

"네?"

아무런 생각 없이 계속 담다 보니 8층 높이가 되었다.

"우리 저녁에 알밥만 팔아야 되겠네."

"죄송합니다."

"뭐, 이따 끝나고 우리가 먹지 뭐. 선득 씨가 두 그릇 먹으면 되겠네."

이 과장의 따뜻한 위로에 선득은 감사했다. 여전히 그녀 쪽에는 눈길도 주지 않는 도혁이 테라는 너무나 야속했다.

정신없이 저녁 손님을 치르다 보니 선득은 도혁을 조금이나마 덜 의식하게 되었다. 어찌 된 게 울산 사람들은 모두 동경에 와서 밥을 먹는 것 같았다. 일이 해도 해도 끝이 없었다. 저녁식사가 어느 정도 마무리가 되자 조리 기구들이 산더미처럼 나왔다. 모두 설거지거리였다.

"우와, 설거지가 태산이네. 이것만 하고 도와드릴게요."

사람 좋은 황 대리가 지나가면서 말했다. 정말로 동경의 직원들은 마음 씀씀이가 좋은 사람들만 모인 것 같았다. 점장하고 김 대리만 빼고. 양반은 못 되는지 김 대리가 주방으로 뛰어들어 왔다.

"있잖아. 도진희가 이혼한데요."

"뭐, 연예인들이야 밥 먹듯이 이혼하는데 뭐."

이 과장이 시큰둥하게 얘기를 하자 황 대리가 거들었다.

"뭐, 내 여자도 아닌데 지 하고 싶은 대로 하라고 해요. 난 또 뭐라구."

"그게 아니구."

"2번방에 튀김 안 나갔어요, 김 대리님."

"그게 중요한 게 아니라니까."

"그럼 뭐?"

김 대리가 폰을 이 과장에게 가져다주자 이 과장이 알쏭달쏭한 표정을 지었다.

"뭔데?"

황 대리가 이 과장 옆으로 가더니 폰을 확인했다.

"대박!"

"이거 우리 사장님 아니에요?"

"어?"

"옛 애인과의 은밀한 만남?"

"뭔데?"

서로들 얼굴을 핸드폰에 거의 박다시피 하고 기사를 보고 있었다. 테라도 자신의 핸드폰으로 기사 내용을 확인하고 있었다. 테라의 얼굴이 굳어지고 있었다. 도진희와 그가 만나고 있었다. 그래서 그녀에게 눈길조차 주지 않았던 것이었다. 참, 어이가 없었다. 갑자기 어수선한 분위기에 도혁이 주방을 쳐다보자 눈치 빠른 황 대리가 모두를 해산시켰다.

"여러분, 오늘은 쥐 죽은 듯이 살자구요. 사장님의 눈에 살기가 가득하니까."

"근데 이거 우리 사장님 맞죠?"

김 대리의 물음에 이 과장이 따끔하게 한마디를 했다.

"비슷한데 아니야."

"에이~ 맞는데."

"그리고 2번방에 튀김이나 가져다줘."

"네."

옆으로 보니 도혁도 핸드폰을 보고 있었다. 그 앞에는 점장이 다 죽어가는 얼굴로 그를 바라보고 있었다. 테라는 이제 어떻게 해야 할지 갈피를 못 잡았다. 사진 속의 인물은 도혁이었다. 호텔 문을 열고 나오는 장면은 분명 그였다. 또 다른 사진은 도진희의 모습이 맞았다. 둘이 같이 동시에 나온 것은 아니었지만 그들의 모습은 확실했다.

자신과 열정적인 밤을 보낸 지 며칠이나 됐다고 이러는지 그의 마음을 알고 싶었다. 시혁의 말대로 그가 진정한 카사노바라고 해도 이건 아니었다. 테라는 그에게 물어보지 않고는 견딜 수가 없었다.

모두들 어수선한 사이에 테라가 다찌로 들어가고 있었다.

"저기요."

테라의 다찌 출현에 일렬로 서서 일을 하고 있던 사람들의 시선이 테라에게로 쏠렸다. 도혁도 무심한 얼굴이었지만 테라를 분명 보았다.

"잠깐 얘기 좀 하시죠."

"누구요? 사장님요?"

시혁이 놀라 테라에게 물었다.

"시혁아!"

찬바람이 쌩하고 다찌에 불었다. 테라를 다찌에서 나가게 하라는 말이었다. 시혁이 테라를 데리고 다찌에서 나가며 말을 했다.

"거봐요, 형은 도진희 같은 여자와 어울려요. 나는 마음에 드는 건 아니지만 뭐 반대하지는 않아요."

시혁의 헛소리는 귀에 들리지 않았다. 그냥 도혁의 얘기를 듣고 싶었다. 어떤 변명이라도 해줘야 그녀가 정신을 차릴 수 있을 것 같았다.

"주임님, 내가 알아서 할 테니까 놔요."

"네."

테라가 주방으로 들어가서 고구마를 깎기 시작했다. 머리끝까지 난 화가 식혀지지가 않았다. 아무리 화장실 들어갈 때와 나갈 때가 다르다지만 진짜 이건 아니었다. 테라는 자신의 상황도 잊은 채 이렇게 자신을 괴롭히는 도혁이 너무나 미웠다. 이야기를 들을 것이다. 아무리 도혁이 자신을 피한다고 해도 오늘은 기필코 물을 것이다.

"괘안나?"

찬모가 테라의 눈치를 보며 물었다.

"아니요."

"우짤기고?"

"일단 물어봐야죠."

"됐다. 어짜피 떠난 사람인기라."

"그래도 얘기는 들어봐야죠. 보낼 때 보내더라도."

"내사마, 모르겠다."

참모가 가자 고구마에게 화풀이를 하듯이 열정적으로 고구마 껍질을 벗기고 있는데 김 주임이 옆으로 왔다. 요즘 자꾸 얄미운 짓만 하는 그였다.

"선득 씨."

"네?"

"제가 사과해야 할 것 같아서요."

"뭘요."

말이 예쁘게 나오지 않는 테라였다.

"사실은 제가 선득 씨랑 형이 있는 걸 봤어요."

"뭘 잘못 보셨겠죠. 제가 왜 사장님하고 있나요?"

"그러니까요, 그게 제일 궁금한 게 저예요."

"언제 봤는데요?"

"얼마 전에 제가 막당이었는데 두 분이 다 나간 줄 알고 주방에 계시더라구요."

테라의 머리가 빠르게 움직이고 있었다.

"그리고 키스를 하는 것까지 봤어요."

"잘못 봤어요."

"아닌데."

"아니요, 잘못 봤어요. 어떻게 사장님과 나를 연결해요? 우린 그런 사이 아니에요."

"제가 오해를 했나 봐요."

시혁의 표정은 그닥 믿는 표정은 아니었지만 사과를 하고 싶은 마음은 맞는 것 같았다.

"제가 머리가 나빠서 상황 판단을 잘 못해요. 이해해 주세요. 형도 도진희 씨하고 잘되는 것 같고 제가 괜한 오해를 해서 마음 상하게 했다면 잊어요."

"네."

시혁이 머리를 긁적이며 테라에게 말했다.

"제가 좀 이기적인 구석이 있어요. 우리 형제들에게요. 형이 잘됐으면 하는 마음이 커요. 우리만을 위해 산 형이니까. 행복하게 보란 듯이 살았으면 하는 마음이에요. 선득 씨가 미워서가 아니라 우리 형이 불쌍해서예요. 이해해 줘요."

"네."

시혁의 마음 씀씀이가 느껴졌다. 도혁이 시혁에게는 형이자 아버지 같은 존재인데 유선득은 아닌 것이다. 그가 얄밉게 군 게 지금은 이해가 됐다.

"그날 주방에 있는 걸 봤나 보네."

테라가 영혼 없이 혼자 중얼거렸다. 자신이 생각을 해도 못생긴 얼굴에 약간은 어눌한 말투, 거기에 센스는 제로고 패션 감각도 엉망인 그녀를 시혁은 형의 여자로 인정할 수가 없었던 것이다. 시혁의 일은 신경이 거슬리기는 했지만 지금 그녀의 안중에 없었다. 상황을 알았고 잊으면 그뿐이었지만 도혁의 경우는 달랐다.

"나쁜 놈!"

그녀를 이해하고 아껴주는 줄 알았다. 사랑이라고 믿었는데 그의 갑작스러운 행동들이 그녀는 이해가 가지 않았다. 반드시 직접 설명을 들어야 했다. 지금 이대로 내 남자를 놓을 수는 없었다.

바쁘게 일을 하다 보니 어느덧 퇴근 시간이었다. 모두가 하나둘씩 퇴근을 하고 가게에는 몇 명이 안 되는 사람들뿐이었다.

"나 퇴근한다."

드디어 도혁이 일을 끝마쳤다. 테라는 도혁이 옷을 갈아입으러 간 사이 그의 차 앞에서 그를 기다리고 있었다.

삑!

그가 리모컨 키로 차를 열었다. 차에 도착했을 때 그는 차 옆에서 튀어나온 테라 때문에 너무나도 놀랐다.

"이게 무슨 짓이야!"

"당신은 나한테 무슨 짓이에요."

"뭐?"

"양다리였어?"

"뭐라구?"

"최소한 나에게 무슨 상황인지는 얘기해 줘야 하지 않을까요?"

테라의 눈에 눈물이 고였다.

"변명하고 싶지 않아. 미안하다."

"그럼, 우리는 끝인가요?"

"우린 시작도 안 했어."

짝!

순식간의 일이었다. 때린 테라도 맞은 도혁도 놀라기는 마찬가지였다. 정신을 먼저 차린 쪽은 테라였다.

"나쁜 자식! 더 이상의 욕은 내 인격상……."

갑자기 그가 그녀를 거칠게 끌어당겨 안았다. 그녀의 옆으로 차가 칠 것처럼 들어왔고 그가 그녀를 본능적으로 끌어안은 것이었다.

"다음에는 이런 짓 하지 마. 그땐 용서 안 해."

그리고는 그녀를 세게 놓았다. 그 여파로 그녀가 바닥에 넘어졌다.

"어머, 이런 좋은 구경하려고 여기에 온 게 아니었는데."

테라를 칠 것처럼 거칠게 운전을 하며 들어온 차의 주인은 도진희였다. 빨간색 구두가 쓰러진 테라의 시선을 사로잡았다. 미끈한 다리를 지나 검은색의 타이트한 원피스로 테라의 시선이 이동하고 있었다. 그녀의 몸에 피부처럼 붙어 있어 몸매를 가감 없이 그대로 드러내 주는 원피스는 왠지 검은 뱀을 연상시키고 있었다. 군살이 조금만 있어도 입을 수 없는 옷이었다.

하지만 도진희에게는 자연스럽고 편안해 보였다. 붉은색 립스틱과 길게 늘어트린 머리는 몹시 퇴폐적인 느낌을 풍겼다. 그런 도진희가 도혁의 옆에 붙어 그녀를 내려다보고 있었다.

"가지."

도혁이 진희의 손을 잡아 자기 차에 태우려고 하자 진희가 그를 막았다.

"도혁 씨, 잠깐만."

도진희가 도혁의 손을 놓고는 아직도 바닥에 앉아 있는 테라에게 다가와서 쭈그리고 앉아 조용히 속삭였다.

"테라 씨."

테라의 얼굴이 사색이 되었다. 도진희가 그녀가 누구인지를 알고 있었다.

"지금은 연애질할 때가 아닌 걸로 알고 있는데 참 여유로운 것 같아. 모두들 유 사장 찾느라 고생이던데, 안팎으로 말이야."

도진희의 빨간 입술이 그녀를 조롱하고 있었다.

"도혁 씨가 말해줘서 알았어. 그전에는 내가 관심이 없었거든. 반반한 얼굴을 잘도 감췄지만 조심하는 게 좋을 거야. 난 입이 무거운 여자는 아니거든. 아 맞다. 여기는 떠나지 마. 안 그럼 확 불어버릴 거야. 최 사장 알지? 최 사장이 너무 좋아할 거야."

"지금 협박하는 거야?"

"아니, 니가 살 수 있는 방법을 알려주는 거야."

"뭐?"

"여기서 그렇게 혐오스러운 모습으로 당분간만 지내. 그럼 내가 널 다른 곳으로 안전하게 보내줄 테니까. 난 지금 그럴 힘이 있거든."

그녀가 무릎을 세우며 일어났다. 미끈한 그녀의 다리가 테라의 눈에 들어왔다. 미모로도 이 여자한테 졌다. 차 앞에 도혁이 차가운 시선으로 그녀를 바라봤다.

"도혁 씨, 이건 아니잖아요."

테라가 서글프게 울며 말했다.

"가지."

그는 테라를 쳐다보지도 않고 도진희만을 불렀다. 그리고 도진희의 차를 운전하며 도혁이 테라의 옆으로 유유히 지나갔다. 그녀를 보호해 준다고 생각했었다. 아니, 사랑이라고 생각했었다. 가슴속에서 서러움이 북받치고 있었다.

얼마나 그 자리에 앉아 있었을까. 테라는 자리에서 일어났다. 이제 마음은 다 죽었는데 다리가 저린 것을 보니 몸은 살아 있는 것 같았다. 한참을 그렇게 서 있었다. 흐르는 눈물이 멈추질 않았다. 떠나려고 했었다. 사랑하는 도혁의 안전을 위해서, 그가 가게에서 그녀를 찾으러 온 깡패들과 싸우던 날 그녀는 그의 안전이 몹시도 걱정이 되어 그렇게 생각을 했지만 도혁을 두고 어디론가 사라지기에는 그녀의 마음이 너무나 커져 버렸다.

이기적이라고 욕해도 어쩔 수 없었다. 테라는 도혁의 곁을 떠나고 싶지 않았다. 그래서 하루하루 미루었던 것도 사실이었다. 그녀가 변신한 사실을 아무도 모르기에 그녀는 다른 곳에서도 조금 더 버티며 지낼 수 있었다. 하지만 이젠 도진희가 그녀의 바뀐 모습을 알아버렸으니 그것도 통하기는 힘들었다. 도진희가 그렇게 말했다. 여길 떠나는 순간 유테라라고 말해 버린다고. 그러면 테라는 이제 더 이상 숨을 곳이 없었다.

"하~"

깊은 한숨이 새어 나왔다. 진퇴양난이었다. 이제 테라에게는 자존심마저도 허락되지 않았다. 테라는 자신이 모든 것을 잃었음을 알았다. 세상에 하나뿐인 혈육인 아버지도, 사랑이라고 믿었던 도혁도. 이제 테라는 철저하게 혼자였다.

한참을 울던 테라가 조용히 자리에서 일어나 숙소를 향해 발걸음을 옮겼다. 도혁의 마음을 확실하게 안 이상 그와 같이 생활을 한다는 건 매 순간이 테라에게는 배신의 고통을 느끼는 시간이라는 얘기였다. 이제 당분간은 도진희의 손아귀에서 벗어나지는 못할 것 같았다. 자신을 괴롭히는 도진희보다 테라는 도혁이 용서할 수 없을 만큼 미웠다. 발에 돌을 매단 것처럼 한 걸음 한 걸음이 무거웠다.

7. 아라다께[조림]와 확률

탁탁탁탁…….

규칙적으로 볼펜으로 책상을 치는 소리가 나고 있었다. 개미들마저도 숨소리를 내지 않는 침묵의 공간이었다. 서슬이 퍼런 사무실의 주인 탓이기도 했지만 이곳의 권위에 대적할 만한 사람이 우리나라에는 다섯 손가락 안에 들기 때문이기도 했다. 2대 8로 가른 머리가 한 치의 흐트러짐도 없었다. 그의 얼굴에서도 흔들림이라고는 없었다. 흰머리가 희끗희끗한 머리와 미간에 깊게 패인 주름은 세월의 흔적을 그에게 남겼다. 흰색 와이셔츠의 칼 같은 주름은 그의 까칠한 성격을 말해주고 있었다.

그의 책상 위에 낡은 노트 한 권이 있었다. 어찌나 넘겨보았는지 옆면이 거의 너덜너덜했다. 남자의 습관은 메모였다. 그는 살아오면서 글을 안 순간부터 무엇이든 적는 습관이 있었다. 그 노트는 그가 검사 생활을 하면서부터 지금까지의 모든 사적인 일들이 적힌 노트였다. 그가 외부적으로 누구를 만났고 얼마를 받았으며 무슨 부탁을 들어줬는지에 관한 모든 내용이었다.

물론 천재적인 그의 머리가 기억을 못할 리 없지만 그는 본인 스스로가 적지 않으면 불안함에 사로잡히기 때문에 어쩔 수 없이 그간의 일들을 적고 있었다. 그리고 노트는 그를 외부의 협박으로부터 보호해 주는 믿음직한 방패막이였다. 하지만 지금은 누군가의 손에 들어간다면 그의 앞길을 막을 수 있는 방해물이 될 수도 있었다. 노트를 노려보며 아까부터 깊은 생각에 빠져 있던 그는 본인도 모르게 볼펜으로 책상을 두드리고 있었다.

Rrrrrrr.

[대검사장님, 유테라를 잡지 못하고 모두 남부서에 잡혀 들어갔습니다.]

"그래서?"

남자의 목소리에는 변화가 없었다.

[생각보다 김 검사가 수완이 좋은 것 같습니다.]

"그럼, 김 검사가 유테라를 잡았다는 얘긴가?"

[아닙니다. 잡혀온 녀석들 얘깁니다.]

"그런 조무래기 얘기는 듣고 싶지 않아. 그건 자네가 알아서 해야 하지 않나? 두 기수 선배나 되면서 말이야."

[죄송합니다.]

"그런 소리 듣자고 얘기하는 게 아니잖아!"

[네.]

수화기 너머의 긴장감이 상대방의 헛기침 소리에서도 느껴졌다.

[대검사장님, 이번 프로젝트는 바로 진행하셔야 될 것 같습니다. 이제 선거가 얼마 남지 않았습니다.]

"알았네. 일단은 최 사장에게 기회를 주기로 했으니 조금만 더 기다려 보기로 하지. 이번 프로젝트는 최 사장의 도움이 절실하니까."

[일단은 상황을 지켜보도록 하겠습니다.]

전화를 끊은 박 대검사장의 얼굴이 어두워졌다. 언제나 승승장구를 하던 그에게 요즘 작은 고민거리가 생겼다. 그건 그의 오른팔이었던 서울 조직의 보스 김 회장의 갑작스런 죽음이었다. 그의 죽음의 배후에 최 회장이 있음을 검사의 촉으로 알 수 있었지만 명확한 증거가 없어서 그냥 사인을 병사로 부검 없이 마무리했다.

김 회장의 빈자리를 채워줄 인물이 최 사장이 될지 유현우가 될지 확실하지가 않았기 때문에 둘 다를 이용하기 위한 방법으로 그는 부검 결과를 가지고 있었다. 최 사장에게는 협박의 방법으로 유 사장에게는 범인을 알려준다는 미끼로 말이다. 비공식적으로 그는 친구를 빙자해 가족들을 설득해서 비밀리에 부검을 실시했고 사망 원인이 질식사임을 알아냈다. 그리고 그 범인이 최 사장이라는 것도 결정적인 증거인 살인도구인 베개에 그의 지문이 여기저기서 발견이 되었고 최 회장의 체액도 다량 발견이 되었다.

최 사장의 약점을 잡고 있기는 했지만 좋지는 않았다. 김 회장처럼 일 처리가 확실한지가 의문이었다. 물론 이제까지의 모든 일을 최 사장이 처리했다고는 해도 그건 그가 우두머리라는 얘기는 아니었다. 우두머리는 책사하고는 달랐다. 회장으로 자신의 자리를 만들지도 못하는 그가 답답했다. 이럴 땐 차라리 고집이 있는 유현우가 더 적임자였다. 아마 김 회장 역시 그렇게 생각했기에 최 사장 손에 갑자기 죽임을 당했을 것이다. 사람의 생각은 거의 같으니까 말이다.

이번 프로젝트는 그의 검찰에서의 마지막 피날레가 될 것이다. 우리나라 역사상 가장 많은 양의 마약이 들어올 것이고 그는 그것을 소탕하면 되는 것이다. 그리고 가장 큰 사기가 될 것이다. 그들과 약속을 했다. 총 밀입 양의 반만을 공식화하고 조직원 몇 명만을 잡아들이는 것, 그것이 받아들여지면 반은 국내로 밀반입시켜 주겠다는 조건이었다.

언론의 스포트라이트를 받으며 검찰에서 물러나고 싶었다. 이 시대는 영웅이 필요했다. 명량의 이순신처럼 그는 이 시대의 악의 세력과 대적하는 영웅이 되어 이 나라의 진정한 영웅이 되고 싶었다. 방법은 중요하지 않았다. 뭐든지 결과만이 좋으면 되는 것이다.

해외의 마피아와는 이미 스탠바이 상황까지 조율이 되었고 국내의 조직만이 움직이면 되는 상황이었다. 자꾸 최 사장의 행동이 마음에 들지 않는 그였다. 기회는 한 번뿐이다. 너무 서두른다고 좋을 것도 없었다. 이 일이 마무리가 된 후에 그는 최 사장을 제거할 것이다. 이번의 일만 성사시킨다면 그의 목숨줄이 조금은 더 연장이 되겠지만 그것도 힘들다면 그는 자신의 손에 죽을 것이다.

박 대검사장이 앞의 노트를 소리 나게 덮었다. 그 노트의 앞면에는 검찰의 마크가 찍혀 있었다. 다음 노트에는 국회의 마크가 찍혀 있을 테고 그다음 노트에는 봉황이 그려져 있을 것이다. 심장이 조여들어 왔다. 이런 극도의 긴장감이 그를 항상 즐겁게 했다. 검찰총장이 방해만 하지 않는다면 그는 국민의 영웅이 되어 이 나라의 가장 위에 있는 우두머리가 될 것이다. 생각만 해도 너무나 즐거운 상상이었다. 지금 그가 할 수 있는 일은 약간의 시간을 최 사장에게 주는 것이다.

테라의 눈길이 한없이 차가워지고 있었다. 동경은 오늘도 아무 일 없이 돌아가고 있었다. 주방의 사람들도 분주하게 자신의 일을 하고 있었다. 아무도 주방 구석에 앉아 인상을 쓰고 깊은 생각에 잠겨 있는 유선득 따위는 신경조차 쓰고 있지 않았다. 파를 다듬고 있는 손에 힘이 들어가 파를 거의 뜯어내고 있었다.

쭈그리고 앉아 생각에 사로잡힌 그녀는 유선득으로 변장을 하고 있었지만 온몸으로 카리스마를 내뿜고 있었다. 생각에 생각을 거듭할수록 도진희의 말이 옳았다. 그녀는 지금 사랑싸움이나 하고 있을 한가한 여자가 아니었다. 아빠를 위험에 빠뜨릴 수도 있는 존재였다. 지금은 한 걸음 뒤로 물러서 있을 때였다. 김도혁으로 인해 아파할 시기가 아닌 것이다. 자신을 도진희의 대타로 생각하고 가지고 논 도혁을 용서하지 않으리라 생각한 테라였다. 지금은 철저하게 유선득이 될 것이다.

"선득 씨, 파 아직 덜 깠어?"

"다 됐어요."

그녀의 표정이 변했다. 약간은 순진한 듯이 약간은 멍청한 듯이 정말로 남들 보기에 어눌한 유선득의 모습이었다.

"오늘은 예약이 몇 명이래요?"

"한 120명쯤?"

"와~"

"많죠? 우린 오늘 죽었어요."

이 과장의 말에 테라가 삐뚤어진 이를 드러내며 웃었다. 이 과장이 사람 좋은 웃음을 지었다.

"과장님, 와이셔츠 새로 사셨나 봐요. 오렌지색이 잘 어울리세요."

"그래요?"

이 과장이 선득의 칭찬에 괜히 얼굴을 붉혔다.

"선득 씨, 우리 과장님한테 관심 있어요?"

옆에 있던 황 대리가 웃으며 물었다.

"아마 결혼만 안 하셨으면 쫓아다녔겠죠."

"들었지? 난 아직 죽지 않았어."

이 과장이 나이스를 외치며 승리의 미소를 지었다. 모두들 화기애애하게 일을 하고 있었다. 한 사람만을 제외하고 말이다. 옆으로 보이는 테라와 이 과장의 화기애애한 분위기가 그의 비위를 거

스르고 있었다. 도혁의 화살이 옆에 있는 김 주임에게 꽂혔다.

"작두콩 튀겨 왔나?"

도혁의 말에 냉기가 흐르고 있었다.

"네."

시혁은 형의 목소리에 실린 감정을 누구보다 예민하게 느끼기에 도혁의 말에 차가움이 묻어나고 있음을 느낄 수 있었다.

"어떻게 했지?"

그가 콩을 젓가락으로 집어 올리며 물었다.

"한 시간 정도 물에 불린 콩을 채에 걸러 물을 빼고 전분을 묻혀 170도 기름에 2분간 튀겼습니다."

도혁이 젓가락으로 쥐고 있던 콩을 먹었다.

"무슨 물로 불렸지?"

"뜨거운 물로 불렸습니다."

"왜지?"

"뜨거운 물에 불려야 수분이 빨리 흡수돼서 콩이 빨리 붑니다."

도혁이 시혁을 노려봤다. 시혁은 온몸이 굳는 걸 느꼈다. 머릿속에는 자신이 답을 한 것 중에 뭐가 잘못됐는지를 되짚어 생각하고 있었다.

"잘했어."

시혁은 안도의 한숨을 쉬었다. 그러나 도혁의 표정은 좋은 기색이 없었다. 동생의 발전에 기뻐할 형이었다. 그러나 지금 도혁은 딴생각에 사로잡혀 있었다.

"다음."

시혁은 작은 접시 위에 산양삼을 깔고 튀겨낸 작두콩을 보기 좋게 놓은 다음 깔아논 마를 위에 얹어 마무리를 했다. 도혁의 눈치를 살피는 시혁의 이마에 땀이 송골송골 맺히고 있었다.

"나쁘지 않아."

한참을 가만히 있던 도혁이 칭찬이라고 내뱉은 말이었다.

"그럼 잘한 건가요?"

들뜬 시혁이 입이 귀에 걸려 물었다.

"잘했다고는 하지 않았어."

도혁의 차가운 말에 시혁은 기가 죽었다.

"가서 파 가지고 와."

"네."

도혁은 아까부터 이 과장에게 거머리처럼 붙어 있는 테라에게 화가 나 있었다. 자신이 그녀와의 관계를 정리한 지 48시간이 채 되지도 않았다. 만약에 서류를 만들었다면 잉크도 아직 안 마른 상황이라는 말이었다. 뭐가 그렇게 좋은지 테라가 웃으며 이 과장의 팔을 손으로 치자 도혁의 눈에 불꽃이 일었다. 자꾸 가는 시선을 억지로 돌려 칼을 잡았다. 사시미를 미리 떠야 하는데 자꾸 칼이 손에서 미끄러졌다. 도저히 집중이 안 되고 있었다.

"박 부장, 사시미 좀 마무리해."

"나가시게요?"

"아니, 담배 한 대 좀 피우고 올게."

"네."

여간해서 근무 시간에는 자리를 비우지 않는 사장이 담배를 피우러 간다니 다찌 안에 있는 요리사들이 모두들 도혁을 쳐다봤다.

"내가 담배 피우는 거 이제 알았어? 신경 끄고 일들이나 해."

모두의 고개가 동시에 자신의 칼판으로 향했다.

"박 부장, 라이터 좀."

박 부장에게 라이터를 받은 도혁은 주방 뒤쪽의 흡연실로 걸음을 옮겼다. 그가 지나가면서 이 과장과 나란히 붙어서 일을 하고 있는 테라를 잡아먹을 듯이 쳐다보고 지나가는 것을 아무도 보지 못했다.

"선득 씨는 남자친구 없어요?"

도혁이 지나가는 것도 모른 채 이 과장이 테라에게 물었다. 도혁은 괜히 테라의 대답이 듣고 싶어 발걸음을 천천히 옮기고 있었다. 이를 테라가 아는지 모르는지 이 과장을 쳐다보며 애교 섞인 목소리로 대답을 했다.

"없는데, 왜요?"

"제 친구 녀석 중에 착한 놈이 있는데 선득 씨랑 잘 어울릴 것 같아서요."

"그래요?"

선득의 흥미 있어 하는 대답에 힘을 얻은 이 과장이 말을 이어 갔다.

"자동차 정비소 사장인데 성실해요. 흠이 있다면 머리카락이 좀 없다는. 그렇지만 잘생기고 돈도 많이 버니까 선득 씨 고생은 안 시킬 거예요."

"제가 많이 부족해서 그분이 절 싫어하실 거예요."

"그럼 선득 씨는 괜찮은 거죠?"

"뭐, 글쎄요."

"한번 만나봐요. 후회 안 할 거예요."

도혁이 그들을 지나쳐서 휴게실의 문을 열고 의자에 앉았다. 담배를 입에 물었다. 라이터에 불을 키다 말고 그는 담배를 입에 문 채로 테라의 말을 흉내 냈다.

"없는데, 왜요?"

기가 막힌 그였다. 아무리 그가 찼어도 테라는 지금 그를 잊지 못해서 슬퍼해야 하는 게 정상인 것이다. 문드러져 가는 그의 가슴처럼. 담배에 불을 붙이고 깊게 한 모금을 빨아들였다.

"후~"

그의 속이 이렇게 타들어가리라고는 예상하지 못했다. 아니, 견딜 수 있으리라는 생각은 그의 큰 착각이었다. 같은 공간에 사랑하는 여자를 두고도 멀리해야 하는 그의 마음은 아무도 모를 것이다. 다 그녀를 위한 일인데 그럼 그걸로 만족해야 하는데 그는 아직 준비가 덜 된 것 같았다. 그녀를 떠나보내기엔. 흡연실 안으로 그녀와 이 과장의 웃음소리가 들려왔다. 속이 타들어가는지 그는 앉아 있지를 못하고 자리에서 일어났다. 도혁이 일어나자 휴게실의 거울에 그의 고단한 얼굴이 비쳐졌다.

팍!

순간적이었다. 그의 주먹이 거울에 박혀 있었다. 거미줄처럼 갈라진 유리 거울에 그의 얼굴이 조각조각 부서지듯이 비쳐졌다.

"뭔 소리야?"

휴게실의 소란스러운 소리에 사람들이 몰려들었다.

"어?"

휴게실의 광경에 놀란 황 대리가 눈치 빠르게 사람들을 막았다.

"별일 아니니까 일들 하세요."

사람들이 움직이려 하질 않자 황 대리가 말했다.

"안에 사장님 계세요."

모두들 부리나케 자기의 자리로 갔다.

"괜찮으세요?"

"……."

"십대도 아니고."

도혁이 황 대리를 매서운 눈길로 쳐다보자 꼬리를 내린 황 대리가 얼른 피가 흐르는 도혁의 손을 살폈다.

"병원에는 안 가도 될 것 같은데 약상자 가지고 오겠습니다."

약상자는 황 대리가 아닌 점장이 가지고 들어왔다.

"왜 이래요? 무슨 일 있어요?"

연정은 걱정 가득한 얼굴로 도혁을 바라봤다. 찢어진 부분에 알코올을 붓고는 거즈로 닦아냈다. 작게 여러 군데가 찢겨서 그냥 두드리는 정도로 닦아냈지만 다친 도혁보다 치료하는 연정이 더 아픈 표정이었다.

"오빠가 십대예요? 애도 아니고 아무리 화가 나도 이건 아니잖아. 속상하게."

"그만해라."

"오빠."

"연정아, 여긴 직장이고 사적인 감정을 자제하지 못한 내 잘못이 크지만 내가 마지막으로 너한테 한마디만 할게. 넌 그냥 언제나 내 동생이다."

"나도 알아. 하지만……."

"그만하자."

"……."

도혁이 수건으로 손을 둘둘 감더니 자리에서 일어났다. 휴게실 밖으로 나가자 모두의 시선이 도혁을 향해 있었다. 그러나 테라만은 그를 쳐다보지 않고 있었다. 도혁은 말없이 가게를 나와 병원으로 향했다. 치료를 받은 그는 평소처럼 자신의 자리로 향했다. 그의 시선이 다시 한 번 테라에게 머물렀다. 그리고 쓴웃음을 지은 도혁은 다시 사시미 칼을 잡았다.

"도미 몇 마리 손질해야 하지?"

"괜찮으십니까?"

"괜찮아."

"다섯 마리요."

시혁이 퉁하게 대답을 했다. 갑자기 사건 사고의 중심이 되어가고 있는 형이 마음에 들지 않는 시혁이었다.

"자, 이제 시작해 보자."

도혁의 말에 모두들 일사불란하게 움직였다. 그랬다. 지금은 아무 생각 없이 일을 하고 싶었다.

"헉! 헉!"

자신이 왜 이렇게 뛰고 있는지 이해가 되지는 않았지만 민혁은 지금 100미터 달리기를 하는 선수처럼 열심히 도심을 가로지르고 있었다.

　"죄송합니다."

　거리의 사람들을 겨우겨우 비켜가며 그는 달리고 있었다. 범인을 잡으러 갈 때도 이렇게 열심히 뛴 것 같지는 않았다. 그가 이렇게 열심히 뛰는 이유는 한 통의 전화 때문이었다.

　[민혁아, 난데 어…… 여기가 어디냐면? 아저씨, 여기가 어디예요?]

　혀가 꼬부라질 대로 꼬부라진 목소리로 연정이 옆 사람에게 위치를 물어보고 있었다.

　"연정이 누나?"

　[오케이. 난 연정, 넌 민혁.]

　쿡, 그의 입에서 웃음이 터져 나왔다.

　"어디야?"

　[어…….]

　"거기 사람 좀 바꿔봐."

　[여보세요?]

　한 남자가 전화를 받자 민혁의 얼굴이 굳어졌다.

　"여보세요?"

　[남자친군가 본데 이 아가씨 좀 데리고 가요. 아까부터 혼자 와서 소주 한 병 마시고 갔네 갔어.]

　민혁이 안도의 미소를 지었다.

"거기가 어디죠?"

[여기가 백화점 주차장 뒤에 있는 포장마차예요.]

늦은 시간까지 검찰청에 있던 그가 택시를 타고 백화점 앞에서 내려 포장마차가 있는 곳까지 달리기 시작했다. 본인도 왜 이렇게 뛰어가는지 이해가 되지 않지만 이 술주정뱅이 아가씨가 지금 이 순간 너무나 보고 싶은 민혁이었다. 드디어 포장마차 앞이었다.

"헉~ 헉~"

숨을 고르고 포장마차 안으로 들어간 민혁은 테이블에 엎드려 자고 있는 연정을 흔들어 깨웠다.

"박연정 씨, 일어나야지."

"어? 민혁이다."

그녀가 혀가 고부라진 목소리로 말하자 민혁의 두 눈이 반달 모양으로 접히고 있었다.

"민혁아, 나 오늘 십 년간의 짝사랑을 청산했다."

"……."

"난 아니래. 뭐, 내가 도진희보다는 아니지만 그래도 괜찮은데 그지?"

"누나, 예뻐."

술에 취해 있던 연정이 초점 없는 눈으로 민혁을 보려 애썼다.

"히히, 우리 민혁이가 사람 볼 줄 아네."

"그래, 나한테 넌 예뻐."

"……."

술이 많이 취하긴 했지만 아직 블랙아웃 상황이 아닌 연정이었다.

"농담하지 마. 내가 취했다고 농담을 막 던지시네."

"가자. 많이 취했어."

"히히, 가자."

연정이 비틀거리며 일어나려 하자 민혁이 연정을 잡아주었다.

"민혁아, 나 혼자 걸을 수 있어."

연정이 민혁의 손을 뿌리치며 혼자 걷기 시작했다.

"다음에 혼자 걷고 오늘은 그냥 나한테 맡겨."

그가 연정을 들쳐 업었다.

"야!"

"뭐?"

"이건 반칙이야. 난 아직 누구한테도 안 업힌 순결한 몸이신데."

연정의 몸이 취기로 인해 늘어지기 시작했다.

"아이쿠, 가볍다."

그가 연정을 고쳐 업었다. 등 뒤로 연정의 고른 숨소리가 들렸다.

"이 아가씨야, 자꾸 이렇게 무방비하면 어떻게 해."

연정을 등에 업은 시혁은 근처 모텔에 연정을 뉘었다. 집도 모르는 상황이었고 형에게 묻기는 싫었다. 그의 옆에서 새근거리며 잠을 자는 그녀의 모습이 나쁘지 않았다. 아니, 이상하게 그의 가슴이 두근거리고 있었다.

지난번 집에서도 술에 취해 그를 고문하더니 이번에도 이 술주정뱅이 아가씨는 여전히 그를 시험하고 있었다. 앵두 같은 그녀의 입술이 그를 유혹하고 있었다. 살짝 아주 살짝만 맛보고 싶었다. 그러면 안 되는 일이지만 그의 얼굴이 연정의 얼굴을 향해 내려가고 있었다.

윙~

그의 핸드폰이 주머니 속에서 세상 밖에 나오겠다며 맹렬히 울리고 있었다.

"되는 일이 없군."

민혁은 인상을 쓰며 핸드폰을 받았다.

"여보세요?"

[날세.]

"네, 청장님."

[지금 당장 서울로 올라오게. 작전이 시작됐어.]

"네, 올라는 가겠지만 아직 유테라의 행방조차 모르고 있습니다."

[일단 올라오게. 자세한 사항은 올라와서 설명하지.]

"네."

일단 상황이 급박하게 돌아가는 것 같았다. 민혁은 티슈에 메모를 남기고는 화장대 거울에 물로 붙였다. 그리고 그녀의 입술에 아쉬움이 가득한 입맞춤을 하고는 자리를 떴다.

―술주정뱅이 아가씨, 벌써 내 품 안에 두 번이나 안겼네. 세 번째
는 다르게 안을 거야. 기대해.

민혁.

눈이 부셨다. 머리는 돌로 맞은 듯이 아팠다. 입이 바삭바삭 마
르는 것이 역시 과음은 안 좋은 것이라는 것을 연정은 온몸으로
느끼고 있었다. 눈을 겨우 뜨고 초점이 맞춰지는 순간 그녀의 표
정이 멍해졌다.

"여긴 어디야?"

침대에서 스프링처럼 벌떡 일어났다. 와보진 않았지만 모텔이
라는 생각이 들었다.

"헐~"

다행히 누군가와 함께 자진 않은 것 같았다. 연정은 머리를 쓸
어 넘기며 어제 일을 생각했다. 블랙아웃이 되기 직전에 민혁의
모습이 생각이 났다.

"이게 무슨 시추에이션."

침대에서 일어난 그녀는 화장대에 붙어 있는 메모를 발견했다.

"아악~"

연정은 자신의 머리카락을 쥐어뜯고 있었다.

"미쳤어. 박연정. 도대체 무슨 일을 어떻게 하고 다니는 거야."

지금 연정의 머릿속에는 어제 민혁의 모습들이 부분부분 생각
이 나고 있었다.

"미쳤어. 미쳤어."

민혁이 자신을 어떻게 생각할지 뻔했다. 얼마나 쉬운 여자로 생각을 했으면 이런 메모를 써놓고 갔을까. 그러면서도 연정은 메모가 적힌 티슈를 떼어 조심스럽게 접은 다음 주머니에 넣었다. 이상하게 가슴이 떨렸다.

"박연정, 넌 제정신이 아니야."

바닷바람이 이렇게 상쾌한지 참 오랜만에 느꼈다. 남들은 비릿하다고 하는 이 항구의 냄새가 그는 돈 냄새로 느껴지고 있었다. 자동차 안에서 30분째 기다리고 있었다. 아직 약속 장소로 이동하려면 30분이나 남았다.

Rrrrrrr.

"네, 각하."

[준비는?]

"잘돼가고 있습니다."

[믿어도 되겠나?]

"매번 하는 일인데 문제는 없습니다. 이번에는 좀 더 철저하게 신경을 썼습니다. 발각되는 게 더 이상합니다."

[알았네. 내, 자네를 믿어보도록 하지.]

전화를 끊고 최 사장은 눈을 감고 의자의 깊숙이 기대앉았다. 오늘을 끝으로 그도 이제 약에서는 손을 뗄 생각이었다. 조직의 규합이 우선이었다. 만약에 자신이 밀고 있는 박 대검사장이 대선에만 당선이 된다면 그는 양쪽에 날개를 다는 셈이었다. 서울의 조직 내에서도 그는 사채업자에 약쟁이로 소문이 안 좋았다. 그가 돈과 머리는 있지만 조직의 우두머리로 조직원들을 규합하기에는 무리가 있다는 의견이 컸다.

"씨발 놈들."

조직의 편견을 생각하자 그의 입에서 욕이 튀어나왔다. 그의 돈이 아니면 움직이기가 힘든 서울의 조직이었다. 김 회장이 죽기 전에 그를 지목했다는 건 조직 내에서 믿는 사람들이 거의 없었다. 박 검사장의 입김은 그가 조직을 이끌어가는 데 큰 힘이 될 것이다. 아무도 검찰에서의 넘버2를 무시하지는 못할 테니까. 그리고 이번에 그가 그의 도움으로 국회의원으로 당선만 되어도 그는 첫 단추를 잘 꿰는 것이었다.

그가 번쩍거리는 금시계를 쳐다봤다. 앞으로 20분 후면 그는 국내 최대 규모의 마약을 밀수입하는 것이었다. 지금 인천공항의 특송 화물을 통해 필로폰이 15㎏이 올 예정이었다. 이건 멕시코의 마약 조직을 통해 들어오는 것이었다. 시가 500억 원 상당의 물건으로 50만 명이 한꺼번에 투약할 수 있는 어마어마한 양이었다. 공항의 검색 X레이가 1미터 이상, 무게 50㎏ 이상을 검색할 수 없다는 점을 이용해서 기계로 위장해 들어올 예정이었다. 그러면 그것을 박 대검사장이 적발해서 큰 공을 세운다는 계획이었다.

그리고 모두의 시선이 공항으로 쏠려 있는 사이에 그는 인천항에서 그의 또 다른 물건을 기다리고 있었다. 필로폰 30㎏, 시가 1,000억 원 상당의 물건이 지금 그를 기다리고 있었다. 말이 1,000억 원이지 가격은 그가 부르기 나름이었다. 생각만으로도 배가 부른 날이었다.

"회장님, 물건 도착했답니다."

"그래, 출발하도록 하지."

가슴이 뛰었다. 이제 회장으로서 확실히 자리매김을 할 시간이었다. 차가 움직이고 있었다. 인천공항으로 총출동해 있을 마약단속반 놈들을 생각하니 웃음이 절로 나왔다.

"멍청한 놈들."

역시 윗대가리를 끼고 뭔 일을 해야 일이 수월하게 풀리는 것같았다. 차로 이동하는 사이 인천공항의 똘마니에게 전화가 왔다. 박 대검사장이 직접 자리에 나와 범인들을 검거했다고 어떻게 알았는지 수많은 기자들이 몰려 박 대검사장의 활약을 카메라에 담았다고 했다.

"씨발, 혼자 언론의 주목을 받으시겠다?"

언론을 너무 의식하는 그가 최 사장은 마음에 들지 않았지만 앞으로의 큰일을 도모하기 위해서는 언론의 힘이 필요하다는 것은 느끼고 있었다. 그가 보고를 받는 동안 차는 어느덧 약속 장소에 도착했다. 중국의 거대 조직 삼합회의 일원이자 중국의 마약계의 넘버3가 직접 이곳에 온 것이다. 물량도 컸지만 나중에 사업 확장을 위해 한국이 교량의 역할을 해야 했기 때문이었다.

검은색 승용차가 서 있었다. 그리고 옆으로 두 대의 차가 호위하듯이 지키고 있었다. 최 사장은 자신의 차와 그의 뒤에 두 대 그리고 조금 거리를 둔 곳에 아이들을 매복시켜 두었다. 둘 다 자신들의 안전을 위해 최선을 다하고 있었다. 차에서 먼저 내린 건 최 사장이었다. 그가 내리자 그의 부하들도 같이 차에서 내렸다. 건너편 차의 문이 열렸다. 그리고 키가 큰 남자가 내렸다.

"어이, 최 사장. 오랜만이야."

유현우였다. 뭔가가 잘못된 것이 틀림없었다. 이럴 리가 없었다. 당황한 최 사장이 차에 다시 오르려고 하자 주변에 경찰들이 나와 그의 차를 둘러쌌다. 가까스로 차에 탄 최 사장은 운전사에게 차를 출발시킬 것을 명령했지만 그는 꼼짝도 하지 않고 있었다.

"뭐야, 새끼야. 당장 출발시켜."

겁을 먹은 운전수가 차에 시동을 걸자 경찰들이 더욱더 차를 압박하며 다가왔다.

"출발해!"

차가 출발을 함과 동시에 바퀴가 총탄에 의해 터졌다. 차가 급회전을 하더니 옆에 있던 컨테이너 박스를 들이받고서야 멈추었다.

한 경관이 총을 겨누며 최 사장 쪽의 차 문을 열었다.

"내려."

경관에게 너무도 쉽게 잡힌 최 사장이 유현우를 보며 말했다.

"언제 중국 약쟁이가 됐지?"

"방금."

"내가 당하고만 있을 줄 아나?"

그때 옆에서 지휘를 하던 민혁이 최 사장에게 말했다.

"당신을 마약 관리법 위반으로 체포합니다. 그리고 조금 있으면 김 회장 살인사건의 용의자도 되겠군요. 여튼 오래 계시거나 아예 바깥세상을 못 보시거나 하시겠네요."

"내가 누군 줄이나 아나? 피라미 경관 나리."

민혁의 피곤에 가득한 얼굴에 비웃음이 스쳤다.

"난 경관이 아니고 당신의 뒤를 봐주던 박 대검사장을 체포한 자랑스런 검사지."

"뭐?"

최 사장의 얼굴에 핏기가 사라졌다.

"당신 뒤를 봐줄 사람이 없다는 얘기를 하는 거야."

최 사장이 검찰에 압송되어 가고 유현우와 남게 된 민혁은 그에게 담배를 권했다.

"고생하셨습니다."

"수고는 검사님이 하셨지요."

"김 회장의 죽음에 대한 증거는 어떻게 찾으셨습니까?"

"박 대검사장의 지시를 받은 부검의에게 저희도 같은 부탁을 했었습니다. 제가 마카오에서 돌아오는 대로 경찰에 자료를 넘기려고 했지만 검찰의 고위층이 그를 보호하고 있다는 정보가 있어서 섣불리 움직이지 못하고 있었습니다."

"그러셨군요."

유현우의 입에서 담배 연기가 뿜어져 나왔다.

"이제 서울의 보스가 되시겠네요."

민혁이 나이는 들었지만 범접할 수 없는 카리스마를 가진 현우를 보며 말했다.

"우리가 웃으며 볼 일이 앞으로 있을지는 모르겠지만 이번 일은 정말로 김 검사가 아니었으면 해결을 못할 뻔했어요. 적절한 타이밍도 그렇고."

유현우라는 남자는 적만 아니라면 참 멋있는 남자임에는 틀림이 없었다.

"연락을 저에게 주신 게 이번 사건을 해결하는 데 큰 힘이 되었습니다."

민혁의 얘기에 현우는 다시 한 번 담배를 입에 물며 민혁이 아닌 최 사장이 검거되어 사라진 쪽을 쳐다보았다. 모든 것이 그의 계획대로 진행이 되었다. 가장 공이 컸던 건 역시 영태였다. 마카오의 싸구려 호텔에 숨어 지내던 그는 서울로 돌아가 최 사장을 갈기갈기 찢어놓을 생각으로 하루하루를 버티고 있었다. 그러던 차에 영태가 그에게 실마리를 풀 열쇠를 쥐어주었다.

[형님, 접니다. 영태.]

"그래."

[최 사장의 배후를 알아냈습니다.]

"누군데?"

[박 대검사장입니다. 청장 다음의 인물로 검찰 내에서도 존경받는 인물입니다. 검찰의 비호가 있는 한 절대로 이길 수 없을 것 같습니다.]

"지금 그걸 말이라고 해?"

[그런데 방법이 아예 없지는 않을 것 같습니다.]

"정신없으니까 요점만 말해."

[검찰청장이 박 검사장을 굉장히 싫어해서 뒤를 조사하라고 검사 하나를 붙인 모양입니다. 은밀히.]

"그런데?"

[그 검사의 이름이 낯이 익어서 제가 조사를 해봤더니 형님께서 후원해 주셨던 세 남자아이 중에 하나였습니다.]

"……."

[김민혁 검사라고 셋 중에 둘째입니다.]

현우의 머리에 갑자기 섬광이 비치는 듯했다.

"김민혁 검사 전화번호 좀 알아봐."

[네.]

그렇게 알게 된 전화번호로 현우는 어렵게 민혁과 통화를 했고 검찰청장의 도움을 받아 극비리에 한국으로 들어올 수 있었다. 인천의 한 오피스텔에서 지내면서 그는 민혁을 만날 수가 있었다. 번듯하게 큰 녀석을 보니 마음이 다 뿌듯했다.

"유 회장님이십니까?"

"전 아직 회장이 아닙니다."

현우는 자신을 높이며 얘기하는 게 마음에 들지 않았다. 김 회장에 대한 예의가 아니라는 생각이 들었기 때문이었다.

"그럼, 유 사장님."

"네."

"저희에게 중요한 단서를 제공하신다고 해서 어렵게 마카오에서 이곳까지 모시고 온 겁니다. 아마 동원할 수 있는 모든 방법은

다 동원해서 청장님의 특별 지시로 이곳에 오신 것이니 실망시키진 않으셨으면 합니다."

"실망하진 않을 겁니다."

"청장님께서도 만족스러워하실 겁니다. 박 대검사장을 잡을 수 있고 다시는 법조계에 발조차 들여놓을 수 없게 할 테니까요."

"자신만만하시니 얘기해 보시죠."

"먼저 저의 조건은 제가 최 사장을 체포할 때 그 자리에 있는 겁니다. 그리고 전 서울의 보스는 하지 않을 것입니다. 다음 사람이 될 때까지만 가만히 놔두십시오. 정리되기까지 얼마 안 걸립니다."

"알겠습니다. 얘기해 보세요."

"우선, 최 사장이 김 회장을 죽였다는 증거를 가지고 있습니다. 너무도 확실한."

민혁의 눈빛이 흔들렸다. 이런 놀라운 증거가 있는데 그동안은 왜 피해 다닌 걸까? 이해가 되질 않았다.

"그리고 이번에 마약 거래가 있다는 정보가 있습니다. 그 규모가 상상을 초월한다는 얘기입니다."

"그걸 믿고 덤비다가는 우리가 먼저 당할 수도 있습니다."

"아니요, 확실합니다. 한쪽은 인천공항에서 미끼를 던질 것이고 하나는 인천항에서 실제 물건을 받는 거죠. 박 대검사장은 공항에서 공을 세우며 모두의 시선을 돌리고 인천항에서는 어마어마한 양의 마약이 실제로 거래가 되는 거죠."

"대검사장이 왜요?"

"대선 출마."

"돈이군요. 선거 자금."

어떤 상황인지 이해를 한 민혁은 유 사장을 도와 발 빠르게 움직였다. 그리고 오늘 쾌거를 올린 것이다.

담배를 길게 내뿜은 현우는 민혁을 보며 며칠간 긴박했던 때의 기억에서 돌아왔다.

"다음에 술이나 한잔하죠."

"아뇨, 이제 뵐 일은 없을 것 같습니다."

민혁은 자신 있게 말은 했지만 남자다운 현우를 다시 보고 싶다는 생각을 했다.

"그래요, 아무튼 신세를 졌습니다."

현우는 자신의 후원으로 이렇게 멋있게 자란 민혁이 너무나도 자랑스러웠다. 자신이 살아오면서 한 일 중에 손에 꼽히게 잘한 일인 것 같았다. 나머지 아이들도 기회가 된다면 영태에게 물어봐야겠다고 생각한 현우였다. 지금은 자신의 존재를 김 검사에게 알리고 싶진 않았다. 깡패의 후원을 받았다면 김 검사가 좋아할 것 같지 않았다. 세월이 참 많이 흘렀다는 생각을 한 현우였다.

유현우의 주위로 검은색 양복을 입은 조직원들이 줄을 서서 인사를 했다.

"형님!"

"가자."

담배를 입에 물고 이 광경을 보던 민혁이 한마디를 했다.

"지랄들을 해요. 누가 깡패 아니랄까 봐."

이렇게 말을 하면서도 민혁은 유현우의 남자다움에 많은 감명을 받았다.

"보스라~"

자신의 차에 오르며 그는 유현우를 어디선가 본 것 같다는 생각을 했다.

"보긴 어디서 봤겠어. 깡패를."

힘든 하루를 보낸 테라였다. 마음은 이미 많은 상처를 받아 얼음처럼 차가워지고 있었고 더 이상 이곳에 있고 싶지 않았지만 도진희의 협박에 있을 수밖에 없는 자신의 처지가 싫었다. 머리를 써야 했다. 생각이란 걸해서 아빠와 상관없이 이곳을 벗어날 수 있는 방법을 생각해야 했다.

테라는 생각할수록 도진희가 이해가 되질 않았다. 왜, 자신을 도혁의 곁에 두려고 했을까? 자신이라면 한때나마 만났던 여자를 사랑하는 남자 옆에 두지는 않았을 텐데 정말 이상했다. 벽에 기대앉아 큐브를 정신없이 맞추고 있는 그녀에게 찬모가 말을 걸었다.

"괘안나?"

"네?"

"니가 그 정신없는 물건을 계속 돌리고 있으니까 하는 말 아이가."

"죄송해요."

테라가 큐브를 치우자 찬모는 등을 돌리고 잠을 청했다. 그때 테라의 핸드폰이 울리기 시작했다.

[테라니?]

"네, 삼촌."

[너 지금 어디니?]

"네?"

[유 회장님께서 돌아오셨다.]

"유 회장이라니요? 아빠요?"

[그래.]

"아직 오시면 안 되는 거 아니에요?"

이런 사실이 믿어지지 않는 테라는 영태 삼촌에게 확인차 다시 물었다.

[일이 생각보다 잘 풀렸다.]

테라의 눈에 눈물이 고였다.

[삼촌이 데리러 가마.]

"아니에요. 제가 내일 올라갈게요."

[그럴래?]

"네."

[그럼, 서울에서 보자.]

전화를 끊고 멍하게 휴대폰을 보고 있던 테라는 자는 찬모를 깨웠다.

"찬모님!"

자다가 말고 놀란 눈으로 일어난 찬모가 테라를 쳐다봤다.

"와?"

"저 내일 서울 가요. 아빠가 돌아오셨대요."

"일이 잘 해결됐나?"

"네."

"잘됐데이."

테라가 기쁨의 눈물을 흘리자 찬모가 그녀의 등을 두드려 주었다.

"점장님께도 잘 말씀해 주세요. 갑자기 그만두게 돼서 죄송하다구요."

"내일 그래도 가게 들러서 인사는 하고 가래이."

"그래야 되겠지요?"

"그래, 아무리 사장이 미워도 그카는 건 아니다."

"네, 내일 인사드리고 갈게요."

"그라고 예쁘게 하고 오래이, 지가 놓친 게 어떤 건지는 보여줘야 되지 않겠나."

"네."

다음날 아침 테라는 안경을 벗고 뽀글이 가발을 벗어 던졌다. 오전에 백화점에 가서 평소 그녀가 즐겨 입는 스타일인 블라우스와 타이트한 스커트를 사서 입고는 동경을 향했다.

"어서 오십시오."

테라를 웃으며 점장이 맞이했다.

"예약은 하셨습니까?"

"아니요."

"예약을 하지 않으시면 식사가 곤란하십니다."

테라가 웃으며 점장에게 말했다.

"점장님을 뵈러 왔어요."

"저를요?"

"저 못 알아보시겠어요?"

모두의 시선이 아름다운 손님을 향해 있었다. 다찌 앞에서 대기 중이던 영애 씨가 시혁을 보며 소리를 죽여 말했다.

"진짜 예쁘죠?"

"⋯⋯."

"뭐예요? 넋 빠진 사람처럼."

"유테라예요."

"그게 누군데요."

"무식하긴, 유테라 교수 몰라요? 수학 천재?"

영애 씨가 고개를 저었다.

"형, 유테라⋯⋯."

방금까지 옆에 있던 도혁이 사라졌다.

"사장님, 저기 계시는데요."

영애가 말하는 곳을 본 시혁의 눈이 커졌다.

"점장님, 저 선득이에요."

"네?"

점장의 눈도 두 배는 커졌다.

"그동안 감사……."

"가지……."

도혁이 테라의 팔을 강하게 잡아끌었다. 거의 질질 끌려가다시피 한 테라를 도혁이 사람들이 없는 곳에 가서야 놓아주었다.

"아파요."

"뭐 하는 짓이지?"

"뭐가요?"

"이게 얼마나 위험한 일인 줄 모르나?"

"알아요."

"그런데?"

"이제 그렇게 할 필요가 없으니까요."

"뭐?"

"두 번 말해야 알아들어요? 이제 그렇게 숨길 필요가 없어요."

"……."

"아빠가 돌아오셨어요. 생각보다 일 처리도 잘돼서 저 서울로 올라가요."

도혁의 표정이 카멜레온처럼 테라의 말이 끝날 때마다 변하고 있었다.

"그렇군."

"네. 그래서 작별 인사를 하러 온 거예요. 모두들 너무나 감사했으니까요."

"……."

도혁에게서 알 수 없는 슬픔을 느낀 테라였다.

"안녕히 계세요. 도진희 씨와도 잘되길 바란다고 얘기는 못하 겠네요. 그건 내 본심이 아니니까."

"지금 떠날 건가?"

"네, 여기는 한순간도 있고 싶지 않아요."

"……"

"그럼."

그를 뒤로하고 테라는 자신의 차에 올랐다. 속이 시원해야 했 다. 그렇게 하기 위해 그녀는 오늘 오전 내내 자신을 꾸미는 데 할 애했다. 그의 알 수 없는 표정을 보자 그녀의 가슴 한구석이 아렸 다. 꼭 그녀를 놓아주기 싫은 표정이었다.

"도진희가 있으면서."

그녀는 운전대를 서울로 돌렸다. 다시는 울산에 오고 싶지 않았다.

테라가 그의 앞에서 사라진 지 한 달이 되어가고 있었다. 테라 의 문제가 해결이 됨으로써 도진희의 협박은 씨알도 안 먹히는 상 황이 되었다. 도진희의 잦은 방문에도 도혁은 꿈쩍도 하질 않았지 만 도진희의 집요함은 끝이 보이지 않았다.

도혁은 이제 테라를 만나 오해를 풀고 새롭게 시작을 하고 싶었 다. 그녀가 강의를 하던 대학도 직접 찾아가 보기도 했고 그녀가 살았던 오피스텔에도 가보았다. 김 피디를 꼬셔 해주 씨를 만났지 만 그녀도 지금까지 테라로부터 연락을 받지 못했다며 친구도 아 니라며 거품을 물어 더 이상 도혁이 테라에 대해 묻지도 못했다. 방송을 핑계 삼아 일주일 휴가를 받은 도혁은 지금 민혁의 집에 있었다.

"형, 뭘 그렇게 멍하게 있어."

"어?"

"넋 빠진 사람 같아."

도혁은 깊은 한숨을 내쉬었다.

"가게에 무슨 문제 있어?"

"아니."

"그럼?"

"사람 하나 찾을 수 없을까?"

"누군데?"

"유테라."

"뭐?"

"아무 데도 없어."

"형이 유테라를 왜 찾아?"

"형수 될 사람이니까."

민혁의 눈이 커지다가 못해 튀어나올 지경이었다.

"유테라 집안을 알고도 그래?"

"왜, 너의 이력에 흠집이 나서?"

"날 속물로 보지 마. 걱정이 돼서 그러는 거니까."

"찾을 수 있을 줄 알았는데 쉽지가 않아."

"유테라 씨 아버지는 찾아가 봤어?"

"어?"

"그 사람 사무실이 어딘지는 알지."

"민혁아~"

"쉽지 않을 거야, 형. 내가 직접 봤는데 범상치 않은 사람이야."

"뭐든 쉽게 얻은 건 매력이 없지."

"심각한가 보네."

"내 인생이 걸린 일이야."

"그럼 나도 쉽게 가르쳐 줄 순 없지."

"뭐, 인마."

도혁은 민혁의 목을 감싸 헤드락을 걸었다.

"가르쳐 줄 거야, 말 거야."

"아~ 이거 놔야 가르쳐 주던지 말던지 할 거 아냐."

그가 팔을 더 세게 조였다.

"알았다구, 알았어."

도혁의 마음이 바빠지고 있었다.

어떻게 이런 용기가 났는지 그로서도 알 수가 없었다. 지금 그는 명동의 한 건물 앞에 서 있었다. 무턱대고 그는 민혁을 졸라 테라 아버지의 주소를 알아냈다. 민혁이 미친 짓이라며 그를 말렸지만 지금 도혁을 도와줄 수 있는 유일한 사람이 유현우였다.

심호흡을 한 도혁이 건물 안으로 들어갔다. 깔끔한 건물의 1층부터 4층은 대부 은행이 있었고 나머지 5층과 6층은 사무실이었다. 그가 엘리베이터에서 내리자 다른 건물의 경비원과는 사뭇 다른 덩치 큰 경호원이 그를 맞이했다.

"무슨 일이십니까?"

"유현우 씨를 만나러 왔는데요."

경비원의 얼굴이 갑자기 변했다. 유 회장을 만나겠다고 직접 찾아오는 사람들의 대부분은 약속을 하고 오거나 이미 경비원인 자신이 아는 얼굴들로 주로 주먹계의 형님들이 많았지만 지금 이 젊은이는 어디선가 본 듯 낯이 익긴 하지만 회장님을 찾아오는 사람들과는 사뭇 달랐다.

"약속은 하셨습니까?"

"유테라 씨 일로 왔다고 전해주십시오."

아마도 그의 딸 문제로 그를 찾은 사람이 처음인 것 같았다. 경비원이 비서로 보이는 예쁜 아가씨에게 상황을 설명하는 것 같았다. 비서가 그를 힐끗 보더니 인터폰으로 유현우와 통화를 하는 것 같았다.

"지금 회장님께서 외출 중이십니다."

"지금 날 만나기를 거부하시는 겁니까?"

이제껏 가만히 상황을 보고 있었지만 대놓고 무시를 당하니 기분이 몹시 나빠진 도혁의 목소리가 커졌다.

"아니요, 자리에 계시지를 않는다구요."

이런 일이 자주 있었는지 비서가 당황하지 않고 그의 날이 선 반응을 아무렇지도 않게 받아쳤다. 덩치가 그를 막아섰다. 그렇다고 물러날 도혁이 아니었다.

"유현우 씨와 잠깐의 면접도 허락이 안 됩니까?"

"가세요. 안 계십니다."

도혁이 막아서는 그를 뿌리치고는 사무실로 향했다. 경비가 달려들어 그를 막았지만 어려서부터 싸움으로 동생들을 지켰던 도혁도 그렇게 만만한 상대는 아니었다. 하나뿐이던 경비가 어디서 나타났는지 이제는 다섯 명이 넘어서고 있었다. 그들의 싸움에 놀란 비서가 비명을 지르고 사무실은 뒤엉켜서 싸우는 남자들로 아수라장이 되었다.

"그만들 하지."

크지 않은 목소리였지만 그의 한마디에 싸움은 조용해졌다. 도혁의 눈에 덩치 큰 남자의 모습이 보였다. 너무나 열중해서 싸우느라 그의 눈의 초점이 정확하게 상대의 얼굴을 인식하기까지 약간의 시간이 걸렸다. 어디선가 본 듯한 낯익은 남자였다. 나이가 있음에도 불구하고 넘치는 카리스마는 한번 봤다면 기억 못할 수 없는 강인한 인상이었다. 동경에 왔던 손님이었나? 도통 알 수가 없었다.

"회장님."

경비원들이 그에게 구십 도로 인사를 했다.

"회장님?"

그가 유현우였다. 유테라의 아버지이자 오늘 그가 설득을 해야 하는 사람이었다.

"무슨 일이야?"

그의 인상이 험악하게 구겨졌지만 목소리는 동요가 없이 편안했다. 도혁은 자꾸 한 사람이 떠오르는데 그가 누군지 알 수가 없어 답답했다. 왜 이 사람을 보고 기억도 안 나는 사람을 떠올리고 있는지 그도 알 수가 없었다.

"자넨 누군가? 여기는 어떻게 들어온 거야?"

"여긴 어떻게 들어온 거야?"

도혁이 그가 한 말을 멍하게 반복했다. 어렸을 때 그가 유 회장의 집에 들어갔을 때 그가 한 말이었다. 도혁의 얼굴에 복잡한 표정이 지어졌다. 어떻게 보면 울 듯 말 듯한 표정이었다. 도혁이 기억하는 모습 그대로였다. 세월이 유 회장만은 비켜간 듯했다. 어린 도혁의 영웅이자 키다리 아저씨 유 회장이 테라의 아버지 유현우였다. 지금은 훌쩍 자란 자신을 유 회장은 못 알아보고 있지만 도혁은 유 회장을 잊을 수가 없었다. 그들 삼 형제에게는 은인이기 때문이었다.

"아저씨?"

다 큰 어른 남자가 아저씨라고 부르자 현우는 어이없는 웃음이 지어졌다.

"날 아나?"

"저 기억 못하시겠어요? 굴비를 훔쳤던 김도혁이에요. 저희들 삼 형제를 후원해 주셨잖아요?"

"아~ 그래서 날 찾아온 건가?"

유 회장의 물음이 틀린 건 아니었지만 이 난리를 치고 들어온 이유치고는 너무나 단순한 이유였다. 오늘은 그의 일생일대의 중대사를 매듭지어야 하는 날이었다. 꽁꽁 숨어 있는 유테라를 찾아서 용서를 구하고 그녀의 마음을 다시 돌리는 게 급선무였다.

테라가 아버지에게 말을 안 했는지 유 회장은 그를 전혀 모르는 눈치였다. 서운했다. 자신 때문에 테라가 화가 나서 아버지께

일러바치고 자신은 유현우에게 끌려와서 혼쭐이 날 줄 알았지만 그걸 기대한 자신이 어리석었음을 지금 이 자리에서 뼈저리게 느끼고 있는 도혁이었다. 그랬다. 유테라는 김도혁을 지운 것이다.

"전 테라 때문에 찾아왔습니다."

"뭐, 테라?"

"사실은 테라가 회장님 때문에 피신해 있던 곳이 저희 가게였습니다."

"뭐?"

"물론 그전에 방송 일 때문에 만나기는 했지만요."

"테라가 신세를 진 것 같군. 그 보상은 내가 하지."

"그런 얘기가 아닙니다."

"그럼 뭔가?"

"따님을 제게 주십시오."

그 자리에 무릎을 꿇고 그에게 말을 하는 도혁을 현우는 무섭게 쳐다보고 있었다.

"니가 그놈이었군. 우리 테라를 집 안에 처박아놓은 놈이."

다행이었다. 테라가 그 때문에 힘들어하고 있었다. 용기가 생겼다.

"네, 따님을 제게 주십시오."

"저 물건 당장 치워."

다시 경비들이 도혁을 에워쌌다.

"후회하실 겁니다. 테라가 자기 남자가 다치면 싫어할 테니까요."

"테라는 널 죽이는 걸 좋아할걸?"

"그건 쉽지 않을 겁니다."

도혁은 말대꾸를 하면서도 언제 덤벼들지 모르는 경비원들을 경계했다.

"뭐 해, 당장 치우지 않고."

경비들이 한꺼번에 덤벼들었다. 도혁은 사춘기 이후에 이렇게 싸우는 게 요즘 들어 잦다는 생각이 들었다. 하늘에 계신 부모님들께는 죄송했지만 내 여자를 차지하기 위해서는 어쩔 수 없는 선택이었다. 여기저기서 날아드는 주먹을 피하며 그는 죽을힘을 다해 싸우고 있었다. 사무실의 의자는 벌써 박살이 났고 그의 손에는 의자 다리 하나가 들려 있었다.

"아버님, 후회하실 겁니다."

"아버님?"

"네~ 아버님."

"당장, 저놈을 눕히는 사람에게 내가 천만 원을 주지."

경비들의 눈이 빨갛게 달아올랐다.

"이건 비겁하신 겁니다, 아버님."

"이천."

"테라는 이미 제 여잡니다."

"오천."

도혁의 날렵한 솜씨에 하나둘씩 쓰러져 갔다. 결국 마지막 남은 경비까지 쓰러트린 도혁이 의자 다리를 던져 버리고는 현우 앞에 다가가 무릎을 꿇었다.

"따님을 제게 주십시오."

현우가 등을 돌려 사무실로 들어가며 비서에게 말했다.

"커피 두 잔 들여보내."

난장판이 된 사무실에서 사시나무 떨 듯이 떨고 있던 비서가 떨리는 다리를 이끌고 탕비실로 향했다. 도혁은 몇 대 맞아 부은 얼굴을 하고는 현우를 쫓아 사무실로 들어갔다. 의자에 앉은 현우는 도혁에게 손수건을 던져 주었다.

"닦아."

"감사합니다."

언제 찢어졌는지 이마에서 피가 흐르고 있었다. 그는 수건으로 피를 대충 닦고는 현우를 쳐다보았다. 어렸을 때 보았던 멋있는 키다리 아저씨의 모습 그대로였다.

"잘 지내셨습니까? 많이 찾았습니다."

"안다."

"왜, 연락을 하지 않으셨습니까?"

"이제 알아서 잘 크고 있다고 판단해서다."

"그러셨군요."

"그래."

"다시 만나면 꼭 감사하다고 말씀드리고 싶었습니다. 그리고 제 가게에 초대해서 저녁식사를 제 손으로 만들어 드리고 싶었습니다."

"그래, 내가 가게에 한 번 가마. 그래도 테라는 안 된다."

도혁이 다시 무릎을 꿇었다.

"따님을 사랑합니다. 행복하게 해주겠습니다."

"김도혁!"

"저는 제 입 밖으로 내뱉은 말에 책임을 질 줄 아는 남자입니다. 절 믿어주십시오."

"테라는 지금 너 때문에 많이 힘들어."

"압니다. 더 잘하겠습니다."

현우가 도혁을 무서운 눈으로 한참을 쳐다봤다.

"나를 설득하는 게 우선은 아닌 것 같은데?"

"아닙니다. 일에는 순서가 있습니다. 저는 어른이 우선입니다."

"말은 그럴싸한데 뭔지 느낌이 안 좋아."

현우의 동물적인 본능이 다른 이유가 있을 거라고 말하고 있었다.

"뭐야?"

도혁의 눈빛이 흔들렸다.

"사실은 테라가 어디에 있는지조차 모릅니다. 아는 곳은 다 찾아봤는데 도무지 알 수가 없습니다. 제가 풀어줘야 할 오해가 있습니다."

"가지가지 하는군. 여자 문제야?"

"네."

그의 솔직한 답에 현우는 어이가 없었다.

"내가 누군 줄 알고 지금 이런 말을 하는 거지. 너는 내 손에 죽을 수도 있어."

"압니다. 테라가 없으면 저는 죽은 목숨이나 마찬가지입니다."

"그런 놈이 계집질이야?"

"오해를 풀어야 한다고 말씀드렸습니다. 결혼 때문에 저를 배반했던 여자가 이혼 후에 절 찾아왔습니다. 그녀는 테라를 최 사장에게 넘기겠다고 저를 협박을 했고 전 테라의 안전을 위해 테라를 보낼 수밖에 없었습니다. 이건 다 유 회장님 때문에 일어난 일입니다."

"그년 이름이 뭐야?"

"그것보다 테라가 있는 곳을 가르쳐 주십시오."

"그년의 이름을 알려주면 내가 테라가 있는 곳의 주소를 주지."

"도진희."

현우의 얼굴이 험악하게 일그러졌다.

"내가 생각하는 그 연예인인가?"

도혁이 고개를 끄덕였다.

"제가 처리하고 싶습니다."

"믿어도 되겠나?"

"물론입니다. 다만 도움이 필요하면 말씀드리겠습니다."

"그래."

"감사합니다."

그리고 현우는 메모지에 주소를 적어 그에게 주었다.

"테라의 눈에서 눈물이 나는 날에는 넌 내 손에 죽는다."

"지금도 죽는 줄 알았습니다."

"내가 마음만 먹었다면 넌 벌써 죽었어."

"압니다."

"마음고생 많이 한 아이다. 내 딸이지만 착하고 예쁜 아이지. 내가 너 같은 놈에게 주려고 애지중지 키우진 않았다."

"소중히 대하겠습니다."

현우가 도혁의 어깨를 지그시 잡자 무릎을 꿇고 고개를 숙이고 있던 도혁이 고개를 들었다.

"감사합니다."

"감사 인사를 하기엔 우리 테라가 너무 많이 삐졌어."

도혁이 갑자기 큰절을 했다.

"제가 무슨 수를 써서라도 마음을 돌리겠습니다, 아버님."

"아직 아버지라고 부르지 마."

"싫습니다, 아버님."

"미친놈."

"뭐라고 욕하셔도 좋습니다, 아버님."

현우의 입에 만족스러운 미소가 걸렸다. 잘생긴 놈이었다. 그리고 그의 근성은 어려서부터 후원을 해온 현우가 더 잘 알았다. 물건이 될 인물인 줄은 알았지만 이렇게 남자가 보기에도 멋있는 놈으로 클 줄은 몰랐다. 딸을 가진 아비로서 테라가 이렇게 대견하기는 처음이었다.

서울호텔 로비가 들썩거리고 있었다. 서울의 새로운 보스의 탄생을 축하하는 자리에 각계의 사람들이 초대를 받아 들어오고 있었다. 테라 또한 어쩔 수 없이 가족의 일원으로 자리에 참석을 하게 되었다. 은색 펄 드레스는 크리스챤 디올의 신상품이었다. 어깨가 없는 튜브 탑 드레스는 테라를 빛나는 여신으로 만들어주었다. 머리는 행사의 주빈답게 업스타일로 올려 그녀의 여성스러운 목선을 유감 없이 드러냈다.

"아빠."

홀에서 손님들을 맞고 있는 현우를 보자 테라가 빠른 걸음으로 그에게 다가갔다.

"아이고, 우리 딸."

현우가 테라를 기쁘게 맞이했다.

"오늘 예쁘구나."

"아빠도 멋져요."

아빠의 다정한 미소를 볼수록 테라는 엄마의 일기가 자꾸 의심이 되었다. 아빠는 그럴 사람이 아니었다. 얼마나 엄마와 테라 자신에게 헌신적인 분인지 그녀는 알고 있었다.

"영태 삼촌은요?"

"안에 있을걸, 오늘 많이 바쁠 거야."

"그렇겠죠?"

"괜찮으세요?"

"난 오늘이 태어나서 세 번째로 기쁜 날이다."

"세 번째요?"

"그래, 첫 번째는 우리 소희 씨를 만난 날이고 두 번째는 테라가 태어난 날이고 세 번째는 오늘이다."

아빠의 말에 테라의 눈에 눈물이 고였다.

"테라야!"

"삼촌!"

그 세 번째 이유인 영태 삼촌이 멋있게 양복을 입고 나타나셨다. 아빠보다는 어리지만 그래도 오십이 넘은 그에게서 중후함이 흐르고 있었다.

"양반은 못 되시는 것 같다."

"제 얘기하셨어요?"

조직의 넘버2인데도 현우 앞에서는 언제나 막냇동생 같은 영태였다.

"네, 오늘 완전 멋있으세요."

"테라 말은 믿지 마. 조금 전에 나한테도 멋있다고 했어."

"전 테라 말만 믿습니다."

"그래, 이제 니가 보스라 이거지? 아직 취임은 안 했으니 지금은 내가 니 위다."

"네, 형님."

그랬다. 오늘 아빠는 모든 것을 내려놓으신다. 말은 아니라고 하시지만 이번 일로 테라가 위험해지는 것을 보시고 크게 결심을 하신 것 같았다. 오늘은 영태 삼촌이 아빠의 뒤를 이어 새로운 보스가 되는 날이었다.

"회장님, 행사가 시작됩니다. 안으로 들어가실 시간입니다."

영태 삼촌이 아빠를 대신해 안으로 들어가고 있었다.

"아빠, 괜찮으세요?"

"홀가분하다."

아빠의 대답에 많은 감정이 실려 있었다. 자신을 소중히 생각하는 아빠가 테라는 너무나 감사했다. 취임식 행사가 끝나고 파티가 이어졌다. 아빠는 잠시도 테라의 곁을 떠나지 않으셨다. 이런 행사에 익숙하지 않은 그녀를 배려해서였다.

정신없이 인사를 다니던 그녀의 눈에 도진희가 들어왔다. 누구를 알아서 이곳에 초대가 되었는지는 모르지만 그녀가 발이 넓다는 것은 인정해야만 했다. 그리고 그녀의 옆에 도혁이 함께 있었다. 보지 않으려고 애를 썼지만 테라의 시선이 자꾸만 그들을 향해가고 있었다. 테라가 넋을 놓고 있는 사이 영태 삼촌이 아빠와 바통을 터치하고는 그녀를 손님들에게 인사를 시켰다.

"테라야, 신사동의 문 사장님이시다."

영태 삼촌의 손에 이끌려 이곳저곳 인사를 다니는 테라는 곁눈질로 도혁을 보다가 깜짝 놀라 대답을 했다.

"네? 아~ 네, 안녕하세요. 유테라입니다."

"듣던 대로 미인이구만."

"감사합니다."

아빠처럼 체격이 좋은 문 사장님이 테라와 인사를 나누자마자 젊은 남자를 손짓으로 불렀다.

"테라 양, 우리 아들이야. 이번에 박사 학위를 받았지. 테라 양보다는 못하지만 아주 뛰어난 녀석이지."

공부 벌레같이 생긴 남자가 테라를 보자마자 입이 귀에 걸려 악수를 청했다.

"문현철입니다. 방송 화면에서 뵌 것보다 훨씬 미인이시군요."

남자의 보드라운 손이 그녀의 손을 감싸자 테라는 얼른 악수만

하고는 손을 놓았다. 도혁의 굳은살 박인 손의 느낌과는 너무나 다르기에 그녀는 자신도 모르게 거부감을 느꼈다.

"저 잠깐 실례할게요."

한참을 그 남자에게 붙잡혀 관심도 없는 문학에 대해 듣고 있던 테라는 화장실을 핑계로 남자에게서 벗어났다. 그리고 아빠를 찾았다. 빨리 이 자리를 뜨고 싶어 먼저 집으로 가겠다는 얘기를 하기 위해서였다. 여러 사람들에게 둘러싸인 아빠를 테라가 조용히 불렀다.

"아빠!"

현우의 시선이 테라를 향했다.

"저 그만 피곤해서 들어가려구요."

"그러려무나. 아 참, 한 분께 인사만 하고 가렴."

"네."

너무나 피곤한 테라는 아빠의 마지막 손님에게 인사를 하고 돌아갈 생각으로 현우가 이끄는 대로 따라갔다.

"여사님, 우리 딸입니다. 이제 사교계 분들도 알아야 할 텐데 주변머리가 없어서. 잘 부탁드립니다."

"안녕하세요? 유테라……."

기계적으로 고개를 숙였다가 든 테라의 말끝이 도진희와 눈이 마주친 순간에 흐려졌다.

"오랜만이에요, 테라 씨."

그 옆에 도혁이 아무런 표정도 없이 테라를 보고 있었다. 두 사람을 한꺼번에 감당하기엔 테라는 지금 너무나 버거운 상태였다.

아무런 상황도 모르는 아빠는 그녀를 놔두고는 어디론가 사라졌다. 테라는 정신을 차려야 했다. 지금 자신은 이들에게 기가 죽을 필요가 없었다. 지금 이 상황을 잘 넘겨야 했다. 오늘은 아빠가 그녀를 위해 조직 생활을 청산한 날이고 영태 삼촌이 회장이 된 좋은 날이었다.

"오랜만이네요, 도진희 씨. 그리고 도혁 씨도."

테라의 대답이 얼음처럼 차가웠다.

"오늘 예쁘네요. 예전에 뭐였더라, 선득일 때보다 훨씬 예뻐요."

"이게 원래의 제 모습이죠. 자연 그대로의 모습."

도진희의 성형을 비꼰 테라가 그녀의 얼굴을 똑바로 쳐다보았다.

"이혼은 하셨나요? 옛 남자와 자연스럽게 다니시는 걸 보니."

"걱정 마요. 그건 내 문제니까."

"다행이네요. 알아서 하신다니, 그럼 두 분에게 좋은 소식이 있길 바랄게요. 상대방의 마음을 찢어놓고 만난 커플이라 잘될 거예요. 원래 욕을 먹어야 오래 사는 법이니까. 그럼."

"테라 씨, 후회할 말은 하는 게 아니에요."

테라가 비웃음을 날렸다. 그리고 도진희에게 한 발짝 다가가 그녀의 귀에 대고 속삭였다.

"주위를 둘러봐요. 뭐가 보여요?"

"……."

그들 주위로 검은색 양복을 입은 떡대들이 수십 명 넘게 파티장

벽으로 붙어 서 있었다.

"날 자꾸 건드리지 마요. 우리 애들이 그렇게 질적으로 좋지가 않아요."

"뭐?"

"난 당신이 머리가 좋은 줄 알았는데 말귀를 못 알아듣나 봐요? 쥐도 새도 모르게……."

테라가 손을 옆으로 움직였다.

"당신이 우리나라에 있는 한 안전하지는 못할 거예요."

"협박하는 거야?"

"협박은 당신같이 천박한 여자가 하는 거고 이건 경고라고 해 두죠."

"야!"

"내 말 새겨듣는 게 좋을 거예요."

테라가 도혁을 한번 쳐다본 후에 그 자리를 떴다.

"뭐 저런 게 다 있어?"

도혁이 도진희의 팔을 잡아 창가로 이끌었다.

"진짜 기분이 나빠. 어디서 협박이야? 내가 누군 줄 알고."

"테라를 말하는 건가?"

"내가 유테라에게 당하는 거 봤잖아요. 맹랑한 기집애. 내가 어디 가만히 두나 봐라."

"……."

도진희는 옆에서 그녀를 굳은 표정으로 쳐다보고 있는 도혁을 보고는 말을 멈추었다.

"이제 그만 끝내지."

"네?"

"나에 대한 쓸데없는 집착, 그리고 테라를 건드리는 거."

"글쎄, 그게 될까요."

비꼬듯이 말하는 도진희의 허리를 잡아 자기 쪽으로 바짝 당긴 도혁이 섹시하게 웃으며 도진희를 바라보았다.

"당신은 하지 않을 거야."

"날 뭐로 보는 거예요. 내가 지난번에는 당신이 너무 서슬이 퍼러니까 그냥 물러섰지만 지금 이런 모욕까지 당하고 포기할 것 같아요? 유테란지 유선득인지 가만히 안 둬요."

도혁이 도진희의 얼굴을 가볍지만 힘 있게 잡아 자신을 보게 했다.

"그랬다가는 당신이 그토록 소중하게 여기는 돈을 전부 빼앗아버릴 수도 있어. 누가 그러더군. 자기보다 부자는 건드리는 게 아니라고. 내가 뭘 말하는지 알지?"

"뭐라구요?"

"당신이 유테라를 너무 얕잡아봤어."

테라의 뒷모습을 보며 도혁이 말했다.

"울산에서 당신에게 말했지. 더 이상 내 여자 건드리지 말라고. 그럼 그땐 협박이고 뭐고 용서하지 않는다고. 오늘 유 회장이 초대한 이 자리에 당신이 협박한 유테라가 온다는 걸 알고도 당신이 온 이유를 모르는 내가 아니야. 요즘 서울에서 가장 핫한 인사가 유현우니까 그의 초대가 기뻤겠지. 당신의 허영심에 높은 사람들

이 온다고 하니 기를 쓰고 왔을 테고. 이제는 재벌가의 며느리가
아니니 인맥을 유지할 기회가 많지 않으니까. 아닌가? 그리고 잘
하면 덤으로 이곳에서 나를 만나니 나를 얻을 수도 있지 않을까
하는 기대도 있었을 테고. 테라를 자극하려는 속셈이겠지만 당신
은 오늘 실수한 거야. 유테라보다도 날 건드리고 유 회장을 건드
렸으니까."

멀리서 현우가 도진희를 쳐다보고 있었다.

"내가 유 회장님께 당신을 초대해 달라고 부탁을 드렸어."

"뭐라구요?"

도진희의 자신만만하던 얼굴에서 점점 핏기가 가시고 있었다.

"내가 울산에서의 일을 말씀드렸더니 진희 널 가만히 안 두겠
다고 하시더군. 저분이 뭘 하시는 분인 줄은 니가 더 잘 알 테고."

진희는 이제야 사태를 파악하고 있었다.

"이제 우리의 악연은 여기까지야. 내가 그날 칼에 찔려준 걸로
우리의 지저분한 인연은 끊었어야지. 왜 날 다시 찾았는지 이해가
안 되는군."

"난 당신을 사랑했어."

"입 함부로 놀리지 마. 내 마지막 경고야. 다시는 얼굴을 보는
일이 없었으면 좋겠군."

"도혁 씨!"

도진희의 부름을 뒤로하고 도혁은 현우에게 갔다.

"감사합니다, 아버님."

"잘 해결됐나?"

"이제는 알아들었을 겁니다."

"테라한테 가봐야 하는 거 아닌가?"

"시간을 두고 제가 처리하겠습니다."

"고집이 센 아이라 힘들 텐데."

"……."

"자신이 있다?"

"지켜봐 주십시오."

이 녀석이 마음에 들지 않았다면 한 방 날렸을 현우였다. 테라를 사랑하는 마음을 느끼지 못했다면 테라에 대한 자신감으로 충만한 이 녀석의 코가 납작해질 만큼 패주었을 것이다. 하지만 현우는 자신이 소희를 사랑할 때 느꼈던 그런 감정을 이 녀석이 테라에게 느끼고 있음을 직감했다. 앞으로 이 녀석이 테라에게 어떻게 잡혀 살지 보지 않고도 알 수가 있었다.

"그럼, 알아서 해봐."

"감사합니다, 아버님."

"아직은 그렇게 부르지 마. 듣기 싫으니까."

"아버님."

"약 올리나?"

"제가 어떻게 감히 아버님을 놀리겠습니까?"

"저기, 도진희가 밖으로 나가는군."

"다시는 안 올 겁니다. 자신이 가진 걸 잃을까 봐 전전긍긍일 겁니다."

"그래 보이는군."

"형님, 누구?"

영태가 어느 사이엔가 와서 둘의 대화에 끼어들었다.

"유 회장님 사위입니다."

도혁이 정중하게 인사를 드렸다.

"미친놈."

영태가 알겠다는 듯이 도혁의 어깨를 감쌌다.

"그거 아나? 형님은 광어회에 소주 한잔을 즐겨 하시지. 예전에 사위랑 비 오는 날 바닷가에서 회에 소주잔을 기울이고 싶다고 하셨네. 술은 잘하나?"

"네, 회도 잘 뜹니다."

"합격!"

"미친놈들!"

현우가 싫지 않은 듯 웃음을 지었다.

테라는 학교로 돌아가지 않았다. 당분간은 머리를 식히고 싶어 그녀는 다시 본가로 들어갔다. 큰일을 치르고 난 부녀 관계치고는 서먹서먹하기는 예전과 마찬가지였다. 아빠는 그녀가 이번 일로 그에게 실망을 했다고 생각하는 것 같았다. 그 이유가 아니었기에 테라는 아빠와의 관계 회복에도 애를 쓰기는 했지만 그녀의 마음 한구석에 돌아가신 엄마의 일기 내용이 자꾸 떠올라 아빠를 용서하지 못하고 있었다.

지금 아빠는 마카오로 다시 떠나셨다. 노후를 위해 가신 일인데 집과 여러 가지 일들을 알아보러 가셨다. 아마도 아빠가 은퇴 후

마카오로 떠나시면 테라도 한국을 떠나 그곳에서 아빠와 같이 당분간은 지낼 생각이었다. 아빠 혼자서는 지내시기 힘드실 것 같아 효녀는 아니지만 같이 있어드리기로 마음먹은 그녀였다.

요즘 그녀의 휴식처는 엄마의 서재였다. 읽을 책들도 너무 많았고 연구할 문제들도 너무나 많았다. 이래서 공부가 끝이 없다는 걸 새삼 느끼는 테라였다. 하루 종일 학회에 발표할 수학의 난제들을 풀고 있었다. 그녀는 수학의 7대 난제 중의 하나인 리만 가설을 증명하고 있었다. 하루 종일 소수와 씨름을 하다 보면 하루 해가 떴다 지고 시간의 틀에서 벗어나서 지내고 있는 느낌이었다. 남들은 감히 상상도 할 수 없는 문제들이 그녀의 머릿속을 점령하고 있었다.

울산에서 올라온 후부터 그녀는 외부와의 연락을 끊고 이 서재에 틀어박혀 있었다. 딱 한 번 집 밖으로 나갔다가 원하지 않게 도혁과 마주한 이후로는 더 바깥출입을 안 하는 테라였다. 그때의 일이 생각이 나자 머리를 흔든 테라는 다시 수학 속으로 빠져들어 갔다.

"이러다가 필즈상 받는 거 아니야."

한참 후 기지개를 켜며 그녀는 혼잣말을 했다. 필즈상은 수학계의 노벨상이었다. 노벨상이 각 분야에서 최고를 말해주지만 수학만큼은 그 수상자를 뽑지 않는다. 그래서 국제 수학학회에서는 4년마다 수학의 난제들을 해결한 40세 이하의 수학 천재에게 필즈상을 수여한다. 테라도 솔직히 욕심이 나긴 하는 상이었다. 짧은 핑크색 반바지에 흰색 끈 나시를 입고 머리는 틀어 올려 볼펜으로 꽂은 그녀는 삼십대라기보다는 이십대 초반의 새내기 같은 모습이었다.

꼬르륵.

배꼽시계가 오늘따라 요란하게 울리고 있었다.

"그래, 죽지는 않은 모양이네. 배가 고프다고 야단인 걸 보니."

자신의 배를 툭 친 그녀는 주방으로 향했다. 자신이 연구를 하는 동안 방해를 받고 싶지 않은 테라는 아주머니들을 일주일에 한 번만 오도록 했다. 커다란 집에 덩그러니 혼자 있는 게 조금은 무섭기는 했지만 그래도 방해를 받는 것보다는 나았다. 냉장고의 문을 연 그녀는 오렌지 주스 한 잔과 케익 한 조각을 식탁 위에 올려놓았다.

"너무 간소한가?"

그녀는 냉장고를 뒤지기 시작했다.

"김치찌개도 그렇고, 사골국도 그렇고, 된장찌개를 먹을까?"

"먹을 게 별로 없군."

"아야!"

너무 놀란 테라가 엉덩방아를 찧었다. 그리고 등 뒤에 남자를 확인하고는 눈이 두 배는 더 커졌다.

"당신?"

"그래."

"여긴 어떻게……."

"담을 넘었지. 너무 오랜만이라 발목이 나갈 뻔하긴 했지만."

"미쳤군요. 여기 담이 얼마나 높은 줄 알아요?"

"오늘 알았지."

"지금 장난해요?"

"날 걱정하는 건가?"

"아니에요. 나가요."

"나가려고 애써서 들어오지는 않지."

"어떻게 들어왔어요."

"문으로."

"문이 잠겨 있었을 텐데요. 여기는 보안도 잘돼 있고."

하지만 그가 손에 든 집의 보안카드를 흔들어 보였다.

"이제 도둑질도 해요?"

"아니. 받았지. 달라고 조르기는 했지만."

"경찰을 부를 거예요."

"지금 검사가 망을 보고 있으니 뭐 소용은 없을 거야."

테라는 도혁이 말하는 검사가 그가 항상 자랑하는 동생 민혁임을 알았다.

"미쳤어요?"

"그래."

그는 아무렇지도 않게 그녀를 일으켜 세웠다.

"도진희는요?"

"상관없어."

"버릴 때는 언제고."

"널 버린 적은 없지만 니가 상처받은 건 내가 보상할게."

"보상? 뭘로요?"

"이걸로."

그가 테라를 끌어안았다. 그리고 그녀가 놀랄 사이도 없이 그의 입술이 테라의 입술을 먹었다. 테라가 안간힘을 쓰며 그를 거부했다.

"이거 안 놔!"

"많이 그리웠다."

그의 말에 그녀의 마음이 봄눈 녹듯이 사르르 녹아내리고 있었지만 그녀의 입 밖으로 나오는 말들은 가시가 있었다.

"나쁜 놈."

테라가 그의 가슴을 주먹으로 내려쳤다.

"미안해. 난 널 지켜주고 싶었다."

"지켜주는 게 버리는 거야?"

"그땐 그러지 않으면 너와 아버지를 둘 다 위험에 빠지게 만드니까 어쩔 수 없이 도진희에게 갈 수밖에 없었다."

"날 위해서?"

그의 가슴으로 향하는 테라의 손을 잡아 자신에게로 끌어당긴 도혁은 테라의 얼굴을 말없이 바라보았다. 테라의 얼굴에 눈물이 하염없이 흐르고 있었다. 그의 입술이 그녀의 얼굴에 흐르는 눈물을 닦아주었다. 그리고 부드럽게 그녀의 보송한 입술을 빨아들이고 있었다. 너무나 그리웠던 그의 입맞춤에 그녀의 다리에 힘이 풀렸다. 그가 단단한 팔로 그녀의 허리를 지탱하고 있었지만 그의 혀는 자꾸 테라를 무너트리고 있었다.

"하~"

테라의 입에서 신음 소리가 흘러나왔다. 키스를 멈춘 도혁이 반쯤 벌어진 그녀의 입술을 열망의 눈길로 바라보다가 다시금 그녀의 입술을 강탈했다. 이번에는 부드럽지 않았다. 그의 혀가 그녀의 혀를 휘감아 들어오더니 다시금 빨았다. 그녀의 작은 혀는 그의 입안으로 빨려 들어가 희롱을 당하고 있었다. 그는 성에 차지 않았는지 이번에는 그녀의 아랫입술을 강하게 빨아 당겼다.

"아~"

그녀는 신음 소리와 함께 몸을 그에게 기대왔다. 그런 그녀의 초대를 거절할 리가 없는 도혁은 그의 큰 손안에 그녀의 가슴을 가두었다. 그녀의 말랑말랑한 가슴은 어느새 그의 장난감이 되어 그의 손에 주물러지고 있었다. 옷 위로 한참이나 그녀의 가슴을 주물럭거리던 그가 어느샌가 옷 속으로 손을 넣어 그녀의 살이 주는 쾌감을 만끽하고 있었다. 그리고 그를 향해 성을 내듯이 솟아 있는 유두를 손가락 사이에 끼우고는 비틀었다.

"아~ 아파요."

"하지 말까?"

"……."

그가 그녀의 입술에 자신의 입술을 대고 물었다.

"아니요."

그녀는 목까지 빨갛게 물들이며 그에게 말했다.

"당신이 이렇게 얄미운 사람인지 몰랐어요."

그가 그녀의 옷과 브래지어를 한꺼번에 가슴 위로 올리고는 그녀의 유두를 단번에 입술로 머금었다. 그녀의 유두가 그의 혀에 의해 철저하게 강탈당하고 있었다. 도혁은 유두를 빨아들이기도 하고 이빨로 살짝 물기도 하면서 그녀를 쾌락의 세계로 인도하고 있었다.

그가 그녀를 안아 식탁 위로 올렸다. 그녀의 나시와 브래지어는 어느샌가 사라지고 없었다. 그리고 이번에는 반바지와 마지막 남은 팬티도 그에 의해 사라졌다. 테라는 완벽한 나신으로 그의 앞에 앉아 있었다. 그는 생각이란 걸 할 틈을 주지 않고 그녀의 다리를 민망할 정도로 벌리고는 무릎을 세웠다. 그리고 뭐라 대꾸할 틈도 없이 그녀의 여성을 그의 입에 담았다.

"뭐 하는 거예요?"

그가 그의 행위에 당황하며 그의 머리를 밀어내도 그는 여전히 그녀의 여성을 빨았다. 쪽쪽대는 소리가 민망할 정도로 크게 실내에 울리고 있었다.

"도혁 씨, 그만."

머리가 이상해질 것 같았다. 그가 주는 이 음란한 환희에 빠져들 것만 같아 테라는 두려웠다.

"그만해요."

입으로는 계속 그렇게 말하고 있었지만 지금 테라는 그의 움직임을 방해하지 않기 위해 다리를 더 활짝 벌리고 있었다. 오히려 이제는 허리를 조금씩 그의 혀의 움직임에 따라 같이 움직이고 있었다. 그녀의 숲을 통째로 빨던 그가 혀로 숲을 가르고 그녀의 음핵을 찾아 희롱하고 있었다. 그가 음핵을 혀로 건드릴 때마다 그녀의 입에서는 환희의 신음 소리가 흘러나왔다.

그녀의 이성이 거의 날아갈 찰나 그가 몸을 일으키더니 바지를 내려 그의 거대한 페니스를 꺼냈다. 매번 보는 것이지만 그의 페니스를 볼 때면 그녀는 은근히 겁이 났다. 자신의 몸을 꼭 둘로 나눌 것 같다는 생각이 들기 때문이었다. 그가 그녀의 여성에 페니스를 밀어 넣자 그녀는 고통에 인상을 썼다. 오랜만에 그의 물건을 받아들이니 그녀는 처음 그를 받아들일 때처럼 아팠다.

"아~ 악."

"윽! 너무 좁아."

그녀의 좁은 입구 때문에 고통스럽기는 그도 마찬가지인 것 같았다.

"테라야."

그가 그녀의 이름을 부르며 그녀의 좁은 입구에 들어왔다. 그리고 그들은 언제 그랬냐는 듯이 쾌락의 움직임을 시작했다.

"도혁 씨, 더."

테라의 요구에 도혁이 웃으며 물었다.

"더? 뭘?"

"더 빨리해 줘요. 더 깊이."

"유테라, 이 마녀."

그의 피스톤 운동이 거침없이 이어지고 있었다. 테라는 언제 겁을 먹었냐는 듯이 그의 움직임에 같이 허릿짓을 하고 있었다.

"아~ 하~ 도혁 씨, 미치겠어."

"하아~ 하아~"

그의 움직임의 속도가 점점 빨라지고 있었다. 그와 함께 그의 호흡도 거칠어지고 있었다.

"아악!"

그가 테라의 몸속에 자신의 정액을 쏟아냈다. 그녀의 질 안이 따뜻해짐을 테라는 느꼈다. 그 속에서 그의 페니스가 계속해서 꿈틀거렸다. 땀으로 축축해진 그의 등을 쓸어내리자 그녀에게 포개져 있던 도혁이 얼굴을 들어 테라를 바라봤다. 그의 눈이 그녀의 표정을 살피고 있었다.

"미안했다. 아무리 널 위한 일이었지만 도진희의 협박에 넘어가지 말았어야 했는데……."

도혁의 끝없는 욕구에 정신이 몽롱해진 테라였지만 그의 말에 갑자기 정신이 들었다.

"지금 협박이라고 했어요?"

도혁이 고개를 끄덕였다.

"무슨 협박?"

"자기에게 오지 않으면 널 최 사장이나 검찰에 넘기겠다고……."

"그렇게 변장을 했는데 알아봤어요?"

"당신이 변장을 하고 있다가 유테라로 돌아온 걸 본 거지."

테라의 얼굴이 굳어졌다.

"나 정말 도진희 가만히 안 둘 거예요."

"참아, 이제 잊고 우리 둘만 생각하자."

"그러다 또 협박을 하면요?"

"그럴 일은 없을 거야."

"왜요?"

"아버님께서 약간의 협조를 해주셔서 겁을 잔뜩 먹었거든."

"아버님?"

"응, 아버님."

테라의 눈이 가늘어지며 그를 쳐다봤다.

"나도 모르는 사이에 아빠가 왜 아버님이 된 거예요?"

"그야 곧 장인어른이 되실 거니까."

"누구 맘대로."

테라가 몸을 돌려 일어나려고 하자 도혁이 뒤에서 테라를 끌어 안아 자신에게로 당겼다.

"내가 많이 부족한 거 알지만 매일 밤 날 좀 재워줘. 평생토록."

테라의 눈에 눈물이 고였다.

"살면서 담 넘어 들어온 도둑에게 청혼을 받는 사람이 몇이나 될까요?"

"글쎄, 거의 제로에 가까울 거야."

도혁이 다시금 뒤에서 그녀의 가슴을 만지기 시작했다.

"이렇게 진지한 상황에서 이래야 해요?"

"난 너만 보면 항상 이래."

그가 그의 발기한 남성을 그녀의 엉덩이에 문질렀다.

"짐승."

"대답 안 해줄 거야?"

"들을 생각도 없으면서."

"아니야."

"아니긴."

"난 제멋대로긴 하지만 테라에게만큼은 항상 진지해."

그의 손이 그녀의 가슴을 만지자 테라는 바른 생각을 할 수가 없었다.

"당신이 이러면 내가 답을 줄 수가 없잖아요."

"자."

그가 손을 잠시 놓고는 그녀가 그를 바라보도록 돌려 뉘었다. 그들의 눈이 서로를 가득 담고 있었다. 테라가 그의 얼굴을 쓰다듬어 내렸다. 소중한 보물인 듯이 아끼는 손길이었다.

"나도 평생 당신 옆에서 잠들고 싶어요."

"그럼 아마 우린 평생 잠잘 일이 없을 것 같아. 이 녀석 때문에."

"나한텐 진지하다면서요?"

테라가 그를 흘겨봤다.

"그래 진지하다니까."

"됐어요."

"아니야."

"뭐가 아니라는 거예요? 다 거짓말이야."

"테라야."

완전히 삐친 테라의 얼굴을 두 손으로 잡은 그가 테라의 눈을 보며 속삭였다.

"이제 장난은 그만 칠게."

그의 입술이 그녀의 입술을 단숨에 삼켜 버리자 언제나 그랬듯
이 테라의 이성은 그녀의 곁을 떠났다. 그리고 행복한 신음 소리
가 방 안을 가득 채웠다.

8. 소바[메밀국수]와 닮은꼴

아빠가 마카오로 떠나신 지 3개월이 넘어가고 있었다. 도혁의 청혼이 있은 후로 테라는 마치 주말 부부처럼 일주일에 한 번 그녀의 남자 도혁을 만나기 위해 울산을 찾곤 했다. 오늘은 금요일이었지만 일이 일찍 끝나는 바람에 하루 먼저 도혁을 볼 수 있게 되어 부리나케 울산으로 내려왔다.

요즘 이곳은 어수선했다. 도혁의 집 옆으로 지금 민혁을 위한 집을 짓고 있는 중이었기 때문이다. 그 공사가 끝나면 시혁의 집이 지어질 것이다. 모두를 그의 곁에 두고 싶어하는 도혁의 의지였다. 주말을 보내기 위해 장을 봐온 테라는 도혁이 퇴근해서 오면 놀래켜 줄 생각으로 연락을 하지 않고 온 테라였다. 서프라이즈 이벤트였다.

"안녕, 얘들아?"

식탁 위에 작은 허브 화분들을 보며 그녀가 인사를 하고는 장본 비닐봉투를 화분 옆에 놓았다. 남자들만 사는 집이어서 그런가 썰렁한 느낌이 많았는데 테라가 드나들면서 꽃병과 화분들이 하나둘씩 늘고 있었다.

주방에 재료들을 펼치고는 한참을 쳐다보던 테라는 감자를 까기 시작했다. 그녀가 만들 줄 아는 몇 가지 안 되는 음식 중의 하나인 카레를 만들기 위해 그녀는 열심히 재료들을 준비했다. 신은 공평했다. 그녀에게 아름다운 얼굴과 천재적인 두뇌를 주셨지만 요리 솜씨는 주시지를 않으셨다. 그나마 동경에서 몇 개월 일한 덕분에 채소 다듬기는 완전히 수준급인 테라였다.

"맛있어야 할 텐데……."

다듬은 재료들을 볶은 뒤에 물을 넣고 끓이다가 카레 가루를 넣고 다시 끓인 테라의 눈에 비장함이 가득했다. 누가 보면 특선 요리를 하는 사람처럼 보였다.

"주임님이 비웃지 말아야 할 텐데……."

카레의 간을 보며 시혁의 얼굴을 떠올렸다. 시동생이 유선득일 때 그녀와 도혁을 반대하던 일이 생각난 테라는 인상을 썼다. 말은 안 했지만 그때 상처를 많이 받은 테라였다. 그래서 시혁에게 만큼은 흠을 잡히고 싶지 않은 그녀였다. 퇴근 시간이 되어오자 그녀는 삼인 분의 식사를 정성껏 세팅을 하고는 그들을 기다렸다. 마치 새색시가 되어 퇴근하는 신랑을 기다리는 기분이었다.

"기분이 묘한데……."

테라가 잡지책을 몇 장 넘기고는 자기도 모르게 소파에서 잠이
들어버렸다. 울산까지 갑자기 내려온 탓에 졸음이 몰려왔다. 쉬지
도 못하고 공항에 가서 비행기를 타고 내려와서 또 이곳에서 시장
을 보고 요리까지 한 그녀였다. 피곤한 것이 당연했다.

　끼익!
　카레이서를 방불케 하는 시혁의 주차가 화려하게 펼쳐졌다.
　"야!"
　조수석에서 뒷목을 잡으며 도혁이 소리를 쳤다.
　"형, 매번 느끼지만 이 차는 정말 죽이는 것 같아."
　형이 소리를 치건 말건 벤츠의 운전대를 잡는 순간부터 신이 난
시혁이었다.
　"내가 미친놈이지. 너한테 운전대를 주게."
　"왜 이러실까? 까칠하게."
　시혁이 도혁의 팔을 잡으며 애교를 부렸다.
　"징그러, 인마!"
　차에서 내린 시혁이 그 자리에 서서 가만히 있자 도혁도 시혁의
시선을 따라갔다.
　"형, 불이 켜져 있는데?"
　"그러네, 너 출근할 때 불도 안 끄고 나왔어?"
　"난 아침에 거실 불 안 켜거든."
　"그럼, 뭐지?"
　"세콤에서 연락은 없었는데……."

"니가 불을 켜고 나온 거지?"

"아니라니까."

시혁이 억울하다는 듯이 말하자 도혁의 얼굴에서 웃음기가 사라지고 점점 표정이 굳어지더니 주변에 마당을 청소하기 위해 세워둔 큰 빗자루를 들었다.

"에이, 형. 아닐 거야."

시혁의 말에 자신이 없었다. 도혁이 천천히 뒷문으로 들어갔고 시혁은 112 번호를 누르고 있었다. 거실로 들어간 두 형제는 소파를 보고는 걸음을 멈추었다. 곤하게 자고 있는 테라가 보였기 때문이었다.

"어? 형수님이시네."

시혁의 얼굴에 웃음꽃이 핀 것도 잠시, 도혁이 시혁에게 차 키를 던져 주었다.

"뭐야?"

"나가."

"뭐?"

"나가라구."

"아무리 형수님이 좋아도 그렇지 너무하는 것 아냐?"

"아니."

"돈도 없구."

뒤이어 지갑이 날아왔다.

"나가."

이제는 포기한 시혁이 조용히 뒷걸음질 쳤다.

"하늘에 계시는 부모님이 형이 날 내쫓은 걸 아시면 얼마나 가슴이 아프실까?"

"쓰고 싶은 만큼 써."

"형수님께 사랑한다고 전해 드려."

"이틀 있다가 회수야."

"콜."

시혁이 휘파람을 불며 사라졌다. 자동차가 굉음을 내며 집을 빠져나가는 소리가 들리는데도 테라는 소파에 기대 곤하게 잠을 자고 있었다. 그가 옆에 앉았는데도 세상모르고 자고 있는 테라를 도혁이 안아 들었다.

"어머, 언제 왔어요?"

"아까."

"나 잔 거예요?"

"응."

"깨우지 그랬어요."

"예쁘게 자서 보고 있었지."

"치~"

"사실이야."

도혁의 목에 팔을 감고는 사랑을 가득 담은 눈으로 도혁을 바라보던 테라가 말을 했다.

"아 참, 저녁 먹어요."

"나중에."

도혁이 자신의 방으로 향하고 있음을 알고 있는 테라가 도혁에게 말했다.

"밥 먹으면 안 돼요? 정말로 정성껏 만든 영양 듬뿍 카렌데."

"지금은 다른 걸 먹으려고 하는데."

"짐승."

"일주일을 굶었어. 어떤 짐승이 먹이를 안 먹겠어."

"하긴. 나도 먹고 싶긴 한데……."

"많이 늘었어. 유테라."

"훌륭한 샘이 있거든요."

쾅!

방문을 발로 차서 연 도혁이 침대에 테라를 내려놓았다. 도혁이 불을 켜려고 하자 테라가 그를 말렸다.

"켜지 마요."

그리고는 침대에서 일어나더니 옷을 하나씩 벗기 시작했다. 마른침을 자기도 모르게 삼킨 도혁도 테라와 같이 자신의 옷을 하나씩 벗었다. 밤의 커튼이 색스러운 몸짓을 어둠으로 가리고 있었다. 어둠 사이로 테라의 순백의 살결이 빛을 내며 도혁의 눈을 자극했고 그녀의 몸짓은 쾌락의 늪으로 그들을 안내하고 있었다.

"아~ 좀 더."

도혁의 입에서 주저 없이 신음 소리가 흘러나오고 있었다. 그의 몸 위에서 그를 조이고 있는 테라의 허리 놀림이 그의 명령에 굴복해 빠르게 움직이고 있었다.

"아~ 테라야."

"아~"

테라의 입에서도 달뜬 소리가 새어 나왔다. 위아래로 몸을 움직이는 테라를 위해 그가 허리를 받치고 있었다. 사실 그녀를 위한 일이기보다는 그의 만족을 더하기 위해 그녀를 몰아치고 있는 도혁이었다. 그가 갑자기 몸을 일으키더니 그녀와의 위치를 바꾸었다.

"아이~"

갑자기 테라의 입에서 불만 섞인 소리가 흘러나왔다.

"내가 참기가 힘들어."

그가 그녀 속으로 돌진을 했다. 지금껏 그의 분신을 삼키고 있었지만 그가 이렇게 강하게 들어올 때면 그의 크기를 감당하기 힘든 테라였다.

"학!"

그녀의 버거움이 신음 소리에 묻어나고 있었다. 베개 위로 펼쳐진 그녀의 긴 머리카락이 옛날에 그가 즐겨 보던 홍콩 영화에 등장하는 마녀의 모습을 연상시키고 있었다. 그랬다. 유테라는 김도혁에게 빠져나올 수 없는 힘을 가진 마녀였다. 그의 마음과 몸이 그녀에 의해 철저하게 조종당하고 있는 것 같았다. 그녀와 사랑을 나누면 나눌수록 도혁은 테라라는 매력적인 늪에 빠져들고 있었다.

퍽! 퍽! 퍽! 퍽!

부끄러운 소리가 방 안을 가득 채우고 있었다. 테라가 그의 가슴을 훑어 내리더니 그의 유두를 만지며 신음 소리를 내고 있었다. 그녀의 얼굴에 쾌락의 고통이 스쳤다.

"아파요."

"하지 말까?"

거칠게 움직이던 도혁의 몸짓이 순식간에 부드러워지고 있었다.

"당신이 너무 크니까."

테라의 수줍은 엄살에 그가 자신의 남성을 머금고 있는 그녀의 여성을 어루만졌다.

"테라가 작은 거야."

도혁이 조금 천천히 넣었다 빼기를 반복하다가 테라를 위해 허리만을 돌리고 있었다.

"이제 괜찮아?"

"네."

자신의 욕망을 최대한 자제하며 배려하고 있는 그가 테라의 눈에 가득 들어와 그녀의 마음까지도 가득 채우고 있었다. 그의 느린 몸짓이 미안했는지 이번에는 테라가 허리를 돌렸다.

"불만스러운가?"

"네?"

무의식적인 움직임에 그가 민감하게 반응을 하자 처음에는 그의 말뜻을 이해하지 못한 테라였다.

"움직이지 마. 참기 힘드니까."

그제야 그의 말뜻을 이해한 테라가 웃으며 조심스럽게 움직이던 허리를 자극적으로 돌리자 도혁이 으르렁거리며 그녀를 거칠게 안았다.

"아~ 도혁 씨."

테라가 잠긴 목소리로 그를 부르고 있었다. 짐승의 몸짓이라며 항상 그를 놀려대던 테라도 이제는 짐승이 되어 그를 사납게 받아들이고 있었다. 도혁의 뜨거운 혀가 그녀의 입안에서 회오리를 치고 있었다. 그녀의 혀를 물기도 하고 때로는 빨아들이기도 하면서 격정으로 인해 아픈 그녀의 입구를 조금 쉬게 해주고 있었다. 그들의 키스도 사랑을 나눌 때처럼 사나웠다.

"읍!"

"하아~ 아."

그의 단단한 입술이 테라의 부드러운 아랫입술을 빨아들이자 그녀의 호흡이 점점 거칠어지고 키스만으로는 만족할 수가 없는 지경에 이르자 테라는 자신도 모르게 그의 분신을 손으로 감쌌다. 잠깐의 휴식도 참을 수 없었는지 그의 분신은 다시 딱딱한 방망이가 되어 있었다. 그녀가 혀의 움직임처럼 그의 분신을 감싸 위아래로 움직이자 그의 키스는 더욱더 강렬해졌다. 그녀가 그의 분신의 끝을 엄지손가락으로 누르자 그가 테라의 손을 잡았다.

"그러면 내가 다시 들어가고 싶어져."

"알아요."

그가 테라의 얼굴을 쳐다보았다.

"들어와 줘요."

"안 돼."

그의 반응에 놀란 테라가 도혁의 얼굴을 살피자 그가 그녀의 입술에 입을 맞추고는 침대에서 몸을 일으켰다. 테라가 아파하니까 참는 도혁을 보내고 싶지 않은 테라였다.

"가지 마요."

테라가 몸을 일으킨 도혁의 손을 잡았다. 그가 서 있는 침대 옆으로 간 테라가 갑자기 무릎을 꿇고는 그의 일어선 남성을 입안에 넣었다. 이번엔 제대로 당황한 도혁이 테라의 머리를 **빼내려고** 했다.

"테라야, 다음에 해. 무리하지 말고."

"내가 싫어요? 못해서?"

그녀의 목소리가 젖어 있었다.

"아니, 너만 생각해도 서는 이 녀석 때문에 테라가 다치는 게 싫은 것뿐이야."

"나 괜찮아요. 당신을 위해 만들어진 몸인데 뭐."

그리고는 그의 페니스를 입안 가득 넣었다. 그녀는 본능이 시키는 대로 그의 단단한 페니스를 그녀의 말랑말랑한 혀로 쓸어 올렸다가 내리기를 반복하고 있었다.

"하~"

그의 입에서 신음 소리가 흘러나오고 있었다. 그는 테라의 머리를 부드럽게 잡았다. 그녀의 입놀림에 맞추어 그의 허리가 움직이고 있었다. 테라의 본능적인 학습 능력이 이제 그를 능가하고 있었다. 달리 천재 소리를 듣는 게 아니었다. 그가 한번 가르쳐 주면 절대로 잊지 않는 테라였다.

"테라야, 못 참겠어."

그가 그녀를 황급히 뉘인 뒤에 그의 페니스를 그녀의 질에 넣었다. 격한 몸짓이 그가 얼마나 흥분했는지를 말해주고 있었다.

"테라야, 사랑해."

그가 몹시도 아끼는 말을 하며 그녀의 몸에 부서져 내렸다. 테라의 입에서도 같은 말이 소리 없이 흘러나왔다.

Epilogue

　모처럼 테라의 집이 북적거리고 있었다. 결혼이 일주일 앞으로 다가오자 마카오에 있던 현우가 극비리에 귀국을 했다. 그가 움직이면 서울의 모든 조직원들이 그의 안부를 묻느라 그가 가는 모든 곳에 동생들의 발길이 끊이지 않기 때문이었다. 한마디로 귀찮았다. 결혼 준비는 도혁이 알아서 다 해서 테라는 정말 염치없지만 몸만 신혼집으로 들어가면 되는 것이었다. 한마디로 이번에는 현우가 사위 잘 둔 덕에 남는 장사를 한 것이다.

　"장인어른, 한잔 받으십시오."

　도혁이 현우의 소주잔을 채우고 있었다.

　"나는 사람도 아닌가?"

　현우의 앞에 앉아 있는 영태가 투덜거렸다.

"무슨 그런 말씀을요."

도혁이 웃으며 골이 난 서울의 보스를 달래기 위해 소주잔을 채웠다.

"니 사위냐?"

"또 또, 형님. 도혁이는 내 사위나 마찬가지지요. 내가 테라를 어떻게 키웠는데."

"니가 키웠어?"

"입은 삐뚤어졌어도 말은 바로 합시다, 형님."

"뭐?"

둘의 분위기가 심상치 않자 도혁이 중재에 나섰다.

"저에겐 장인어른은 한 분이십니다."

잘생긴 녀석이 말도 마음에 들게 하자 현우의 입가에 흐뭇한 미소가 흘렀다.

"그렇지. 들었냐?"

"야!"

화가 난 영태가 소리를 지르자 도혁이 영태의 빈 잔에 소주를 부으며 말했다.

"한 잔 더 드시죠. 세상에 딱 한 분이신 삼촌."

기분이 조금은 풀렸는지 영태 삼촌이 술잔을 비웠다.

"미친놈. 샘내기는."

"그래요, 부럽습니다."

"그러면 너도 장가를 가던가. 다 늙어가지고 샘은."

"노총각이 어때서요. 그래도 여자들이 줄을 섭니다."

"오십 넘은 노총각은 매력 없어."

"형님!"

장인과 삼촌의 허물없는 모습에 도혁의 입가에 미소가 드리워졌다.

"자네도 이리 오게."

현우가 따라주는 잔을 두 손으로 공손히 받는 도혁의 모습을 영태가 흐뭇하게 쳐다봤다.

"형님, 소원 이루셨습니다. 사위와 광어회에 소주 한 잔."

"그래, 내가 지금 기분이 아주 좋다."

남자들의 이런 모습을 주방에서 과일을 깎으며 바라보는 테라의 눈에 이슬이 맺혔다. 너무나 보기 좋은 모습이었다. 테라는 결혼 전에 아빠와의 서먹한 관계를 풀고자 엄마의 일기를 아빠에게 보여 드릴까 생각했지만 아빠의 사랑을 너무나 잘 이해하는 지금은 그냥 엄마의 일기는 그녀의 기억 속에 묻기로 했다. 분명 아빠에게도 이유가 있었을 것이다. 지금은 그녀에게도 사랑이 생겼다. 눈물에 흐릿해진 시야에 도혁이 가득했다.

"아유, 못 말려, 유테라."

과일을 깎으며 도혁만 보고 있는 자신을 스스로 나무라는 테라였다. 보기 좋게 과일을 담아 그들이 있는 거실로 간 테라는 인상을 썼다.

"그만 좀 마셔요. 10분도 안 돼서 소주 2병은 너무한 거 아니에요?"

"우리 테라가 지금 바가지를 긁는 거야?"

영태 삼촌이 놀리자 테라가 발끈했다.

"삼촌이 제일 문제예요. 삼촌만 오시면 아빠가 소주 대여섯 병은 마시시니까요."

"나쁜 건 빨리 마셔서 없애야 하는 거야."

"삼촌!"

"미안."

서울의 보스가 테라에게 꼼짝없이 당하고 있자 웃음이 터진 도혁이었다.

"뭘 웃나?"

"테라가 삼촌을 이기는 것 같아서요."

"그래, 내가 저 부녀한테는 지지."

"엉뚱한 소리는 그만하고 술이나 마셔."

"네, 형님."

테라의 따가운 눈총을 뒤로하고 그들의 술판은 계속 벌어졌다.

"아 참, 테라야. 잠깐 이리 좀 와봐. 내가 오늘 너에게 이걸 주려고 왔는데 깜박했다."

영태 아저씨가 테라에게 한 장의 편지를 건넸다.

"형수님이 돌아가시기 전에 너에게 주라고 맡기신 편지다. 네가 결혼할 상대가 생기면 주라고 하셨다. 그전에는 줘도 이해하지 못할 거라고 하셨어. 이제야 줄 때가 된 것 같아서."

테라보다도 현우가 더 놀라는 눈치였다.

"왜, 영태 너한테 편지를 준 거지?"

서운함이 묻어 있었다. 이를 모를 영태가 아니었다.

"주시기 전에 형님께는 따로 말씀하신다고 비밀로 해달라고 하셨어요."

테라는 얼음공주인 엄마가 자신에게 무언가를 남겼다는 게 신기했다. 꼭 봉인이 된 편지에는 테라라고만 써 있었다. 이렇게 엄마는 유언까지도 깔끔하게 쓰시는구나, 라고 생각한 그녀는 조용히 편지를 뜯었다. 하얀 백지에 친필로 써진 유언장을 말없이 쳐다보고 있는 테라에게 모두의 시선이 가 있었다.

　―꽃밭에는 벌 떼가 날고,
　벌 무리의 5분의 1은 목련꽃으로
　3분의 1은 나팔꽃으로
　그들의 차의 3배의 벌들은 협죽꽃으로 날아갔네.
　남겨진 한 마리의 벌은 판타누스의 향기와
　재스민 향기에 갈팡질팡하다가
　두 사람의 연인에게 말을 시킬 것 같은
　남자의 고독처럼 허공을 헤매고 있도다.
　꽃밭에 벌이 몇 마리인지 내게 말해주오.

릴라바티의 문제였다. 웃음이 나왔다.

"유언을 수학 문제로 내는 사람은 엄마뿐일 거예요."

"수학 문제?"

"뭐라 써 있는데? 나도 궁금하구나."

편지를 읽어주자 방 안의 세 남자들의 표정이 가관이었다.

"니 엄마는 죽기 전까지 공부를 한 거야?"

아빠의 실망 어린 표정에,

"무슨 말입니까? 형님?"

영태 아저씨의 멍한 표정까지 테라를 웃게 하고 있었다.

"그래서 답은 알아?"

도혁의 말에 테라는 자신 있게 대답했다.

"벌은 15마리예요. 그런데 이 문제를 내신 의미가 있을 텐데……."

"그래서 벌이 15마리인 게 뭐가 어떻다는 건데?"

답답했는지 영태 아저씨가 가슴을 쳤다.

"형수님은 답답하게 무슨 유언을 이런 식으로 하시는지 도통 모르겠네."

"테라야, 답을 알았는데 뭐가 문제인 거야?"

현우도 답답하기는 마찬가지인지 테라만 쳐다보고 있었다.

"분명 해답이 있을 거야. 잘 생각해 봐. 어머님이 말씀하고 싶어 하신 의미를……."

도혁이 테라의 어깨를 감싸 안았다.

'방정식, 일차방정식 문제다. 중학교 과정을 배운 사람이라면 누구나 풀 수 있는 간단한 문제인데 왜 엄마는 이 문제를 유언으로 선택을 했을까. 엄마, 도대체 뭘 말씀하시고 싶으신 거예요.'

순간 그녀는 엄마의 서재로 뛰어갔다.

그리고 방정식이라는 제목의 책을 찾기 시작했다. 드디어 찾은 그녀는 15페이지를 넘겼다. 일차방정식이라고 써 있는 그곳에 엄마의 친필로 빼곡하게 적힌 진짜 유언장이 있었다.

"찾았어요."

세 명의 남자가 서재로 달려왔다.

─사랑하는 테라야.

이걸 읽을 때쯤이면 너도 사랑하는 사람이 옆에 있겠지?

엄마는 평생 사랑하면 안 되는 사람을 가슴에 묻고 살았다. 아니라고 아니라고 부인을 할 때마다 그 사람이 조금씩 조금씩 나에게 들어왔다.

고등학생 때 처음 그 사람을 보았어. 골목에서 담배를 피우고 있는 그 사람을 처음 봤을 때 무슨 돌로 머리를 맞은 것처럼 충격적이었다. 첫눈에 반했지. 하지만 너희 외할아버지의 죽음을 눈앞에서 지켜봐야 했던 엄마는 그 마음을 접어야만 했어. 외할아버지의 죽음에 그 사람이 관계가 있다는 걸 알게 된 후에 엄마는 평생을 외할아버지에게 속죄하며 살아야 했다. 왜냐면 그런 그를 마음에서 놓을 수 없었기 때문이야.

그가 술을 마시고 엄마에게 찾아온 날 그가 엄마를 덮치도록 엄마는 가만히 있었다. 분명 그는 거부할 기회를 줬고 엄마는 거부하지 않았어. 사랑했다. 평생을 엄마만을 사랑한 그의 마음을 엄만 알아. 하지만 그런 행복을 누리려고 할 때면 엄마는 그의 조직 때문에 돌아가신 외할아버지 때문에 행복할 수가 없었다.

하지만 지금은 알아. 너희 아빠가 외할아버지를 죽이지 않았다는 걸. 증거가 있냐구? 아니, 그냥 그러지 않았을 거야. 엄만 믿으니까. 속 시원하다. 이렇게 인정을 하니까. 지금 이 몹쓸 병에 언제 죽을지도 모르지만 죽기 전에 너와 현우 씨에게 사랑한다고 말하고 싶었다. 사랑한다, 딸아.

아빠에게는 오늘 밤에 고백하려구. 조금 쑥스럽지만…….

엄마의 마지막 말을 아빠는 듣지 못했다. 이걸 쓰고 그 밤을 못 넘기셨으니까. 한참을 멍하게 있던 테라는 유언장을 들고 아빠에게 건넸다. 태어나서 처음으로 아빠가 우는 모습을 보았다. 평생 그만 짝사랑을 한 것이 아니라는 걸 오늘에서야 안 그는 그렇게 펑펑 울었다.

"소희야~"

현우만을 남긴 채 모두들 조용히 서재를 나왔다. 영태 삼촌이 테라의 손을 잡았다.

"형님 좀 위로해 드려. 평생을 형수님 때문에 힘드셨던 분이니까. 그리고 네 외할아버지는 최 사장이 손을 쓴 거야. 형님은 관계가 없는 일이야. 이게 진실이야."

"알아요. 잠시나마 아빠를 의심했던 제 자신이 용서가 안 돼요."

테라가 서럽게 울기 시작했다.

"무슨 소리야? 의심하다니?"

"엄마가 쓰셨던 오래된 일기장을 제가 봤거든요."

영태 삼촌과 도혁이 의아한 눈으로 테라를 쳐다봤다.

"우연히 안 읽어도 될 걸 본 거죠."

"여자들은 늙으나 젊으나 너무 복잡해. 안 그런가?"

"뭐……."

"왜, 답이 흐려?"

"네?"

"벌써부터 잡힌 거야?"

"아니, 처음부터 잡혔습니다."

"못난 놈."

"삼촌!"

"그래, 알았으니까. 아빠나 좀 위로해 드려. 난 간다."

"네."

영태 삼촌을 배웅하러 나가자 밖에 대기하고 있는 대여섯 대의 차에서 부하들이 내려 그를 맞이했다.

"삼촌, 오늘 정말 감사했어요."

테라가 고개 숙여 진심으로 인사를 했다. 삼촌이 떠나고 도혁과 테라가 정원에 있는 벤치에 잠시 앉았다. 서재에 있는 현우를 배려하기 위해서였다.

"서울에서도 별이 보이네."

울산의 하늘보다는 덜하지만 지금 그들의 머리 위로 여러 개의 별들이 반짝이고 있었다.

"그러네요."

도혁이 테라의 어깨를 감싸 안았다. 그리고 테라의 머리를 쓰다

듣었다. 말없이 그렇게 한참을 있다가 도혁이 무뚝뚝하게 한마디를 했다.

"사랑해."

"풋."

"웃는 거야, 지금?"

"내가 어쩌다가 이렇게 멋없는 사람을 사랑하게 됐나 싶네요."

"사랑한다는 말을 그럼 어떻게 해야 하는데?"

테라가 도혁의 입술에 갑자기 도둑 키스를 하고는 그가 놀랄 틈도 없이 말했다.

"저 별이 없어질 때까지 널 사랑해."

"뭐?"

"이렇게 말해주는 거예요. 이럴 땐."

그리고 벌떡 일어나더니 집으로 향했다.

"테라야, 내 말이 그 뜻이라고."

"아니잖아요. 바보."

"바보?"

"그래, 바보요."

그들의 토닥거리는 소리가 정원을 울리고 있었다. 밤하늘 사이로 엄마별이 테라를 내려다보고 있었다. 사랑을 가득 담아.

♠ 외전 – 에로 검사

─술주정뱅이 아가씨, 벌써 내 품 안에 두 번이나 안겼네. 세 번째
는 다르게 안을 거야. 기대해.

민혁.

화장실에서 몰래 숨겨두었던 민혁의 메모를 다시 한 번 읽은 연
정은 누가 볼세라 얼른 주머니 속에 넣었다.

"미쳤어."

그날 밤에 완전히 블랙아웃이 되지 않았던 탓에 이 몹쓸 기억들
이 스멀스멀 되살아나고 있었다. 민혁이 자신을 업고 모텔로 간
일이며 술에 취해 그녀가 민혁에게 한 말들, 그리고 꿈인 줄만 알
았던 달콤한 입맞춤이 모두 기억나고 있었다.

"기억들아, 이제 그만 돌아와도 돼."

그녀는 변기에 앉아 머리를 쥐어뜯고 있었다. 이런 지 벌써 며칠이 지났다. 일이 뭐가 잘못됐는지 요즘 연정의 머리가 복잡하게 돌아가고 있었다. 민혁과의 일이 있은 후에 갑자기 이상한 일들로 가득했다. 도혁을 봐도 민혁의 얼굴이 떠오르게 되었고 유선득은 미녀가 되어 나타났다. 그리고 도혁 오빠는 요즘 영혼이 나간 사람 같았다. 근데 제일 큰일은 하루 종일 그녀가 민혁만을 생각한다는 것이었다.

"안 돼, 연정아. 정신 좀 차려."

미칠 것 같았다.

"점장님?"

화장실에 틀어박혀 나오질 않고 있자 직원이 그녀를 찾으러 들어왔다.

"속이 안 좋으세요?"

"아니, 나갈게요."

"네."

이 무슨 창피스러운 일인가. 도혁을 좋아할 때도 이렇지는 않았는데 진짜 머리가 아팠다. 그랬다. 도혁을 좋아한 것이 어느덧 과거형이 되어 있었다. 평생의 반을 좋아한 남자는 민혁이 아니라 도혁이었다. 몇 번의 사건들로 쉽게 움직일 그녀의 순정이 아니었다. 정신을 가다듬고 다시 카운터로 나간 연정은 평소와 같이 점장으로서 최선을 다하고 있었다. 하지만 머리가 점점 복잡해지고 있는 그녀는 특단의 조치를 취하기로 했다.

"사장님."

"네."

예전 같으면 도혁이 이렇게 은근하게 답을 하면 가슴이 뛰어 어쩔 줄을 몰랐지만 지금은 그냥 무덤덤하게 그에게 반응하고 있는 연정이었다.

"서울에 좀 다녀올까 하는데요."

"무슨 볼일이라도 있으십니까? 점장님."

"오랜만에 식구들 좀 보려구요."

"그러세요. 서울에 계신 어른들도 걱정하실 거예요. 한참을 못 뵈었을 텐데 신경 못 써줘서 미안해요."

"아닙니다. 내일 가서 주말 전에는 올게요. 주말에 단체 예약이 많아서요."

"그렇게 해요. 3일 가지고 되겠어요?"

"감사하죠."

"아 참, 부탁 하나만 들어줘요. 민혁이가 짐을 안 챙겨가서 그런데 가방 하나만 민혁이한테 가져다줄래요?"

"저기…… 그게…… 쫌……."

"뭐, 싫은 겁니까?"

그녀가 어떤 상태인지도 모르고 부탁을 하는 도혁이 몹시도 미웠지만 지금 거절을 한다는 것도 조금 우스운 상황이었다.

"아니요. 가방 실으러 내일 오전에 집으로 갈게요."

그녀의 껄끄러운 마음을 알 리가 없는 도혁이 옆집 오빠의 다정한 미소를 지으며 감사한 마음을 표했다.

"연정아, 고맙다."

"네."

카운터로 돌아가며 연정은 자신도 모르게 몸을 흔들며 짜증을 내고 있었다.

"이게 아닌데……."

다음날, 연정은 어떻게 울산에서 서울로 차를 몰고 왔는지 모를 만큼 머릿속이 복잡해져 있었다. 서초동에 가까워 올수록 그녀의 머리가 저려오고 있었다.

"에라, 모르겠다."

핸드폰을 든 연정이 민혁에게 전화를 했다.

"여보세요?"

[네.]

"민혁이니?"

[해가 서쪽에서 뜨려나?]

그의 능글맞은 목소리가 전화기 너머로 들렸다.

"도혁이 오빠가 니 가방 가져다주라고 해서 지금 검찰청 쪽으로 가고 있어."

[어? 지금은 못 내려가. 조금 있으면 법원에 들어가 봐야 하거든. 재판이 있어.]

이 얼마나 반가운 말인가? 얼굴은 보지 않아도 될 것 같았다.

"그럼, 검찰청 로비에 맡겨두고 갈게."

'앗싸.'

녀석의 얼굴을 안 봐도 되는 상황이었다.

[안 돼.]

"왜?"

[가방 안에 중요한 서류들도 있어서 말이야.]

"그렇게 중요한데 여태 울산에 그대로 뒀냐?"

그녀의 짜증 섞인 목소리가 여과 없이 상대방에게 전달이 되었다.

[박연정 씨, 안 되겠네. 어려울 때 도와줬더니 그 정도 편의도 못 봐주나?]

분명 그녀가 술 취한 날을 얘기하는 것이었다. 비겁하게.

"그럼 어쩌라구?"

[오늘은 그래도 일찍 끝나니까. 우리 집 근처로 와.]

"어딘데?"

[서초동.]

"여길 또 오라구? 난 미아리가 집이라구."

열이 받은 연정의 목소리가 커지고 있었다.

[싫으면 말아.]

뒤끝이 찜찜한 느낌이었다.

"알았어."

저번 일에 대한 그의 보복이었다. 지은 죄가 있으니 한번은 당해주자고 생각한 연정이었다.

"몇 시까지 어디로 가면 되는지 문자 넣어줘."

[고마워.]

얄미운 민혁이 전화를 끊자 연정의 얼굴이 벌겋게 상기되었다.

"약 오르지만 할 수 없지 뭐."

밤 11시에 서초동의 아파트로 간 연정은 커다란 여행 가방을 들고 그의 집을 방문했다. 최대한 관심이 없는 척하기 위해 화장기 하나 없는 생얼에 트레이닝복 차림을 하고 머리는 하나로 아무렇게나 묶고는 그의 고급 아파트로 찾아갔다.

띵똥!

금방 들어왔는지 아직도 와이셔츠 차림인 그가 문을 열어주었다.

"들어와. 가방은 아무 데나 놓고."

그리고는 앞장서서 집으로 들어갔다. 가방만 놓고 가려는 그녀의 두 번째 계획이 수포로 돌아갔다.

"자다 왔어?"

"뭐?"

그녀의 아무렇지 않은 옷차림에 그가 내뱉은 말은 그녀를 기쁘게 했다. 이제 그는 그녀를 놓아주기만 하면 되는 것이다.

"그래, 자다가 너 때문에 왔다. 갈게."

"잠깐, 그냥 가면 섭하쥐."

그러면서 민혁이 와인 잔을 그녀에게 건넸다.

"이게 지금 맞는다고 생각해?"

"응."

들어오면서부터 민혁의 눈을 피하던 연정이 그의 어이없는 행동에 민혁의 잘생긴 얼굴을 쳐다보았다. 남자답게 생긴 도혁과는 다르게 민혁은 도시적으로 세련되게 생긴 남자였다. 그들의 눈길이 서로를 강하게 의식하고 있었다.

"장난 그만 쳐. 갈게."

민혁이 와인 잔을 옆에 두고는 돌아서는 연정의 팔을 잡았다.

"뭐 하는 거야?"

그의 갑작스러운 행동에 당황한 연정이 따지듯이 그에게 물었다.

"아직도 형이야?"

"어?"

"두 번 다시 안 물어, 아직도 형이야?"

"……."

연정은 자신 있게 답을 할 수가 없었다. 이제 그녀의 마음에 도혁은 없었다. 그는 이제 연정에게 추억 속의 좋은 오빠였다.

"나 갈래."

돌아서는 그녀를 민혁이 안았다. 작은 그녀가 민혁의 품 안에 쏙 들어왔다. 그녀를 놓아주기 싫을 정도로 그녀를 안은 그는 만족스러웠다. 연정의 빨개진 얼굴을 손으로 들어 올린 민혁은 연정의 도톰한 입술을 부드럽게 머금었다. 말랑한 아랫입술을 빨아들이며 그는 연정의 얼굴을 바라봤다. 세상에 이토록 그의 말초신경을 자극하는 여자가 있다는 게 믿어지지 않는 민혁이었다.

입술을 부드럽게 자극하던 그가 수줍게 반응하는 그녀의 입안을 혀로 공격하고 있었다. 달콤한 솜사탕보다 그녀의 입안이 더 녹아내리는 맛이었다. 그녀의 입술을 마음대로 차지하고 있던 그

가 연정을 안아 올렸다. 흠칫 놀란 연정이 그에게서 벗어나려고
했다.

"세 번째는 그냥 돌려보내지 않는다고 했을 텐데……."

"민혁아~"

"뭐?"

그가 가던 걸음을 멈추었다.

"또."

"내가 뭘……."

연정의 말끝이 흐려졌다. 그런 그녀의 복잡한 심정을 이해하는
지 하지 못하는지 민혁은 그녀를 안아 들고는 침실로 향했다.

"민혁아, 이건 쫌."

연정은 침대에 눕힌 민혁이 그녀의 입술을 다시 머금었다. 아
니, 지금은 성난 짐승처럼 먹어 치우고 있었다.

"하~"

그의 입술에 막혀 호흡이 거칠어진 연정이 신음을 내뱉자 그의
손이 신호를 기다렸다는 듯이 트레이닝복 안으로 들어와 브래지
어 안의 가슴을 감싸 쥐었다. 놀란 연정이 그의 손을 잡았지만 그
의 힘을 당해낼 수가 없었다. 입술로 그녀의 말을 막은 그가 가슴
에서부터 천천히 손을 내려 그녀의 팬티 속으로 손을 넣었다. 그
리고 그녀의 숲을 가르고 들어와서 그녀의 여성을 감싸 쥐었다.
연정의 놀란 몸짓도 흥분한 그를 말릴 수는 없었다.

"민혁아, 제발."

그녀가 애원을 할수록 민혁의 욕망에 휘발유를 뿌리는 것과 마

찬가지였다. 그녀의 애원은 이미 그에게는 들리지 않았다.

"박연정, 싫다면 그만둘게. 이게 내 마지막 인내심이야."

민혁이 묻는 듯이 연정의 눈을 보았다.

"내가 미친 게 맞아."

연정의 말을 이해한 민혁이 그녀의 옷을 모조리 벗겨 버렸다. 그리고는 자신의 옷도 급하게 벗었다. 그의 와이셔츠의 단추들이 사방으로 튀었다. 민혁을 바라보고 있던 연정의 입에서 쿡 하고 웃음이 터졌다.

"지금, 웃음이 나온다 이거지?"

"아니야."

그 모습이 너무나 매력적으로 느껴지는 연정은 침대 시트를 머리까지 올리고는 중얼거렸다.

"미쳤어, 박연정."

"나도 박연정한테 미치고."

민혁이 침대 시트를 걷어 올리고는 침대 안으로 들어왔다. 알몸의 연정을 안자 민혁은 세상의 모든 것을 얻은 느낌이었다. 그녀의 살이 닿자마자 솟아 오른 녀석은 그녀의 배를 찌르고 있었다. 그가 녀석을 살살 그녀의 납작한 배에 문지르자 그녀가 배를 자꾸 뒤로 뺐다. 민혁의 손이 연정의 엉덩이를 잡아 그에게 바짝 끌어당겼다.

"당찬 우리 박연정 씨는 어디 갔지?"

"뭐든 처음은 어색한 거니까."

연정의 한마디에 끓어넘치는 욕망을 주체하지 못하고 그녀를 몰아붙이던 민혁의 몸짓이 멈추었다.

"정말, 처음이야?"

"……."

"소중히 대할게."

"고마워."

그라면 그녀의 처음을 주어도 괜찮을 것 같았다. 그리고 그의 목에 팔을 감았다. 민혁의 입술이 연정의 입술을 머금고 그의 손은 그녀의 허리 라인을 만지며 점점 아래로 내려와 연정의 여성을 쓰다듬고 있었다. 그 생소한 자극에 그녀는 민혁의 어깨를 힘껏 잡았다. 그녀의 반응을 살피며 그가 점점 젖어들고 있는 그녀의 질에 손가락 하나를 넣었다.

"하아~"

낯선 이물감에 그녀의 인상이 써지고 그의 어깨를 잡고 있는 손에 힘이 들어갔다. 그의 손가락이 질 속을 건드리며 움직이기 시작하자 그녀의 몸도 배배 틀리기 시작했다.

민혁이 연정의 입술을 삼키며 그녀 속에 있는 손가락을 움직이며 클리토리스를 동시에 건드렸다. 그녀의 몸이 활처럼 휘었다.

"점점 젖어드는데?"

"뭐야, 창피하게."

"예뻐서 더 이상은 못 참겠어."

민혁이 연정 위로 올라와서 그녀의 표정을 살피며 자신의 페니스를 그녀의 질에 서서히 삽입을 하고 있었다. 연정의 얼굴이 고통으로 일그러지자 미안한 마음에 그의 행동이 멈추었다.

"오늘은 여기까지만 하자."

그가 조금 입구에 들어간 페니스를 빼자 그녀가 그를 잡았다.

"내가 서툴러서 싫어?"

"아닌 거 알잖아?"

그의 목소리에 숨길 수 없는 짜증이 묻어났다.

"그럼, 멈추지 마. 난 당신을 받아들이고 싶어."

"박연정, 이제 시작하면 못 멈춰."

"멈추지 마."

"무슨 말을 하고 있는지는 아는 거야?"

"아니, 몰라. 그냥 당신이 빠져나가는 게 싫어."

그가 으르렁거리며 연정에게 달려들었다. 부드러움이란 없었다. 그의 혀가 그녀의 입안을 정복했고 그의 손가락은 그녀의 클리토리스를 자극하며 그녀의 질에서 더 많은 애액을 나오게 유도하고 있었다. 어느 정도 그녀가 준비가 되자 그가 다시금 그의 큰 페니스를 그녀의 질 입구에 가져다 댔다. 작은 그녀의 입구에 그의 페니스는 버거운 물건이었다.

"아~ 악~ 아파~"

하지만 이번에 그는 멈추지 않았다. 멈추지 않은 게 아니라 멈출 수가 없었다. 그녀의 질이 그의 페니스를 정말로 죽여주게 기분 좋게 조여주고 있었다.

"커~"

그의 입에서 짐승의 울부짖음이 들려오고 있었다. 그의 허리가 강하게 움직이고 있었다. 쾌락이 주는 아픔에 그녀는 허리를 들어

올렸다. 민혁이 그런 그녀의 허리를 손으로 받쳐 주며 더욱더 깊게 그녀의 몸속 깊이 그의 페니스를 넣고 있었다.

"아흐~ 미치겠어."

점점 고통이 쾌감으로 바뀌고 있었다. 신기한 일이었다. 뭐든지 빨리 적응하는 연정이었지만 이렇게 고통스러운 일도 빨리 적응하는 걸 보면 자신이 몹시 음탕한 여자임에는 틀림없는 것 같았다. 부끄러웠다. 민혁도 그렇게 느끼면 어떻게 하지, 하는 생각이 들자 그녀의 얼굴이 화끈거렸다. 하지만 그런 생각도 민혁의 강한 허릿짓에 날아가 버렸다.

"너무 조이지 마. 더는 못 참아."

그가 무슨 소리를 하는지 전혀 이해가 안 되는 연정이었다. 가만히 누워만 있는데 뭘 조인다는 건지 도무지 알 수가 없었다. 서른이 넘도록 김도혁 짝사랑하기와 돈 벌기가 전부인 그녀였다. 잠시 딴생각을 하는 것을 알기라도 한 듯이 민혁의 허리 움직임이 빨라지고 있었다.

"아하, 하~"

"윽~ 으."

그와 그녀의 원색적이 신음 소리가 방 안을 가득 메우고 있었다. 그의 마지막 힘찬 허릿짓이 끝나자 그가 연정의 위로 무너졌다. 기분 좋은 눌림이었다. 민혁의 거친 호흡이 그녀의 몸에서 그대로 느껴지고 있었다. 한참이 지나서야 민혁의 숨소리가 점점 정상을 회복했다. 그가 고개를 들어 땀으로 젖은 그녀의 머리카락을 넘겨주었다.

"힘 하나 안 쓰고 땀을 너무 흘린 거 아니야?"

그의 장난에 그녀가 눈을 흘겼다.

"누가 인간 이불이 되어 있어서 더워."

"어디 그럼 완전히 덮어줄까?"

민혁이 장난스럽게 연정을 온몸으로 덮었다.

"답답해."

연정의 투정에 민혁이 몸을 굴려 그들의 위치를 바꾸었다. 그리고 연정을 자신의 배 위에 앉히고는 그윽하게 쳐다봤다.

"처음부터 좋아했었어."

"……."

"어릴 때부터였던 거 같아. 그냥 니가 웃는 게 좋았고 우리 식구들에게 다정한 게 좋았어. 한 번도 형수가 될 거라는 생각을 안 했어. 왜냐면 너는 형의 취향이 아니거든."

"뭐라구?"

"완전 내 취향이지. 머리서부터 발끝까지."

"왜 그런데 한번도 내색하지 않았어?"

"나도 이번에 울산에서 다시 널 본 후에야 알았거든."

"피~"

"내 여자구나 하고."

"……."

그의 고백에 연정은 놀람과 기쁨을 동시에 느꼈다.

"지금 내가 느끼는 게 뭐라고 딱히 말로 표현할 수는 없지만 너와 같이 있고 싶다."

"나 울산에 내려가야 해."

"알아, 나도 집 다 지으면 울산으로 내려갈게."

"집?"

"응, 너하고 살 집."

"뭐?"

"형한테 말했어. 이제 내 집 지어야 한다고."

"무슨 집?"

"우리 형 소원이잖아. 우리들이 같이 모여서 사는 거."

"그럼, 지금 울산에 집을 짓겠다는 거야?"

"응."

"내 허락도 없이? 누가 너하고 산대?"

기가 막혔다. 이 남자 너무 제멋대로였다. 그의 손이 그녀의 가
슴을 주무르기 시작했다.

"뭐 하는 거야?"

"당신이 나를 자극하고 있으니까."

"내가 언제?"

당황한 연정이 얼른 반박했다. 자신은 정말 아무 짓도 안 하고
얌전히 그의 배에 앉아만 있었다.

"지금 내 페니스를 엉덩이로 비비고 있었잖아. 이 녀석이 못 참
고 고개를 들었네. 책임져."

정말로 그녀의 엉덩이에 딱딱한 그의 물건이 닿아 있었다.

연정이 일어나려고 하자 그가 연정의 허리를 양손으로 잡았다.

"아까는 연정이 힘들까 봐 참았는데 지금은 여유가 없어."

그가 연정이 말뜻을 알 사이도 없이 그녀를 덮쳐 왔다. 그리고 그들의 환희는 밤새도록 계속되었다. 처음 경험하는 어른들의 놀이에 지친 연정이 깊은 잠의 세계를 여행할 때쯤 너무나 들떠 있는 민혁은 잠이 오질 않았다. 너무나 바라던 이 일이 꿈인지 생시인지 구분이 가지 않는 그였다. 다만 잠든 연정의 부드러운 얼굴을 쓰다듬으며 꿈이면 깨지 않기를 바랄 뿐이었다.

연정의 얼굴을 지나 가슴으로 손이 내려가자 아까부터 딱딱하게 굳어 호시탐탐 기회를 노리고 있는 그의 짐승 같은 물건이 고통스러움을 그에게 알리고 있었다. 그가 자신도 모르게 연정의 핑크빛 유두를 입안에 넣었다. 그리고는 부드럽게 빨았다.

여전히 곤히 자고 있는 연정의 눈치를 보며 그가 연정의 몸 위로 자신의 몸을 얹었다. 답답했는지 그녀가 인상을 썼다. 그는 조심스럽게 네 번째로 그의 페니스를 그녀의 몸에 밀어 넣었다. 자면서 놀란 그녀의 눈이 커다랗게 떠져 있었다.

"김민혁!"

"왜?"

"당신 변강쇠야?"

"너만 보면 미치게 발작하던 놈이 오늘 너를 옆에 두고 있는데 가만히 있을 수가 있어야지."

그러면서 그가 그녀의 입술을 세차게 빨았다.

"으그~ 이 에로 검사."

"그래, 내가 애로 사항이 많은 에로 검사지."

"뭐?"

그들은 옥신각신 싸우면서도 서로의 몸에서 손을 못 뗐다. 그들의 에로틱한 행위는 해가 걸리고서야 끝이 났다. 아니, 돌아올 밤을 위해 잠깐의 휴식을 취하고 있었다. 행복함을 가득 담은 채.

THE END—♥

예원북스에서는
로맨스 작가님의 소중한 원고를 기다립니다.

투고해 주실 메일 주소는
yewonbooks@naver.com 입니다.
많은 관심 부탁드립니다.